**InstitutoMoreiraSalles**

**Walther Moreira Salles (1912-2001)**
FUNDADOR

DIRETORIA EXECUTIVA

**João Moreira Salles**
PRESIDENTE

**Gabriel Jorge Ferreira**
VICE-PRESIDENTE

**Mauro Agonilha**

**Raul Manuel Alves**
DIRETORES EXECUTIVOS

*serrote* é uma publicação do Instituto Moreira Salles que sai três vezes por ano: março, julho e novembro.

COMISSÃO EDITORIAL Alice Sant'Anna, Daniel Trench, Eucanaã Ferraz, Flávio Pinheiro, Gustavo Marchetti, Heloisa Espada, Matinas Suzuki Jr., Paulo Roberto Pires e Samuel Titan Jr.

EDITOR Paulo Roberto Pires
DIRETOR DE ARTE Daniel Trench
COORDENAÇÃO EDITORIAL Alice Sant'Anna e Flávio Cintra do Amaral
ASSISTENTE DE ARTE Gustavo Marchetti
PRODUÇÃO GRÁFICA Acássia Correia e Jorge Bastos
PREPARAÇÃO E REVISÃO DE TEXTOS Carolina Serra Azul, Flávio Cintra do Amaral, Julia de Souza, Juliana Miasso, Sandra Brazil e Vanessa Carneiro Rodrigues
CHECAGEM José Genulino Moura Ribeiro e Regina Pereira

© Instituto Moreira Salles
Av. Paulista, 1294/14° andar São Paulo SP Brasil 01310-915
tel. 11.3371.4455 fax 11.3371.4497
www.ims.com.br

n° 19 março 2015

IMPRESSÃO Ipsis Gráfica e Editora
As opiniões expressas nos artigos desta revista são de responsabilidade exclusiva dos autores. Os originais enviados sem solicitação da *serrote* não serão devolvidos.

ASSINATURAS 11.3971.4372 ou serrote@ims.com.br
**www.revistaserrote.com.br**

**Capa:**
*A Common Council Man of Candlestick Ward, and His Wife, on a Visit to Mr. Deputy – at His Modern Built Villa near Clapham*
Londres: S. Hooper, n. 25 Ludgate Hill., novembro de 1771

**Página de rosto:**
Claudius, 2014

© Silviano Santiago; "Autour de Joan Miró", de 1947, seguido por "Repentirs et ajouts", de 1970, de Michel Leiris, publicados originalmente em *Zébrage* (Gallimard, coleção Folio essais, 1992); o verbete "Sépia", de Luc Sante, foi publicado pela primeira vez na revista *Cabinet*, n. 14 (verão 2004); © Christoph Türcke; © Francisco Bosco; "On Enmity", de Mary Gordon, publicado no livro *The Best American Essays* (Mariner, 2014); © Milton Glaser; © John Jeremiah Sullivan, 2014, publicado com permissão da The Wylie Agency (UK) Limited; "Music: An Address at a New York Philharmonic Lunch", de George Plimpton, © 1990 by George Plimpton, publicado com a permissão de Russell & Volkening como agentes do autor; © Antônio Xerxenesky; o ensaio "In Defense of the Poor Image", de Hito Steyerl, foi publicado pela primeira vez em "The Wretched of the Screen" (Sternberg Press, e-flux journal reader, 2009); © Luigi Amara 2014, publicado em *Historia descabellada de la peluca*, by Editorial Anagrama S.A., 2014. Agradecimentos: Dan Bates, Kiko Farkas, Paulo Henriques Britto, Renato Salem e Ricardo Sardenberg.

CARTA DO EDITOR

# Redes de paradoxos

Imagens caóticas em bombardeio constante, julgamentos sem Justiça e zumbis hiperconectados e anestesiados. Estes poderiam ser elementos de mais uma distopia do presente, mas estão no centro de três ensaios que, nesta *serrote*, buscam compreender o presente em cima do lance, com todos os riscos que isso representa. ◖ Alemã de origem japonesa, a videoartista Hito Steyerl analisa o papel das imagens de baixa definição, amadoras e "ruins" como um instrumento de crítica possível ao mundo em HD – e, paradoxalmente, como combustível para os grandes mecanismos de circulação de imagens e capital. ◖ Não menos ambíguas entre o culto da futilidade e o ativismo, as redes sociais são cenário de uma denúncia de assédio que, para Francisco Bosco, expõem a gritante desigualdade de gênero do Brasil e, também, o que pode haver de autoritário na idealizada democracia digital. ◖ Este mundo acelerado e saturado, argumenta o filósofo alemão Christoph Türcke, fez do impulso humano à repetição, civilizatório em si, uma anestesia da criatividade. Como contraponto ao que chama de "cultura do déficit de atenção", ele sugere todo tipo de freio, de parada. ◖ A *serrote* se une a Türcke, oferecendo 12 ensaios que, de Miró a *Miami Vice*, passando por Baudelaire e um inédito de Silviano Santiago, convidam à utopia possível, que é a pausa para reflexão. ◖

**LITERATURA**
7   Grafias de vida – a morte, SILVIANO SANTIAGO

**ARTE**
31   Sobre Joan Miró, MICHEL LEIRIS

**SOCIEDADE**
51   Cultura do déficit de atenção, CHRISTOPH TÜRCKE

**DEBATE**
63   Obscuros objetos de desejo, FRANCISCO BOSCO

**ENSAIO**
83   Sobre a inimizade, MARY GORDON
131   *Essai, essay*, ensaio, JOHN JEREMIAH SULLIVAN

**ENSAIO VISUAL**
97   Piero, MILTON GLASER

**JORNALISMO PARTICIPATIVO**
147   Na Filarmônica, GEORGE PLIMPTON

**FETICHE**
159 A metafísica de *Miami Vice*, ANTÔNIO XERXENESKY

         **ARTES VISUAIS**
        1   CLAUDIUS
        6   CHUCK CLOSE
     30   JOAN MIRÓ
     50   RAYMOND HAINS
     62   RIVANE NEUENSCHWANDER
     82   GEORGE BELLOWS
   130   J.M.W. TURNER e GUSTAVE COURBET
   146   VERIDIANA SCARPELLI
   184   REGINA PARRA
   220   GEORG BASELITZ

**ESTÉTICA E COSMÉTICA**
185 Em defesa da imagem ruim, HITO STEYERL
201 Para uma história descabelada da peruca, LUIGI AMARA

         **ALFABETO *serrote***
44   S de Sépia, LUC SANTE

**CARTA ABERTA**
221 Uma vasta superfície de vermelho,
CHARLES BAUDELAIRE

LITERATURA  O biógrafo e o escritor encontram-se e distanciam-se onde fato e ficção se tocam na construção de personagens públicos e imaginados

# Grafias de vida – a morte

SILVIANO SANTIAGO

*Do lado esquerdo carrego meus mortos*
*Por isso caminho um pouco de banda.*
CARLOS DRUMMOND DE ANDRADE,
"Cemitério de bolso"

[1] Não me refiro apenas à controversa Wikipédia, mas ao fato de mesmo a reputada *Encyclopaedia Britannica*, por exemplo, se encontrar há alguns anos em formatos digitais.

**Chuck Close**
*Phil*, 1980
Tinta e caneta sobre papel
73,6 × 55,8 cm
Foto cortesia do artista e da Pace Gallery

Obras de Chuck Close
© Chuck Close, cortesia Pace Gallery

O LUGAR DOS ENCONTROS: A ENCICLOPÉDIA E O CEMITÉRIO
Não sei se já se disse que as enciclopédias – antigamente em papel e hoje eletrônicas[1] – são o mais amplo cemitério universal de biografias das notáveis vidas privadas responsáveis pela história do homem na face do planeta Terra. Aliás, enciclopédia e cemitério empresarial (o adjetivo "empresarial" é tomado de João José Reis e serve para distinguir o campo-santo moderno, em território público, do campo-santo em capela, ou arredores) têm a mesma data de nascimento: o século 18. Coveiro e biógrafo costumam não compartilhar o sentimentalismo que redobra e se desdobra na família enlutada e no admirador curioso. Ambos querem manter uma frieza distante, a daquele que apenas cumpre o ofício.

Vida e morte de cada indivíduo destacado renascem de modo sentimental nas poucas frases de responsabilidade dos familiares, inscritas no mármore da lápide, ou revivem de modo exato e técnico na página de livro, e se perpetuam – ou não – aos olhos do leitor de túmulos e de enciclopédias. Causada pelo tempo e suas intempéries, a corrosão é comum ao cadáver e ao biografado, como se, de tempos em tempos, o nomeado pela lápide do cemitério e o privilegiado pela letra impressa da enciclopédia precisassem ter as vidas passadas a limpo, como qualquer manuscrito julgado desconchavado por seu autor.

Na última comparação vai homenagem póstuma à "teoria das edições humanas": as diferentes fases da vida humana se sucedem com as correções impostas por uma "errata pensante", manufaturada por um revisor arrependido, autocrítico ou consciente. A teoria das edições humanas foi executada com brilho nas *Memórias póstumas de Brás Cubas*: "Cada estação da vida é uma edição que corrige a anterior, e que será corrigida, também, até a edição definitiva, que o editor dá de graça aos vermes". A fome insaciável dos bichinhos subterrâneos não incorporaria, como metáfora final, as metáforas passageiras e sucessivas sobre o efeito do tempo e de suas intempéries na vida e no livro? A partir do momento em que coveiro e biógrafo põem a mão na massa, se explicita no subsolo o enigma da vida e da morte, ao mesmo tempo que, no papel, a materialidade da grafia humana se deixa corroer.

No cemitério, subjetividade, enaltecimento da vida e luto se casam e são identificados pelo nome próprio do cadáver enterrado ou descrito, que estará à disposição de visita pública por tempo indeterminado. Se o indiscreto visitante quiser ir além da consulta aos dizeres da lápide, basta abrir o volume que contempla sua curiosidade ou digitar o nome próprio em qualquer site de busca e obterá – em texto sucinto, objetivo e rigoroso – os inúmeros fatos particulares das várias "edições" da vida da pessoa pública em questão, do nascimento à morte, com direito, em alguns casos, a parágrafos sobre o legado e sua recepção séculos afora.

Ao contrário do que acontece nos campos-santos, onde a anarquia reinante é proposta ou pela precedência cronológica assumida pela foice assassina ou pela desigualdade social que armazena na gaveta o cadáver que poderia estar também em túmulo, nas enciclopédias a ordem alfabética abre espaço igualitário, amplo e flexível para o encontro póstumo entre todos os biografados, ou seja, oferece um local comunitário singular que acolhe as aproximações biográficas mais estapafúrdias e, com tolerância e respeito, deixam-nas convergir obrigatória e aleatoriamente pelo recurso à ordem ditada pelo ABC.

Dispostos alfabeticamente, os verbetes na enciclopédia põem em destaque o nome de família dos cidadãos e das cidadãs que merecem ter sido escolhidos pelo mérito alcançado na vida pública. O espaço comunitário alfabético permite que haja uma sincronização perfeita de todas as vidas vividas em todos os tempos. O ajuste sincrônico é também *universal* (até onde o conceito o é, ou pode ser, na realidade). Deixam-se de lado não só as formas independentes de catalogação que se pautariam pelo tempo e sua cronografia (sucessão das idades do homem, das divisões clássicas da história etc.), como também as que se agrupariam pela nacionalidade e suas províncias ou, finalmente, por outros critérios que poderiam se transformar em modelos alternativos de organização, como etnia, disciplina do saber, gênero etc.

No romance *A náusea*, de Jean-Paul Sartre, o narrador-personagem Antoine Roquentin quer ser biógrafo. Passa os dias na biblioteca pública da cidade de Bouville, onde pesquisa a história francesa. Pretende levantar dados para a tese universitária que deseja escrever sobre o falecido marquês de Rollebon. Começa a pesquisa por onde deve começar: "A *Grande enciclopédia* consagra algumas linhas a esse personagem [o marquês de Rollebon]; li-as no ano passado".[2] Na fase seguinte do levantamento de dados, vasculha muitos livros e os variados manuscritos depositados na biblioteca, ao mesmo tempo que observa e analisa, no museu da cidade, os retratos pintados dos cidadãos beneméritos. De esguelha, espia também o estranho gênero humano que o cerca ao vivo e em cores para transformá-lo em personagem contemporâneo. Roquentin é todo olho: um narrador *voyeur* de livros, manuscritos e telas, a espreitar também os construtores da cidade ("os Salafrários", como acaba por apelidá-los) e os atuais e miseráveis ratos de biblioteca, que buscam preservar a memória pela biografia.

Roquentin descobre espantado outro ajuste, o do consulente de enciclopédia com o alfabeto: ninguém é mais submisso à ordem imposta ao conhecimento humano pelo ABC que o rato a quem ele dá o delicioso apelido de Autodidata, uma espécie de paródia da erudição e dos ideais humanistas pregados pelos enciclopedistas franceses. O Autodidata acredita piamente que, pela leitura mecânica e epidérmica da *Larousse*, ele terá acesso ao saber total. Basta devorar uma enciclopédia, volume após volume, verbete após verbete, de A a Z. No momento em que Roquentin o encontra, o Autodidata já tinha lido vários volumes da enciclopédia selecionada, sabe tudo de um todo – só que até a letra L. Para chegar ao Z, tem a vida pela frente.

O jovem pesquisador Roquentin se espanta porque seu colega de biblioteca e de pesquisa desrespeita as fronteiras do saber estabelecidas pela história, ou pelas várias disciplinas

[2] Jean-Paul Sartre, *A náusea*. Trad. Rita Braga. Rio de Janeiro/São Paulo: Nova Fronteira/Saraiva, 2011, p. 46.

*Phil Fingerprint/Random*, 1979
Tinta de carimbo sobre papel
101,6 × 66 cm
Foto de Al Mozell,
cortesia Pace Gallery

3. *Ibidem*, p. 48.

4. Michel Foucault, *As palavras e as coisas*. Trad. Salma Tannus Muchail. São Paulo: Martins Fontes, 2000.

5. Coeditores: Alberto Passos Guimarães, Antônio Geraldo da Cunha, Francisco de Assis Barbosa, Otto Maria Carpeaux, Carlos Francisco de Freitas Casanovas. Coordenador editorial: Paulo Geiger.

universitárias, e se deixa guiar por uma única linha em suas leituras. Roquentin se justifica: "As leituras do Autodidata sempre me desconcertam. De repente voltam à minha memória os nomes dos últimos autores cujas obras consultou: Lambert, Langlois, Larbalétrier, Lastex, Lavergne. É uma iluminação; entendi o método do Autodidata: instruiu-se por ordem alfabética."[3] A formação enciclopédica pelo alfabeto tem muito a ver com a que se depreende durante uma visita de turista maravilhado pelas aleias dum cemitério de celebridades, como o famoso Père-Lachaise, em Paris. Na lógica planejada e na anarquia do acaso, sobram e faltam cadáveres.

Aliás, em virtude de a enumeração das pessoas públicas seguir obrigatoriamente a ordem alfabética, o nome próprio é sempre soberano nas enciclopédias, a não ser que se siga o modelo da China, que a desconstrói. A enciclopédia chinesa foi apresentada e descrita por Jorge Luis Borges e endossada por Michel Foucault em *As palavras e as coisas*. No texto de Borges se lê que "os animais se dividem em: a) pertencentes ao imperador, b) embalsamados, c) domesticados, d) leitões, e) sereias, f) fabulosos, g) cães em liberdade", e assim por diante. Para o francês Michel Foucault, "a monstruosidade que Borges faz circular na sua enumeração consiste [...] em que o próprio espaço comum dos encontros se ache arruinado. O impossível não é a vizinhança das coisas, é o lugar mesmo onde elas poderiam avizinhar-se."[4] A ordem do alfabeto (a, b, c, d...), que sempre serviu para ordenar a abundância de seres humanos e, no caso, de animais diferentes, se encontra arruinada na enciclopédia chinesa de que fala Borges. Os seres circunvizinhos se organizam pelo disparate.

**REMISSÕES E FRAGMENTAÇÃO**
Entre as muitas enciclopédias recentes, contamos no Brasil com os 20 volumes e as 11.565 páginas da *Enciclopédia Mirador Internacional*. Foi publicada em 1975, tendo sido Antônio Houaiss o seu editor-chefe.[5] Os direitos pertencem à *Encyclopaedia Britannica do Brasil*. A menção à data de publicação não é gratuita. Muitos dos assessores editoriais (redatores) eram jornalistas ou jovens artistas e intelectuais – com ou sem formação universitária – que estavam sendo perseguidos pelo regime militar de exceção instalado no Brasil em 1964, ou que tinham sido privados do emprego público por defesa de pensamento revolucionário ou por atividade dita subversiva.

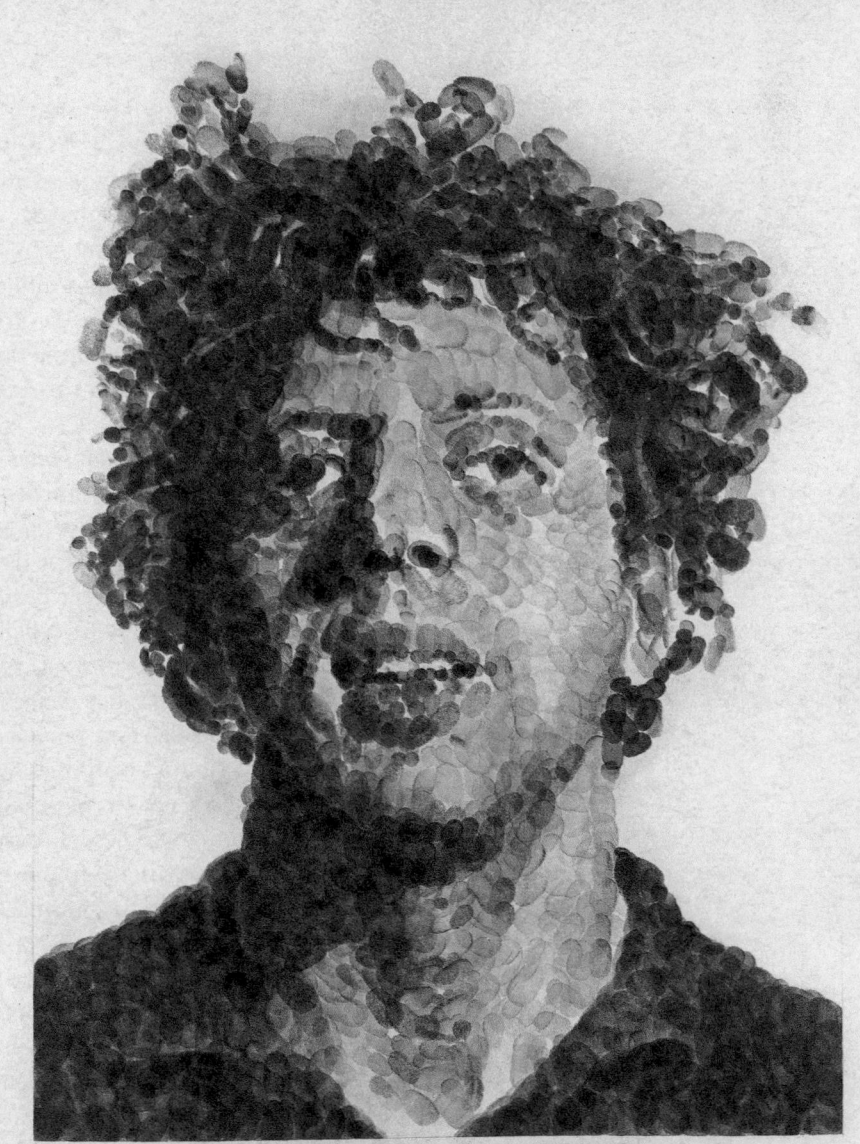

Destaca-se a *Mirador* por não querer impor a qualquer preço a ordem alfabética admirada pelo Autodidata e por não se entregar às fantasias catalográficas em que foi mestre nosso querido Borges. A enciclopédia propõe uma impecável organização dos 20 volumes que, sem escapar completamente ao local dos encontros determinado pela enumeração alfabética, escapa, no entanto, da ordenação por verbete revelado apenas pelo nome próprio da pessoa pública biografada. E assim estabelece um sugestivo, enriquecedor e complexo jogo de remissões.[6]

O primeiro volume da *Enciclopédia Mirador Internacional* se intitula *Índices*. No índice geral se encontram dispostos e expostos todos os verbetes. A entrada no índice pode vir grafada em negrito, o que "significa que há no corpo da enciclopédia um verbete próprio que trata em especial desse tema". Ele estará lá, em um dos 19 volumes, segundo a ordem alfabética. Quando a entrada é grafada em tipo normal, isso "significa que o tema é tratado nos locais indicados, sem constituir verbete especial". A figura humana não tem, por assim dizer, vida própria, é apenas *remetida* a outros e indispensáveis verbetes. Se a entrada for precedida de um asterisco, isso "significa que se trata de ilustração (fotografia, desenho, geograma, gráfico, tabela etc.)". Fiquemos com os nomes próprios e com a distinção entre grafia em negrito e em tipo normal.

Acatamos a distinção porque ela desconstrói a ordenação tradicional das enciclopédias, na qual toda pessoa pública com direito a ser cidadão do mundo tem seu verbete garantido por uma única entrada. No caso da *Mirador*, só um número restrito de pessoas tem direito ao verbete integral. Isso porque as *remissões* que são recomendadas no índice geral servem principalmente para *fragmentar* – pela diversificação estampada e sugerida como fonte de consulta – a biografia do eleito pelo consulente, ou para minimizar a importância do cidadão, negando-lhe o direito à entrada em negrito no índice geral. O propósito do nome inscrito em tipo normal é, sim, o de inserir a pessoa, mas em contexto mais amplo e mais acolhedor que o texto da vida vivida de maneira singular. Cidadão do mundo, mas de segunda categoria.

Algumas pessoas públicas entram na *Enciclopédia Mirador* por porta estreita, estreitíssima,[7] outros por porta larga, larguíssima. Questão de mérito, segundo os exigentes enciclopedistas.

6. Nosso interesse aqui é o de acentuar o pioneirismo do projeto *Mirador* no Brasil e pensar as características da biografia moderna a partir dele. Hoje, a remissão – explicitações do subtexto dum verbete – é um procedimento informático comum e, no caso da Wikipédia, capaz de ser forjada democraticamente (?) por seus colaboradores (?) anônimos. As interrogações estão explicadas no noticiário político de agosto de 2014. Basta consultar os jornais da época.

7. Se me permitirem comentário malicioso, direi que a moda da biografia no Brasil trouxe para a presente cena cultural figuras públicas cujos nomes nunca seriam escritos em negrito por Antônio Houaiss & companhia.

Tomemos um exemplo clássico de nome que recebe tratamento especial. VARGAS, GETÚLIO – está grafado em negrito no índice geral. Portanto, os olhos do leitor curioso são encaminhados ao volume 20 (na lombada, lê-se: Trabal-Zwingli), no qual se encontra uma biografia sucinta do conhecido e pranteado presidente do Brasil. Lido o verbete e absorvido o diversificado e amplo conteúdo, recomenda-se que os mesmos olhos voltem ao primeiro volume da enciclopédia (isto é, ao índice geral), já que a biografia de Vargas pode ser lida em fatura integral e pode também aparecer *picotada* – como imagem de videoclipe – e *esparramada* por diversas outras entradas da enciclopédia – como que numa sugestão da necessidade e da importância de uma montagem cinematográfica das várias sequências da vida por parte do leitor criterioso.

Em resumo: a grafia de vida do presidente Getúlio Vargas se encontra de maneira integral no verbete VARGAS, GETÚLIO, e de maneira picotada nas várias remissões propostas pelo índice geral, esparramando-se, portanto, e se diluindo por vários outros verbetes da enciclopédia.

Dados importantes e pouco desenvolvidos no verbete VARGAS, GETÚLIO poderão ser mais bem apreciados nas circunstâncias específicas e em diversos contextos aparentemente alheios à sua grafia de vida. No índice geral, em seguida ao nome de Vargas, são sugeridas consultas a outros verbetes, como: "Brasil" e "café"; "partido político", "integralismo" e "populismo"; e ainda "revolução", "tenentismo" e "estado de São Paulo". Seria, pois, recomendável que o leitor aprofundasse o conhecimento biográfico do presidente da República encaminhando-se para a história da nação na passagem da República Velha para a República Nova, e ainda durante o período do Estado Novo. Encaminhando-se também para sua atuação controversa na lavoura do café quando a economia brasileira foi afetada pelo *crash* de 1929, ou ainda para sua rivalidade com partidos políticos permeados pelo fascismo em tempos de autoritarismo, como o PRP (integralista), e, finalmente, para a análise de sua atuação em forma moderna de governo republicano, como o populismo.

Amplia-se o relato propriamente biográfico de Vargas pelo recurso dos editores a remissões. Elas, uma a uma, introduzem *cunhas* sucessivas no verbete, fragmentando a grafia de vida predeterminada pela obediência à cronologia e pela sucessão linear dos fatos. As várias remissões ampliam o texto obediente à ordem do alfabeto, retrabalhando-o pelo processo de fragmentação e de dispersão da grafia de vida, com o fim de levar o leitor a conhecer a figura em pauta de maneira mais acidentada e incoerente. Ao mesmo tempo, leva-o a situá-la entre seus distantes e universais companheiros de ideias e de atuação no passado, no presente e no futuro. Tendo consultado a enciclopédia, o leitor pôde finalmente satisfazer sua curiosidade de maneira criteriosa e crítica.

A leitura do verbete VARGAS, GETÚLIO se soma à sua remontagem pelo leitor através das remissões, que funcionam como cunhas (através das explicitações do subtexto – como diz hoje a informática).

Em suma, se se quiser conhecer alguma pessoa pública de menor monta pela consulta à *Enciclopédia Mirador*, descobre-se que ela não merece um verbete, e seu nome virá grafado em tipo normal no índice geral. O nome em pauta só será encontrado e citado num contexto mais amplo que mereceu verbete. Se se quiser conhecer alguma pessoa pública de maior importância nacional ou internacional, pode-se ir diretamente ao volume em que se encontra o verbete com seu nome, grafado em negrito no índice geral. Lá, o leitor encontrará uma biografia particularizada, de propósitos claros, objetiva e mais ou menos minuciosa, embora seu conteúdo nunca se apresente *fechado*. Isso porque é sempre recomendada a viagem de volta ao índice geral, para que o consulente se informe das remissões, que reabrem o conteúdo pela fragmentação.

Acrescente-se que a atualidade (pelo menos a cinematográfica) segue à risca a fragmentação da grafia de vida proposta pelo uso das remissões no "Índice geral". Certos filmes recentes servem de exemplo para uma fascinante discussão sobre o gênero biografia, que a todo momento ganha mais e mais adeptos no Brasil literário. Refiro-me a *Madame Satã* (2002), de Karim Aïnouz, *Diários de motocicleta* (2004), de Walter Salles, e *Capote* (2005), de Bennett Miller. Em lugar de assistir à dramatização de um longo e abrangente relato cronológico de Madame Satã, Che Guevara ou Truman Capote, o espectador é surpreendido com o tiro certeiro do roteirista e do cineasta: elegem uma fase especial da vida de cada um dos biografados (a juventude do gay marginal carioca, as viagens do futuro revolucionário argentino pela América Latina, as peripécias que cercam a pesquisa e a redação do livro *A sangue frio*, respectivamente), atentando para o fato de que o foco de luz a torna simbólica de todo um percurso de vida.

Em tempos de excesso e de facilidade na aquisição de informação, seria indispensável seguir a trajetória convencional e realista de nascimento, fases sucessivas da vida e morte? Não seria melhor isolar determinado momento "definitivo" da vida de uma figura pública, domesticá-lo como a

*Phil*, 1983
Polpa de celulose sobre tela
2,3 × 1,8 m
Foto cortesia do artista
e da Pace Gallery

um potro selvagem, a fim de mostrar cuidadosa e complexamente esse fragmento duma grafia de vida, tornando-o emblemático da passagem do ser humano pela Terra? Não estaríamos assim mais próximos de um dos ideais da enciclopédia, que é representar o universal pelo indivíduo?

**CEMITÉRIO, ROMANCE E BIOGRAFIA**

*Um livro é um vasto cemitério onde na maioria dos túmulos já não se leem as inscrições apagadas.*
MARCEL PROUST, *O tempo redescoberto*

Não sei se já se disse que os romances (*novels*, em inglês) – desde sempre em papel e hoje acessíveis também pela internet sob a forma de *e-books* – são outro cemitério universal de biografias, agora de pessoas públicas quase nunca heroicas, expostas em tamanho natural e muitas vezes anônimas (ou cujo nome próprio foi apagado propositadamente pelo escritor, que o troca por outro mais convincente ou apelativo). Em termos de grafias de vida quase tudo é ficção. Com o correr dos anos ou das décadas, as pessoas públicas ficcionais ganham – graças à leitura e apenas a ela – identidade e perfil próprios e se transformam (ou não) em notáveis protagonistas da literatura moderna. Por coincidência, ou não, teremos de voltar ao século 18 europeu, agora para festejar o nascimento do romance (*novel*, repito) na Inglaterra.

A aproximação entre a pessoa pública destacada, objeto do verbete enciclopédico, e o protagonista inventado, razão de ser do romance, se dá – pelo menos desde Daniel Defoe no século 18, passando por Gustave Flaubert e Machado de Assis no 19 – pelo uso que o romancista faz do relato biográfico (ou autobiográfico, se a narrativa for escrita em primeira pessoa)[8] como *suporte* para a grafia de vida ficcional que ele dramatiza no relato que imagina, redige, e é impresso pelo editor e, à semelhança da enciclopédia, vendido pelo livreiro. Para a estética do romance, "suporte" é como a moldura que enquadra a tela pelos quatro lados. A tela/romance não se confunde, porém, com o suporte/biografia, embora se toquem pelas extremidades como acontece com realidade e ficção, ou com objetividade e subjetividade.

A dominância do gênero romance (da pintura na tela) sobre o gênero biografia (a ampliação do verbete

[8]. Se o romance for escrito na terceira pessoa, tem como suporte a biografia (*Madame Bovary*). Escrito na primeira pessoa, a autobiografia (*Dom Casmurro*).

enciclopédico em livro) marca o estatuto ambíguo, sedutor e grandioso dos grandes e pequenos personagens ficcionais da era moderna. Os leitores se lembram deles – e recorrem a uns e a outros como reforço nos argumentos de caráter pessoal ou opinativo. Recorrem também – em igualdade de condições – às várias figuras públicas que se revelam no verbete da enciclopédia ou nas biografias. As duas fontes de grafias de vida – a enciclopédia, de um lado, e a biografia e a ficção, do outro – alimentam a mente da maioria dos letrados e movimentam de modo conveniente e casual a engrenagem expositiva da imaginação cidadã nos relatos e nos debates públicos. Ambas as fontes produzem exemplos que servem de *referência*, para usar o vocabulário pop dos nossos dias.

Os personagens ficcionais têm um dos pés fincado na realidade, já que essa ou aquela figura da prosa literária que tanto admiramos têm sua gênese nas observações feitas pelo romancista sobre pessoa(s) pública(s) com quem mantém relações próximas ou distantes. E tem o outro pé – desenhado de maneira imaginosa, obsessiva e egocêntrica – concretizado em palavras e em frases. O fim da dupla e contraditória pisada do romancista é apenas a literatura, *les belles lettres*, como dizem os franceses, já que as observações sobre pessoa(s) pública(s) existem para se transformar em grafia de vida ilusória e para se somar a outros personagens de maneira dramática e complexa pela força centrífuga do talento artístico.[9] Este engendra em papel vidas verossímeis, embora imaginadas. Verdadeiras, embora mentirosas.

Bem narrada e bem estruturada, a grafia de vida inventada se apresenta na livraria e na internet sob a forma do que se chama "prosa de ficção".

Pelas misteriosas razões elaboradas pela longa tradição literária do Ocidente, a grafia de vida da figura pública foi desbancada da primazia alcançada na Antiguidade clássica, nos compêndios de história e nas enciclopédias, e acabou por se apresentar nos tempos modernos como subserviente à grafia de vida ficcional e por ser considerada pela crítica menos importante que a caçula, isso em virtude do trabalho corrosivo do tempo, que afirma ser mínima a durabilidade textual da grafia de vida de figuras públicas. Tal é a razão de ser do notável ensaio "A arte da biografia", de Virginia Woolf, publicado originalmente em 1939 na revista *Atlantic Monthly*.[10] Virginia intermedeia a relação

[9]. Existem, mas são raros, os casos de figuras públicas que são ficcionalizadas na grande literatura. Dois exemplos: Napoleão em Stendhal e o Marechal Floriano Peixoto em Lima Barreto.

[10]. Traduzido por Leonardo Fróes em português, o ensaio se encontra na antologia *O valor do riso*, publicada em 2014 pela Editora Cosac Naify. Onze anos antes da publicação do ensaio, em 1928, Virginia lançara o notável romance *Orlando: uma biografia*.

*Phil* II, 1982
Papel cinza feito à mão,
secado na prensa
175,2 × 135,9 cm
Foto de Maggie L. Kundtz,
cortesia Pace Gallery

11. Virginia Woolf, "A arte da biografia", in: *O valor do riso*. Tradução de Leonardo Fróes. São Paulo: Cosac Naify, 2014, p. 389.
12. Ibidem, p. 389.

13. Ibidem, p. 400.

14. Ibidem, pp. 390-391.

15. Ibidem, p. 394.

16. Ibidem, pp. 394-395.

17. Ibidem, p. 395.

desequilibrada entre romance e biografia pela noção do que seja arte. Daí a pergunta que abre o ensaio: a biografia é uma arte? A questão se agiganta ao se constatar a mortalidade precoce dos relatos propriamente biográficos, "quão poucos sobrevivem, enfim, da infinidade de vidas já escritas".[11]

Comparada às artes da poesia e da ficção, a biografia é paradoxalmente "uma arte jovem".[12] Seus personagens vivem em nível mais baixo e vulnerável de tensão e, por isso, não estão destinados "àquela imortalidade que o artista de quando em quando conquista para o que ele cria".[13] O material de que é feito o personagem de ficção "é mais resistente". Enquanto o biógrafo escreve "amarrado" (aos velhos amigos do biografado, que fornecem as cartas, à senhora viúva, sem cuja ajuda a biografia não poderia ter sido escrita etc. etc.), o romancista escreve de modo "livre". Virginia Woolf associa a limitação do biógrafo aos laços humanos que o amarram: "Ao se queixar de estar preso por amigos, cartas e documentos, o biógrafo já punha o dedo num elemento necessário à biografia; e que é também uma *limitação necessária* [grifo meu]. Pois o personagem inventado vive num mundo livre onde os fatos são verificados por uma pessoa somente – o próprio artista. A autenticidade dos fatos está na verdade da visão do artista."[14]

No passo seguinte, Virginia explora a fatal "combinação" dos gêneros biografia e romance, ou seja, o compromisso entre fato e ficção por parte de quem escreve. Para a análise contrastiva, Virginia estabelece como parâmetro duas biografias escritas pelo mesmo Lytton Strachey (1880-1932) – a da rainha Vitória (1921) e a de Elisabete I (1928). No primeiro caso, Lytton "tratou a biografia como um ofício, submetendo-se às suas limitações".[15] Manteve-se, portanto, nos limites estreitos do mundo fatual. "Cada afirmação" – anota Virginia – "foi verificada; cada fato foi autenticado. [...] Lá estava a rainha Vitória, sólida, real, palpável." No segundo caso, Lytton "tratou a biografia como uma arte, desprezando suas limitações".[16]

Diga-se a favor do biógrafo/artista que muito pouco se sabia a respeito de Elisabete I: "A sociedade na qual ela viveu estava tão distante no tempo que os hábitos, os motivos e até mesmo as ações das pessoas daquela época se revelavam cheios de obscuridade e de estranheza".[17]

Virginia diagnostica: "Somos forçados a dizer que o problema [da perecibilidade] está na biografia em si mesma". A imaginação do artista elimina o que há de fugaz nos fatos, constrói com o que é durável. Se o biógrafo "inventar fatos como um artista os inventa – fatos que ninguém mais pode verificar – e tentar combiná-los a fatos de outra espécie, todos se destruirão entre si".[18]

Uma coisa, no entanto, faz o biógrafo se sobressair ao romancista. Ele "deve rever nossos padrões de mérito e expor novos heróis à nossa admiração".[19] A literatura moderna abandona mais e mais o papel didático/civilizatório dos compêndios de história e da enciclopédia e abre feridas narcísicas no protagonista da prosa de ficção, como veremos adiante com a ajuda de Northrop Frye. A leitura da ficção contemporânea se faz mais e mais pelo tom irônico, já que há muito o protagonista deixou de ser o modelo a orientar nossas ações.

### FLAUBERT E MAUPASSANT

A oscilação entre a observação atenta da figura na esfera pública, que adestra a percepção e a sensibilidade do escritor, e a livre invenção do protagonista no universo privado, em que a sensibilidade do criador de ficção se exercita obstinadamente na busca da expressão artística – em suma, a arte do romance no seu nascimento e apogeu –, se encontra magnificamente apreendida num pequeno e precioso volume de anotações críticas de Ezra Pound, intitulado ABC da literatura. Ele narra a seguinte anedota:

> Dizem que foi Flaubert quem ensinou Maupassant a escrever. Quando Maupassant voltava de um passeio com Flaubert, este lhe pedia para descrever alguma coisa, por exemplo uma *concierge* por quem teriam que passar em sua próxima caminhada, e para descrever tal pessoa de modo que Flaubert a reconhecesse e não a confundisse com nenhuma outra *concierge* que não fosse aquela descrita por Maupassant.[20]

No processo de diferenciação entre a grafia de vida exposta pela enciclopédia ou pela biografia convencional e a grafia de vida avivada pela ficção, Flaubert agiganta o papel do romancista, futuro narrador da trama dramática, não só pela invejável capacidade de observação dos seres humanos

---

18. *Ibidem*, p. 396.

19. *Ibidem*, p. 399.

20. Ezra Pound, ABC *da literatura*. Tradução de Augusto de Campos e José Paulo Paes. São Paulo: Cultrix, 2006, p. 64.

como também pela maestria no exercício preciso da língua e no comando justo da linguagem artística, enquanto apequena o comparecimento real da figura pública pela ausência de nome próprio ou pela invenção de nome próprio diferente, que se afina, no entanto, à caracterização psicológica dada pelo narrador.[21] Na anedota citada, temos uma *concierge* anônima e específica que, se bem desenhada literariamente, representaria todas as *concierges*. Dessa maneira é que foram construídos os protagonistas de livros tão fascinantes quanto *Um coração simples*, de Flaubert, *O velho e o mar*, de Ernest Hemingway, ou *Uma vida em segredo*, de Autran Dourado. E ouso acrescentar: de meus contos que se encontram reunidos no livro *Anônimos*.

O poder artístico do narrador está em conseguir *camuflar* uma pessoa pública, um ser "sem importância coletiva" (para retomar a palavra de Louis-Ferdinand Céline na epígrafe de *A náusea*). Está em ser capaz de *esconder* a menos significante das pessoas por trás da observação refinada e das frases compostas a duras penas, com vistas a uma ambição superior – a da criação de um ser de papel e letras, autônomo, futuro e complexo personagem de ficção.

Na leitura da grafia de vida ficcional, o personagem não deverá ser reconhecido como figura pública (em carne e osso, como seu próximo ou distante modelo-vivo), e só o será por uma testemunha ocular do fato narrado ou por eventuais recortes de jornal.[22] Não tenhamos dúvida, o recurso à testemunha ou à imprensa da época apenas reduz a criação literária, como no caso da biografia, às suas fontes (legítimas, claro, mas não é para isso que se lê e se discute uma obra literária). A redução da obra de arte ficcional ao enquadramento proposto pelo gênero biográfico equivale a buscar na prosa do romance informação semelhante a que se obtém na leitura duma foto 3 × 4 em uma carteira de identidade. A testemunha ocular e a imprensa poderão atestar a favor da *veracidade* da narrativa literária, trazendo à baila o nome próprio que o narrador hábil tem por norma trocar. A testemunha ocular nunca poderá atestar a favor da *verossimilhança* da narrativa literária. Apenas o atento *leitor* crítico pode fazer isso.

Tanto o obscuro Robinson Crusoé, inventado por Defoe a partir de vários relatos de naufrágio, quanto a insignificante *concierge*, tal como descrita por Maupassant por

21. Em romance tipicamente *à clef*, como *Os moedeiros falsos*, de André Gide, os jogos de palavra dominam a nomeação dos personagens e os indiciam. O pai carola é Profitendieu, enquanto o traquinas Jean Cocteau vira Passavant.

22. Em *La Création chez Stendhal: essai sur le métier d'écrire et la psychologie de l'écrivain* (1942), Jean Prévost considera Stendhal como o "iniciador" da coleta de recortes de jornal como recurso inicial para a criação romanesca.

*Phil III*, 1982
Papel preto feito à mão, secado na prensa
175,3 × 135,9 cm
Foto de Ellen Page Wilson, cortesia Pace Gallery

sugestão de Flaubert; tanto a empregada doméstica Félicité de *Um coração simples* quanto o pescador de Hemingway ou a prima Biela de Autran Dourado são personagens que não são superiores ao meio em que vivem. Misturam-se a cada um de nós no cotidiano e, dessa forma, são apenas um de nós a sobreviver.

Os romancistas ingleses do século 18 são os responsáveis por abrir uma ferida narcísica na conturbada evolução social do protagonista na literatura universal. Quase dois séculos mais tarde, Freud escavaria ainda mais a ferida ao lembrar a própria descoberta do inconsciente, precedendo-a a do heliocentrismo revelado por Copérnico e a da seleção natural proposta por Darwin. Questionado o orgulho desmedido do homem, ferido na sua vaidade e no seu amor-próprio, desfazem-se para sempre os laços profundos que a grafia de vida ficcional mantinha com o verbete enciclopédico clássico que representa – pelo destaque do nome e dos feitos comprovados pelas circunstâncias – o altíssimo valor de determinada pessoa pública, reconhecida pela comunidade e pela história.

### PARÊNTESE

Por outro lado, acentua Virginia, a imaginação do romancista "é uma faculdade que não custa a se cansar e precisa revigorar-se em repouso". A observação extraída do já citado ensaio sobre "A arte da biografia" nos remete à dupla pisada do artista, a que se refere Ezra Pound em sua anedota sobre Flaubert, e serve para alertar sobre a apatia e o silêncio que intranquilizam o romancista no momento em que a imaginação criadora entra em ritmo de desânimo. Para retirá-la da letargia, de que se alimenta a imaginação combalida do artista? Virginia sabe que não será da poesia nem da ficção menores, que só entorpecem e corrompem a invenção que se quer destemida e forte. Por essa razão é que a notável romancista se arrisca a tirar da cartola o coelhinho que traz a resposta justa: a boia de salvação do romancista em repouso virá das informações autênticas[23] a partir das quais é feita a boa biografia. Explica-se:

> Contando-nos os fatos verídicos, peneirando na grande massa os pormenores e modelando o todo para que percebamos seu contorno, o biógrafo faz mais para estimular a imaginação [do

23. Como exemplo delas, lista Virginia, seguindo as pegadas de Flaubert/Pound: "Onde e quando viveu o homem real; que aparência tinha; se ele usava botas com cadarços ou com elástico nos lados; quem eram suas tias, seus amigos; como ele assoava o nariz; a quem amou, e como; e, quando veio a morrer, morreu ele em sua cama, como cristão, ou...". *In*: Virginia Woolf, *op. cit.*, "A arte da biografia", p. 401.

romancista] do que qualquer poeta ou romancista, exceto os maiores de todos. Pois poucos poetas e romancistas são capazes desse alto grau de tensão que a própria realidade nos dá. Mas qualquer biógrafo, desde que respeite os fatos, pode nos dar muito mais do que apenas outro fato para acrescentar à nossa coleção.

### FERIDA NARCÍSICA

Northrop Frye é quem primeiro põe o dedo embaraçoso da teoria dos gêneros na ferida narcísica sofrida pelo protagonista do romance na história da literatura universal. A instituição tardia do gênero romance (chamado não por casualidade de *novel* em inglês) reafirma, antes de mais nada, o descrédito por que passa o mito como moldura da história narrada. Põe-se em seu lugar a biografia como trabalhada pela enciclopédia. Como consequência direta, o novo gênero literário contesta o herói como ser divino ou semidivino, da forma que vinha sendo propagado pela literatura antiga até a épica renascentista.

O herói clássico tradicional é substituído pelo marinheiro desconhecido cuja caravela naufraga nas costas do Novo Mundo. Sobrevivente solitário, o protagonista do romance *Robinson Crusoé* encontra abrigo numa ilha deserta, onde tem de reconstruir, com a precariedade das mãos demasiadamente humanas, todo o ambiente civilizatório que o desastre marítimo lhe rouba. No capítulo dedicado ao romance de Defoe em *A ascensão do romance*, observa o crítico Ian Watt: "Ele [Robinson] era responsável pela determinação de seus papéis econômico, social, político e religioso".[24] O planeta desaparece por acidente marítimo e reaparece milagrosamente pelos olhos e as mãos de Robinson. O mundo (nosso conhecido) é construção dele, exclusivamente dele.

Em *Anatomia da crítica*, no capítulo "Teoria dos modos", Frye demonstra como, na sucessão histórica das obras artísticas, o protagonista passa gradativa e substantivamente do "modo imitativo elevado" (*high mimetic*) para o "modo imitativo baixo" (*low mimetic*),[25] e ainda esclarece: "Se não for superior aos outros homens, nem ao seu ambiente, o herói é um de nós: respondemos a uma percepção de sua humanidade comum e exigimos do poeta os mesmos cânones de probabilidade que encontramos em nossa própria experiência".[26]

---

[24] Ian Watt, *A ascensão do romance*. Trad. Hildegard Feist. São Paulo: Companhia das Letras, 2010, p. 64.

[25] Esclareça-se que, segundo Frye, "elevado" e "baixo" não têm conotações de valor comparativo, mas são puramente diagramáticos. Significam apenas que a ficção europeia vem "descendo constantemente seu centro de gravidade" e, nos últimos 100 anos, "tendeu a ser crescentemente do modo irônico", já que o herói passa a ser "inferior em poder ou inteligência a nós mesmos".

[26] Northrop Frye, *Anatomia da crítica*. Trad. Marcus de Martini. São Paulo: É Realizações, 2014, p. 146.

Nesse contexto, onde reina a probabilidade como abertura para a experiência a ser vivida – e não a fatalidade como mestra de epílogos –, alerta Frye, há dificuldade em se conservar a palavra "herói" no sentido de ser divino ou de semideus. Tem-se de lhe emprestar um significado bem mais limitado, que será apreendido de maneira inteligente e hábil pelo leitor por meio da ironia. A trama do romance passa a se desenvolver em torno de uma pessoa mediana em particular, em situação que lhe é peculiar ou um tanto deplorável. A anteceder de quase um século "o herói sem nenhum caráter", que é o Macunaíma de Mário de Andrade,[27] Frye lembra o primeiro caso em que se desconstrói a noção clássica de herói: "Thackeray" – ele escreve – "se sente obrigado a chamar *A feira das vaidades* de um romance sem herói".[28]

Em *A ascensão do romance*, Ian Watt assinala que – e tomamos aqui as palavras dele como recapitulação do estágio moderno da teoria dos modos de Frye – "Defoe e Richardson são os primeiros grandes escritores ingleses que não extraíram seus enredos da mitologia, da História, da lenda ou de outras fontes literárias do passado. Nisso diferem de Chaucer, Spenser, Shakespeare e Milton, por exemplo, que, como os escritores gregos e romanos, em geral utilizaram enredos tradicionais."[29] Ian Watt ainda anota que, desde o Renascimento, há uma crescente tendência em substituir a tradição coletiva pela experiência individual, que passa, então, a ser o árbitro final da realidade, transformando-se em importante parte do cenário cultural que dá origem ao aparecimento do romance.

Se Frye e Watt são os primeiros a pôr a mão na ferida narcísica que configura o poder da experiência individual na ficção moderna, será Karl Marx, nos manuscritos reunidos em *Grundrisse*, quem abordará de maneira definitiva a contradição que se alicerça e é mantida como fundamento da força individualista que se torna possessiva e se exercita como tal. Ou seja, no momento em que o "individualismo possessivo", para retomar a expressão cunhada pelo cientista político C.B. Macpherson ao analisar Hobbes e Locke, se torna parte constituinte do *éthos* do protagonista ficcional criado pelo romance inglês do século 18, cujo melhor exemplo nos é dado pelo personagem Robinson Crusoé. Sua desventura e suas aventuras utópicas foram avaliadas da

---

27. Macunaíma representaria o modo menos elevado de representação do protagonista, em que, segundo as palavras do crítico, temos "a impressão de olhar para baixo, para uma cena de sujeição, frustração ou absurdo".
28. Northrop Frye, *op. cit.*, p. 147.
29. Ian Watt, *op. cit.*, p. 14.

perspectiva educacional por Jean-Jacques Rousseau e recomendadas a todos os estudantes, indiferentemente.

Descrente do papel do livro na "educação natural", Rousseau considera o romance de Defoe a única leitura indispensável. Isso porque "Robinson Crusoé na sua ilha, sozinho, desprovido da assistência de seus semelhantes e dos instrumentos de todas as artes, provendo contudo a sua subsistência, a sua conservação e alcançando até uma espécie de bem-estar, eis um objeto interessante para qualquer idade e que temos mil meios de tornar interessante às crianças".[30]

Na sua análise econômica da sociedade capitalista, Marx trata o individualismo possessivo, tal como metaforizado pela solidão trabalhosa e inventiva de Robinson na sua ilha, como algo de "absurdo", ou como uma "robinsonada" (a razão para o segundo termo usado por Marx se torna evidente neste contexto). É tão evidente e clara a observação de *Grundrisse*, em particular para o pensador contemporâneo que nunca recusa a companhia fraterna da linguagem na argumentação e no raciocínio: a individualização do ser pode apenas e exclusivamente existir em sociedade, assim como uma língua só existe se indivíduos a comungam entre eles.

Cito Marx:

> O ser humano é, no sentido mais literal, um *zoon politikón*, não apenas um animal social, mas também *um animal que somente pode individualizar-se estando no meio da sociedade* [grifo meu]. A produção do singular isolado fora da sociedade – um caso excepcional que por certo pode muito bem ocorrer a um civilizado por acaso perdido na selva e já potencialmente dotado das capacidades da sociedade – é tão absurda quanto o desenvolvimento da linguagem sem indivíduos vivendo *juntos* e falando uns com os outros.[31]

### LEITURA COMO LITERATURA

Não sei se já se disse que o interesse, no século 18 europeu, pela enciclopédia e pelo romance coincidiu com o aparecimento de um público leitor, ávido em consumir as grafias de vida que lhe eram vendidas como história ou como ficção. Essa coincidência nos permite retomar a pisada dupla do romancista para acrescentar ao seu corpo bípede uma

[30]. Jean-Jacques Rousseau, *Emílio ou da educação*. Trad. Sérgio Milliet. Rio de Janeiro: Bertrand Brasil, 2005, p. 200.

[31]. Karl Marx, *Grundrisse*. São Paulo: Boitempo/Editora da UFRJ, 2011, pp. 55-56.

*Drawing for Phil/Rubber Stamp*, 1976
Tinta sobre papel
17,7 × 15,2 cm
Foto cortesia do artista e da Pace Gallery

[32] Em *A paixão segundo G.H.*: "A ideia que eu fazia de pessoa vinha de minha terceira perna, daquela que me plantava no chão".

terceira perna, aquela que costuma ser concedida à bailarina clássica – durante o exercício da coreografia no palco – pelo seu parceiro ágil e prestimoso. A terceira perna torna a bailarina um "tripé estável", para lembrar a expressão de Clarice Lispector.[32]

Na nossa argumentação, a terceira perna da bailarina revela a identidade do próprio romancista – corda estendida e tensa, chão acima do chão, solo mera ilusão de solo, por onde caminham em risco e ligeireza tanto o narrador como o personagem que ele enquanto artista inventa. Em seu benefício e em benefício da literatura, é sempre melhor que as duas figuras retóricas (narrador e personagem) nunca percam o equilíbrio e se esborrachem no chão.

Antes de representar o narrador ou o protagonista do romance, o indivíduo isolado e fora da sociedade – senhor absoluto da situação "absurda", da "robinsonada", de que fala Marx – é o *alter ego* do romancista que, tomado pelo desejo da criação artística, reconstrói o mundo ditatorial ilusoriamente, na busca utópica de perenidade, na busca da imortalidade para ele e para a obra. O escritor agora se desvencilha dos impedimentos e entraves impostos pelos fatos perecíveis que a todo instante cerceiam o texto curto e objetivo do enciclopedista, ou o largo e cronológico do biógrafo.

Propomos, portanto, a substituição do protagonista burguês e de suas ações no romance pela pessoa do romancista e pela sua atividade de escrever, tendo sempre em mente que o individualismo possessivo não se dá tanto em função da aventura paradigmática vivida na ilha deserta pelo marinheiro náufrago. O individualismo possessivo se dá em virtude e em função da *invenção duma ilha* – da grafia de vida numa ilha, metáfora para o próprio romance que se escreve, para a obra de arte –, na qual o indivíduo que se quer artista *naufraga* misteriosa e propositalmente a fim de acalentar a possibilidade de que possa – tendo se desvencilhado insensatamente da condição de *zoon politikón* – desenvolver uma linguagem sua e autônoma, necessariamente artística e utópica, que descarta as propriedades linguísticas que se adensam e nos constrangem em situações cotidianas, quando a língua é meramente instrumental, já que tudo se passa entre "indivíduos que vivem *juntos* e falam uns com os outros".

Tendo se deixado levar pela robinsonada, o romancista/náufrago pode criar outras e diferentes grafias de vida, a dos circunvizinhos que saem da sua imaginação em polvorosa e passam a habitar o espaço *ilha*, que lhe é seu e unicamente seu, dito romance.

A linguagem de responsabilidade do romancista, e que ele trabalha e desenvolve na sua obra – seu *estilo*, para usar uma única e definitiva palavra –, é menos parasita, é menos derivada do que se crê da fala comunitária dos animais sociais. Ela é fundamentalmente produto da leitura que ele faz de obras literárias. A história de Robinson Crusoé torna-se modelo moderno para o apetite que todo artista tem pela ficção da ilha, pela sua própria ficção, e pelas ações do náufrago, pela sua própria ação de escrever descomprometido da atuação no plano real. A ferida narcísica de que padece o protagonista da ficção se torna a couraça para os olhos que tudo enxergam e as mãos que tudo constroem e nada temem do romancista.

Por que não reler o poema "Infância" (1930), de Carlos Drummond de Andrade?

> Meu pai montava a cavalo, ia para o campo.
> Minha mãe ficava sentada cosendo.
> Meu irmão pequeno dormia.
> Eu sozinho menino entre mangueiras
> lia a história de Robinson Crusoé,
> comprida história que não acaba mais.[33]

**33.** Para dar continuidade à história do meu argumento, indico o meu pequeno livro *Carlos Drummond de Andrade*. Petrópolis: Vozes, 1976.

Referência na crítica e na literatura brasileira contemporânea, SILVIANO SANTIAGO (1936) é autor de uma extensa obra, na qual se destacam, entre outros, *Uma literatura nos trópicos – Ensaios sobre dependência cultural* (1978) e os romances *Em liberdade* (1981) e *Stella Manhattan* (1985), ambos publicados pela Rocco. No ano passado, ganhou o prêmio José Donoso, concedido pela Universidade de Talca, no Chile, pelo conjunto de seus trabalhos. Este ensaio, inédito, desenvolve temas de seu mais recente romance, *Mil rosas roubadas* (Companhia das Letras, 2014), mistura indefinível de ensaio, biografia e ficção.

O americano CHUCK CLOSE (1940) é conhecido pelos retratos-mosaico, quase sempre em grandes dimensões, realizados a partir de um intricado método que combina o registro realista da fotografia com padrões de pintura.

ARTE  Elementar e preciosa, a pintura do artista catalão é uma água capaz de limpar os olhos da poeira acumulada depois de tantas outras obras

# Sobre Joan Miró

**MICHEL LEIRIS**

**Joan Miró**
*Femme devant le soleil I, 1974*

Imagens da Fundação
Joan Miró, Barcelona
© Successión Miró, Miró, Joan/
Licenciado por AUTVIS, Brasil, 2014

Erik Satie falou em algum lugar sobre certo tipo de música, ainda a ser criada, que viria a ser o que ele chamava de "música de mobiliário". Música que se distinguiria tanto dos atuais fundos sonoros usados na rádio e no cinema quanto da música de concerto. Música produzida em um espaço onde acontece outra coisa ao mesmo tempo (uma exposição, por exemplo) e que existe por si só, sendo percebida apenas por um ouvido distraído. Música que não exige plena atenção e que, no entanto, se impõe com veemência.

O mesmo se pode dizer da pintura de Miró, tão distante da decoração quanto de uma pintura de cavalete qualquer. Pintura apenas, que se produz quase involuntariamente, como os grafites, e transforma a parede vertical na qual está pendurada, tornando-a viva perto de nós, vivos, e repleta de seres cuja existência congelada parece ser, eternamente, paralela à nossa.

Para Miró, uma tela não serve para enfeitar a parede; ela é, isto sim, a própria parede que enfeitamos, que transformamos em algo vivo.

Esse é o aspecto de arte rupestre (ou grafite) da pintura de Miró.

A pintura é, mais propriamente, um *grafito*, pois contém tanto desenho quanto escrita.

Em sua primeira fase surrealista, Miró também usou palavras escritas nos quadros ou como legenda (no caso do título da célebre canção francesa *Auprès de ma blonde...* inscrito sobre uma bandeirola na parte debaixo da tela de mesmo nome) ou como elemento complementar da cor e do desenho (no caso da palavra "*yes*" na figura de um homem batizada de *Le Gentleman*).

———

A pintura de Miró: ao mesmo tempo elementar e preciosa. Tudo repousa na qualidade do traço, no encanto das cores. Nada a ser explicado sobre essa pintura, pois ela própria não explica nada.

———

Se Miró não esquece que a pintura é, antes de tudo, uma questão de linhas e cores, sua arte, por outro lado, nada tem de abstrato, ainda que seja pouco legível.

———

Paracelso observou – e dou-lhe crédito – que não seria possível haver apenas uma quiromancia (sistema de adivinhação baseado na leitura das linhas da mão), mas, sim, mânticas a partir da interpretação de cada tipo de linha que encontramos tanto no corpo humano quanto no conjunto da natureza: plexo de veias, desenhos nas cascas das árvores, traçados de veredas e caminhos etc. O desenho de Miró parece propor um exercício de mântica desse gênero: tem um significado em si mesmo, e não apenas pelos objetos que descreve.

———

A arte de Miró, como uma gravata reluzente ou um belo traje completo inglês. As cores explodem com frequência – sobre o fundo de terra ou de céu –, assim como o som do longo e estrondoso clarinete, a *tenora*, responsável pelos solos nas orquestras catalãs que acompanham as danças de roda populares conhecidas como sardanas.

———

O caráter profundamente realista de quase toda a obra de Miró, ao contrário do que se constata na obra de seu compatriota Dalí.

Nos trabalhos recentes de Miró, a mulher, a lua (ou outros astros), o pássaro são temas frequentes.

———

A mulher, reduzida a seus atributos específicos, é comovente como a estatueta pré-histórica *Vênus de Lespugue* (seus seios e suas ancas desproporcionalmente grandes), ou como as figuras com rosto de coruja gravadas em pedras esculpidas.

———

Os apitos[1] das ilhas Baleares que Miró tanto amava: figurinhas humanas ou animais, em gesso colorido, bem rudimentares.

> 1. O autor se refere aos *siurells*, apitos feitos de barro em forma de figuras humanas ou animais típicos da região de Mallorca. [N. da T.]

———

Miró, o primeiro surrealista a fazer "objetos" (que não são esculturas e se distinguem também das "construções" cubistas feitas, por exemplo, por Picasso e Laurens).

———

O caráter infantil e folclórico do maravilhoso em Miró. Nada de sofisticado, como em tantos outros surrealistas.

Em suas mãos, não é, de modo algum, um legume que se transforma em estrela, mas um astro que vira batata ou rabanete. Um surrealismo camponês, ligado à terra.

———

Faunos, centauros, sereias: criaturas fantásticas ainda comprometidas com a natureza primitiva. Assim são as invenções de Miró.

———

Miró, fazedor de *fábulas*, e não de *mitos*, como André Masson. Ele nos transporta ao tempo remoto dos contos de fadas que começavam com "Era uma vez…" ou "Na época em que os bichos falavam…". Também me lembro aqui daquela historinha que contavam (assim lhe parece) ao meu irmão Pierre, quando ele ainda era bem criança:

> Dois pintinhos eram irmãos
> Mas eles não se amavam…

O aspecto de *nursery-rhymes*[2] da arte de Miró. Foi com ele que encontrei, pela primeira vez, Sandy Calder, o homem do circo, inventor daqueles brinquedos para adultos, os móbiles.

> 2. Em inglês no original. Refere-se às cantigas e aos poemas infantis rimados. [N. da T.]

———

Miró, espanhol baixo e robusto, com um pouco de Barbeiro de Sevilha ou de Sancho Pança. Mais cavaleiro de asnos do que de rocinantes.

Analogia com a farsa para marionetes de Federico García Lorca, *Retábulo de Don Cristóbal*.

—

A pintura de Miró canta um tipo de ópera-bufa ou de cavatina rural.

Leveza, *alegría* dessa arte em que os signos do masculino e do feminino se apresentam da maneira mais aberta possível, sem gosto de morte nem mofo psicanalítico. Magia branca que se opõe a tantas magias negras.

Uma sarabanda de duendes, uma noite de Walpurgis no ar límpido do meio-dia mediterrâneo. Completamente desperto, no extremo oposto do sonho.

—

Dialoga mais com os desenhos animados de Walt Disney do que com Bruegel e Jérôme Bosch.

—

Quando era vizinho de Masson, na rua Blomet 45 (ocupava um ateliê cuja limpeza contrastava com as ruínas dostoievskianas do de Masson), embora seus quadros conservassem o modo rigorosamente exato de *La masía*, Miró dizia aos familiares que sua intenção, naquele momento, era pintar, por exemplo, um arlequim com cabeça de rã. Assim, ele sonhava recuperar – por caminhos que se tornariam os seus próprios – o famoso tema dos arlequins de Picasso, um dos *leitmotivs* da arte do nosso século. No fim das contas, isso resultou em algo completamente inédito.

—

O primeiro comprador de *La masía* foi o poeta americano Evan Shipman, que vivia em Paris na época e sempre foi um amante fervoroso das corridas de cavalo (sobretudo as corridas de trote, deixando completamente de lado as de obstáculos, que ele julgava muito cruéis, considerando os riscos aos quais submetiam os cavalos).

Oscilação constante em Miró, do simples ao complexo, da nudez ao excesso (quase como o grafite que preenche a parede ou como os palimpsestos), do cotidiano ao fantasmagórico. Sempre presente, contudo, essa natureza extraordinária que, em *La masía*, tanto seduzira Shipman, poeta e amigo dos cavalos.

**Femme et oiseaux dans la nuit,**
**1969-1974**

---

O mais autêntico humor, isto é, o humor desprovido de qualquer ironia. Segundo o relato de um de nossos amigos em comum, Miró se irritaria, outrora, ao ver reunidas "a fleuma britânica" e a "arrogância espanhola".

---

O aspecto elegante e respeitoso, sempre presente nesse artista para quem pintar parecia exigir certo ritual, como – para outros espanhóis – ir *a los toros*.

Sua seriedade imperturbável. Em Palma de Mallorca (onde ele passava férias quando fomos vê-lo um dia, meu amigo Raymond Queneau e eu, em busca de um lugar na ilha para ficar no verão), Miró pediu à empregada que conseguisse um imenso mapa do lugar (tão grande que precisamos nos organizar os três para dobrá-lo) e nos indicou com o dedo, como um plano de batalha que precisa de método para ser examinado, as melhores praias.

"Abaixo o Mediterrâneo!", grito insubordinado proferido por Miró no banquete Saint-Pol-Roux, uma das mais ruidosas manifestações surrealistas.

---

Picasso andaluz, Gris castelhano e Miró catalão. A relação de sua arte com as sardanas: lirismo tomando emprestada a forma impecável e coordenada da música de aldeia.

O touro – tema fundamental em Picasso e que, mesmo em Gris, às vezes se manifesta em termos gerais (ver o quadro chamado *Le torero*) – não aparece em Miró ou, se aparece, é de modo excepcional.

---

Em Barcelona, cidade natal de Miró, há, de um lado, os amantes das touradas e, de outro, os amantes do futebol. Miró, sendo absolutamente não taurino, estaria, portanto, do lado desses últimos? Ele compartilha, ao menos, o desejo que eles têm de ser "modernos", além de manifestar certo gosto pela cultura física e pelos esportes. Ernest Hemingway – que o viu treinando em uma sala de boxe – disse que não lhe faltava talento pugilista, sem levar em conta, porém, que o boxe depende da presença de um adversário.

---

Audacioso com toda inocência, sem uma ideia premeditada de provocação. O abandono puro e simples ao agradável prazer da imaginação está a sós aqui e suscita em alguns o escândalo, em outros, a admiração.

---

Na Itália, no último verão, assistindo a uma encenação de *Rigoletto* ao ar livre ao entardecer, pela Ópera de Roma, nas ruínas das termas do imperador Caracalla, fui arrebatado no primeiro ato, quando a cena se iluminou entre os dois enormes blocos de alvenaria que a enquadravam: iluminação sobrenatural, que criou uma pequena ilha de dia na massa da noite, e os atores e os adereços ganharam um destaque surpreendente; o mesmo aspecto de real, embora de outro mundo, que eu via no teatro quando era pequeno e me levavam para assistir a peças. Em seguida, uma belíssima dança com crianças que entraram usando falsas barbas e com a cabeça coberta por um chapéu de bobo como o próprio Rigoletto. No fim dessa brincadeira, carregaram para o meio da cena uma espécie de maca sobre a qual estava uma enorme caixa cúbica; a caixa se abriu e de dentro pulou, como um diabo, um personagem também barbado e vestido de bobo que jogou flores aos figurantes e às figurantes disfarçados de senhores e de damas da corte, todos participando da festa que aconteceria nos jardins do palácio do animado duque de Mântua. A virtude única dessa luz e o frescor de invenção desse balé me parecem hoje comparáveis ao que é, para mim, a pintura de Miró.

—

Há alguns anos, um chinês que estudava em Paris e trabalhava com química biológica no Instituto Pasteur me contou uma história. É um conto popular cujo herói é um jovem bem estudioso que se prepara para se tornar mandarim. Ele precisa passar por uma prova muito difícil e, apesar de toda sua erudição, está a um passo de ser reprovado: cometeu um erro grave que seus avaliadores não perdoarão; no texto que precisava escrever, desenhou um dos caracteres ideográficos de maneira incorreta. Então, bem no momento em que o examinador lê a prova, uma joaninha – ou outro inseto pequenino – pousa sobre a folha, exatamente no lugar em que se consertaria o ideograma defeituoso.

Creio que muitas vezes as obras de Miró poderiam ser comparadas a esse ideograma do conto: um retoque ou um detalhe ínfimo, que pousa como por milagre, parecem indispensáveis para que elas tenham seu sentido pleno. Será que o acento agudo sobre o "o" de Miró não estaria ali só para lembrar o papel dos seres microscópicos e dos simples corpúsculos de cor viva que, por acaso, pontuam seus quadros?

Arte completamente espontânea, arte sensível, arte aberta, a produção de Joan Miró só faz comentários estéticos e demonstrações por meio da forma. A única conclusão possível para essas anotações é um conselho prático sobre a melhor maneira de abordar uma obra de Miró: esvaziar a cabeça, olhar para ela sem segundas intenções e lavar os olhos, como se ela fosse água capaz de limpar a poeira acumulada depois de tantas obras de arte. Graças à inocência descoberta, enormes portas se abrirão em nós, as portas da poesia.

1947

—

Em sua arte, Miró cada vez mais parece ignorar o anedótico para se ligar apenas ao essencial. Ao falar dele, sempre que possível precisamos – e lhe devemos isso – usar o seu mesmo rigor. Busco evitar, assim, nessa releitura, o engano dos floreios que fiz há pouco. Não ceder mais à tentação do pitoresco. Aqui e ali, corrigir ou precisar.

—

Parece que Miró conseguiu eliminar tudo aquilo que a arte contém, sempre, de "anacrônico" – e creio não me equivocar sobre o sentido que Marcel Duchamp, a quem devo essa expressão, atribuía a ela. Não existe antes, nem depois nem mesmo simultâneo nessas obras de agora. Enquanto ele trabalhava, algo se produziu – aqui mesmo, no calor da hora –, e diríamos, com o olhar fixo nesta coisa – surpreendida em flagrante delito ao sair do limbo –, que ela se produziu diante de nós naquele instante.

Mulher, pássaro, astro ou o que quer que seja, aqui eles não têm mais passado, pois não se enchem de alusões: eles aparecem – ou se deixam pousar ali – e pronto. Obras que estão totalmente *no presente* e que compreendemos de imediato, sem excedentes, eis o que Miró faz agora. O imediato, o instantâneo (ao menos na aparência), equivale a um tipo de eternidade, já que toda duração – toda difusão temporal – parece reduzida a nada; a obra seria, na verdade, fruto de uma longa maturação balizada por alguns instantes desse tipo.

—

Sem passado: nem reminiscência, nem projeto anterior à criação, nem sentido simbólico preexistente. Sem futuro: não se trata de fazer chegar, por meio da obra, uma mensagem que deverá ser decifrada ao ser entregue: a obra *diz*, mas, literalmente, não *quer* dizer nada.

—

A tela ou o papel em branco: nem o quadro sobre o qual nos projetamos, nem a superfície que nos esforçamos para organizar, mas um lugar vazio onde algo acontece.

—

Quanto ao meu amigo Joan, ele tem, é claro!, seu passado, seu folclore, suas raízes catalãs. Mas é algo que só diz respeito a ele. E, se podemos sentir esses aspectos em suas obras, é um pouco como o buquê de um vinho que, para o profissional, será um *bourgogne* ou um *bordeaux* de tal colheita e tal ano, mas que poderá, do mesmo modo, ser apreciado sem que se saiba a proveniência nem a data.

—

O interesse de Miró pela arte popular se dá não como um artista menor buscando um folclore de fascínio pitoresco, mas como um desejo de voltar às raízes. Não a renda levemente amarelada, mas a espuma sem idade que antecede a pré-história e a história.

A propósito de Miró, é possível falar em infância. Mas apenas se formos falar da infância do mundo, e não da sua própria.

Do mesmo modo, pareceu-me conveniente colocá-lo ao lado da ópera-bufa. Sem dúvida, isso é permitido se pensarmos não na comparação de sua linguagem com uma tagarelice frívola, mas na constatação de que ele nunca desemboca num *páthos* da grande ópera. (No entanto, tudo o que é imprevisto, oportuno e que ele se esforça para incorporar ao seu trabalho deveria, antes, evocar a *commedia dell'arte*: pintar ou gravar com o vigor sempre franco de um arlequim, ou de outra máscara, interpretando, como se diz, "no improviso".) Por outro lado, foi uma completa injustiça que eu tenha sido levado a citar – afetado pelo alegre espetáculo colorido que ele propõe – o tão dissimulado e infantil Walt Disney!

—

Jogo de construção, magnífico jogo da infância ou adolescência, em estado quase puro nas litografias... Fabricar todo tipo de coisas com um número limitado de elementos combinados e recombinados: mudanças ou permutações de cores, mudanças de fundo, mudanças de orientação etc. Desse modo – questão de montagem –, *Pierrot le fou* se torna *Lutte rituelle* e *Cascade*, os *Polyglottes* se transformam nas *Chevauchées* ou vice-versa. Jogo caleidoscópico, com possibilidades quase infinitas.

—

Levantar, deitar. Inclinar-se. Girar. Sobrepor. Na essência: manejar, experimentar (fazer, para ver no que vai dar).

Aproveitar o que lhe cai nas mãos. Usar, como se fossem matérias naturais, os materiais humanos (ou pedaços de uma natureza humanizada). Não será assim que intervêm – associados aos traços e explosões de cores, em que o preto não é a menos viva delas – os caracteres de impressão, as estampas de fibrocimento ou de uma espessa lona crua, e outros preciosos fragmentos da realidade mais cotidiana?

—

Apesar de pertencer (de modo indiscutível e sempre declarado) a essa corrente, a invenção – em Miró – traz menos aspectos surrealistas no sentido estrito (na maneira de orientar as coisas imaginariamente na direção de sentidos ou funções diferentes dos habituais, na maneira também de

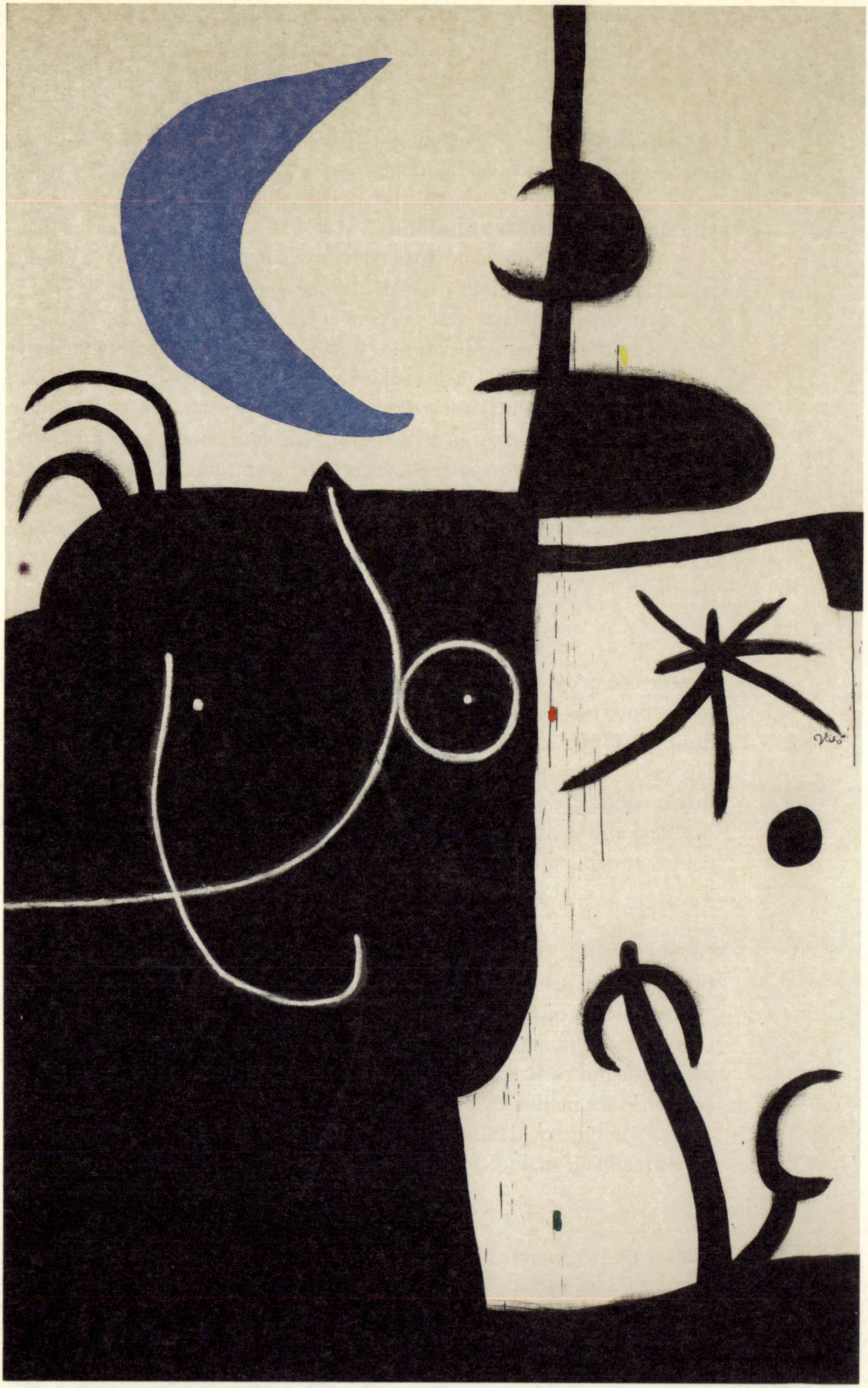

agenciá-las em conjunções surpreendentes ou de envolvê-las de extraordinário) do que certo "primitivismo": inventar como fazia o homem primitivo, manipulando, experimentando, modelando, tateando seus conceitos e ferramentas. Buscar um lugar *aquém* da cultura mais do que o seu *além* – ou do *mais além* – surrealista. Aspecto Robinson Crusoé: obter tudo de uma simples caixa de ferramentas que escapou do naufrágio. Trabalho feito em contato direto com a matéria – na qual o homem deve deixar suas marcas –, e não uma afirmação transcendente de humanidade a partir do uso de motivos desligados de suas referências, com uma utilidade imediata demais.

Impossível dizer que esse trabalho é mais intelectual que manual, ou o contrário. É um tipo de mão inteligente, e não subordinada à inteligência. Quanto a esse aspecto, Miró parece solucionar – com recursos extremos e dentro de um universo próprio – um dos problemas mais inflamados da nossa época.

―

Com Miró – que sabe que tudo pode ter um significado e que não há, portanto, fronteira entre figurativo e não figurativo –, as coisas *tomam forma*, como se algo indefinido, ao coagular subitamente, assimilasse uma identidade de si mesmo. Esse processo ocorre de modo tão intenso que seria inútil perguntar se o artista buscava ou não aquela forma. Certamente ele estava ali, mas talvez só como mediador – modesto e discreto, contentando-se em ajudar o que, aparentemente, teve início em seu próprio movimento –, em vez de agir como um intruso para quem realizar seus caprichos é uma espécie de questão de honra.

―

*Femme devant la lune* II, 1974

– Arte? Antiarte?
– Arte, decerto, já que a técnica e o gosto desempenham, no processo, um papel determinante. Mas antiarte, na medida em que o agente está, nesse caso, mais próximo do especialista que do esteta. Além disso, não existe obra de arte válida que não seja antiarte (em ruptura, mais ou menos categórica, com a arte de antes), nem uma suposta antiarte que (dada sua maneira sempre um pouco espetacular de se opor) não seja arte.

Será preciso pôr na conta da arte ou da antiarte o fato de as litografias terem – em sua maior parte – adquirido importância e força? Grande arte ainda mais vigorosa e despojada? Ou antiarte que ignora as agradáveis escolas de outrora?

―

"A virtude única dessa luz e o frescor de invenção do balé me parecem hoje comparáveis ao que é, para mim, a pintura de Miró."

Claramente sem refletir muito, escrevi isso a propósito de uma encenação de *Rigoletto* que começava com uma dança de crianças encarnando, ao que parece, miniaturas de *rigolettos* que remetiam – no retângulo surpreendentemente luminoso que a cena recortava no seio da noite romana – aos personagens de encanto distorcido que Miró esboçou ou modelou. Levado, sobretudo, pelo desejo de relacionar Verdi, músico que me comove de imediato (ou, para ser mais exato, que me comove como a revelação revigorante, embora lancinante, de algumas sardanas brilhantes), a um artista que eu amo também, por aquilo que tem de solar (que atinge diretamente, sem se enfraquecer nos desvios obscuros), eu denominei de modo gratuito o que considerava uma fantasia também gratuita: por que acrescentar, em *Rigoletto*, o bufão trágico, um grupo de jovens bufões paradoxalmente barbudos? Ora, eu ignorava que o diretor quisera mostrar os famosos anões que, na corte de Mântua, eram um atrativo das festas, e cujos apartamentos, que hoje em dia visitamos no palácio ducal, foram construídos à sua exata medida. Essa fantasia tinha, portanto, um fundamento real, e a descoberta que tanto me alegrou pela sua novidade não era, de modo algum, gratuita... Vista desse modo, a alusão – muito floreada – a *Rigoletto* presta-se bem a encenar seu papel alegórico: é ainda mais revigorante se apresenta tal invenção em Miró, pois nele há uma íntima conivência com os dados concretos, além de nada ser gratuito (intervenção arbitrária do desejo) naquilo que, às vezes, parece lhe ter sido imposto apenas por capricho.

―

Outro erro que cometi: em 1947, escrevi "Miró" com um acento grave[3] quando era preciso um acento agudo, e o texto falava expressamente desse acento que me parecia ter, ainda

---

3. Apesar do que escreve Leiris, o nome "Miró" aparece no texto "Autour de Joan Miró suivi de Repentirs et ajouts", publicado no livro *Zébrage* (Coleção Folio essais, Paris: Gallimard, 1992), grafado com acento agudo, e não grave, como ele menciona aqui. [N. da T.]

mais que o acento agudo, uma natureza surpreendente para um francófono. Fato análogo, em termos materiais, à história que contei do estudante chinês – sinto-me satisfeito, agora, por ter estabelecido uma relação entre uma Ásia muito longínqua e Joan Miró (ligado geograficamente a esse mediterrâneo que, numa noite de muita turbulência, ele achou que deveria insultar) –, meu erro de ortografia poderia revelar alguma coisa? Na verdade, creio não haver razão para interpretar esse lapso: a Miró não acrescentaria nada e, quanto a mim, apenas reforçaria a ideia de que a profunda singularidade da arte de Miró se reflete até mesmo em seu nome. Contudo, esse erro da edição antiga solicitava uma retificação. Errar o nome de uma pessoa não seria – teoricamente – atacá-la? E, por menor que fosse o ataque, seria ainda pior em um pintor e gravador como Miró, cujas obras recentes mostram, mais do que nunca, a importância de um "simples corpúsculo de cor viva"– acento deliberado ou ponto de impacto –, ali onde a liberdade e a minúcia, o acaso e a habilidade, a natureza e o artifício estão milagrosamente reunidos.

1970

Etnólogo, poeta, escritor e crítico de arte, o francês **MICHEL LEIRIS** (1901-1990) foi uma das inteligências mais originais de seu tempo, desempenhando papel ativo nos movimentos políticos e estéticos mais importantes do século 20. Entre seus livros, destacam-se *A África fantasma* (1934), impressionante diário de suas viagens de pesquisa ao continente, e as memórias ensaísticas *A idade viril* (1939), ambos lançados pela Cosac Naify. Publicado pela primeira vez em uma edição americana das gravuras de Miró de 1947, este texto hoje faz parte da coletânea *Zébrage* (1992), incluindo o pós-escrito de 1970 aqui reproduzido.
Tradução de **MARÍLIA GARCIA**

# S

**SÉPIA,** LUC SANTE

ALFABETO *serrote*

Em grego, é o nome de um tipo de molusco. Segundo a *Encyclopaedia Britannica* (11ª edição), "a bolsa de tinta é extraída do animal imediatamente após sua captura, e em seguida é secada para evitar a putrefação. Seu conteúdo depois é pulverizado, dissolvido em álcali e precipitado da solução pela neutralização com ácido." Trata-se de uma cor viva, entre o vermelho e o marrom, ainda que uma definição precisa tenha se perdido desde que o uso de tinta de sépia começou a desaparecer, de modo que hoje ela se aproxima de tons como ocre-amarelo-queimado e vermelho-veneziano. Em fotografia, a sépia ocorre naturalmente, como uma das duas disposições dos sais de ouro no banho químico – a outra disposição tende ao ciano. Por muito tempo, o banho em sépia foi o preferido por converter o conteúdo de prata em sulfito, aumentando assim a vida útil da foto.

A tonalidade também era preferida em comparação ao preto e branco convencional, pelo calor que conferia às imagens, além de aumentar a ilusão de realismo nas décadas que antecederam a ampla disseminação da fotografia colorida.

Por tudo isso, a sépia se tornou a cor da nostalgia. Em uma visita a Tombstone, no Arizona, ou a Leadville, no Colorado, é possível vestir uma das diversas réplicas de trajes típicos do Velho Oeste e tirar um retrato numa simulação de estúdio fotográfico da época – a foto é finalizada num tom particularmente avermelhado de sépia. O mesmo, aliás, que até muito recentemente era usado para revelar fotografias do século 19 em *coffee table books* populares, produzidos por editoras como a Bonanza. Até pouco antes dos anos 1990, uma dessas edições baratas sobre a ferrovia transcontinental ou mesmo uma coleção de fotos de Timothy O'Sullivan certamente estampariam imagens turvas que supostamente ganhariam em atmosfera aquilo que perdiam em detalhes. Hoje é possível converter suas experiências recentes em memórias vibrantemente longínquas, transformando fotografias coloridas em sépia monocromática no Photoshop. Para obter mais dramaticidade, você pode aplicar ainda uma moldura oval e apagar as bordas. As fotos usadas como mostruário dessa técnica sempre retratam grandes ocasiões com um fator nostálgico predeterminado – a chegada de um novo filho –, ainda que sejam evitadas aquelas mais associadas a encerramentos do que a começos, como a festa de aposentadoria ou as bodas de ouro, nas quais a sépia introduziria uma indesejada recordação da mortalidade.

As fotografias em sépia antigas – dos primeiros calótipos de Fox Talbot, de cerca de 1840, até talvez a terceira década do século 20 – oferecem uma gama de efeitos emocionais tão vasta quanto é vasta a gama de variações de sépia. As flutuações de tom por vezes derivam das escolhas estéticas do fotógrafo ou da pessoa encarregada pela impressão, mas, em geral, estão mais relacionadas ao nível de conhecimento de química dos profissionais. Quanto mais avermelhado o tom – quanto mais se aproximar da ideia que o mercado de massa contemporâneo tem dessa cor –, mais provável é que o resultado tenha se derivado da deterioração da impressão ao longo do tempo. No estado original, a sépia pode às vezes ser enevoada, mas também metálica. Suas bordas podem ficar borradas como se imitassem o abrandamento seletivo das lembranças ao longo de uma vida, mas também é possível que registrem e enumerem detalhes com tamanha fidelidade e agudeza que, a seu lado, o preto e branco parece palidamente atuarial, e a policromia, exagerada. Por acaso, a sépia era capaz de assumir as qualidades sensoriais e quase táteis de boa parte do que é representado nas fotografias de seu período: móveis de nogueira, papéis de parede texturizados, cortinas de veludo, peças de latão e estátuas de bronze – além de tijolos e pedra, é claro.

Mas talvez isso não tenha sido por acaso. Lewis Mumford intitulou a pesquisa que fez sobre a arte produzida nos Estados Unidos entre 1865 e 1895 como *The Brown Decades* [As décadas marrons] (1931) e afirmou que esse foi um período de luto prolongado: "Ao ceifar o que mal começara a florescer, a guerra civil destruiu a promessa da primavera. As cores da civilização americana mudaram abruptamente. Quando a guerra acabou, a cor marrom estava por toda parte: tons medíocres de marrom-claro, tons desbotados de chocolate, marrons de fuligem que se fundiam no preto. O outono tinha chegado." Ele via marrom nas casas e nas ruas, e também nos pintores: o solene Thomas Eakins, inspirado por Rembrandt, o louco e indigente Albert Pinkham Ryder, que preparava seus pigmentos com combinações instáveis das substâncias que tinha à mão, de modo que seus quadros ficariam ainda mais marrons com o tempo, sem contar aqueles que, de tão frágeis, não podem mais ser exibidos. O marrom avassalador do ambiente tinha origens psicológicas, claro, mas também derivava da industrialização, mais especificamente da enorme quantidade de fuligem que passou a cobrir as cidades americanas. O arenito, afinal, não era apenas imponente e circunspecto; era conveniente, já que demandava muito menos limpeza que o mármore, e não escurecia como a maioria das outras fachadas durante a fuliginosa era do carvão. Marrom é a cor da terra. É o que resulta quando se mistura a paleta inteira. É um tom adequado para uma sociedade que passou da improvisação rústica à fleuma mercantil-bancária sem uma intermediária sucessão de fases clássicas e românticas. Sob esse aspecto, a sépia cumpre o duplo propósito de evocar o sabor de sua época e atenuar e retocar suas faces menos honrosas.

A sépia estava, portanto, predestinada a ser a cor da nostalgia, muito antes de os temas retratados nas fotografias impressas em sépia se tornarem objetos de nostalgia. As fotografias evocavam esses temas ao mesmo tempo que, literal ou figurativamente, camuflavam sua poluição, assim como a memória que, ao recordar uma era de ouro – que é sempre a própria infância, não importa como seja enfeitada ou revista –, faz vista grossa para dificuldades e ambiguidades e tribulações. A sépia foi, é claro, usada em fotografias no mundo inteiro, mas ela tem uma importância especial nos Estados Unidos, país relativamente jovem, que ainda não perdeu seu império, mas que é tão prisioneiro da nostalgia quanto a Rússia em ruínas ou Portugal expropriado. A nostalgia nos Estados Unidos nasce do contínuo deslocamento de seus habitantes, da mudança acelerada e implacável, da negação da memória histórica e da consequente falta de profundidade dos laços afetivos. Os Estados Unidos são um carro em movimento, cujos passageiros, amarrados aos bancos, são impelidos a olhar para luzes que vêm de um futuro radiante ou apenas do estacionamento. O passado é névoa. As partes que margeiam a memória viva podem ser descartadas sem a necessidade de uma análise demorada, como a sucata de ideias defuntas e de equipamentos obsoletos. Antes, tudo o que se podia identificar na névoa eram imagens indistintas, tingidas pela censura moral.

A sépia colore um mundo que pode ser aceito como incompreensivelmente distinto do nosso. Se o preto e branco é, para nós, o tom das décadas de 1930 ou de 1950, quando as alternativas, modas e perspectivas eram tão ostensivamente nítidas quanto limitadas, então a sépia descreve uma época certamente alienígena. Além de as cores não existirem, tampouco existiam extremos, não havia meio-dia nem meia-noite. Era sempre o ocaso, ou talvez o fim da tarde, e o sol polia as superfícies em vez de iluminá-las. As sensações eram silenciadas. Os sons eram sussurrados. As pessoas se moviam e falavam lenta e calculadamente. Era um tempo mais velho que o nosso, não apenas cronologicamente, mas também porque seguia o ritmo da velhice. Nossos antepassados já estavam conscientes de serem nossos antepassados, mesmo que em sua austeridade não tivessem a menor ideia do caos multicolorido e emaranhado que os sucederia mais ou menos um século depois. Só podemos pensar nesse passado com espanto e perplexidade, e imaginar um abismo intransponível entre as emoções, os impulsos e os desejos de tal época e os da nossa. Quando vemos as *cartes de visite* em tons de sépia de nossos ancestrais ou de estranhos que inundam os mercados de pulgas, somos tomados talvez por sentimentos piedosos, ou quem sabe sintamos uma leve inveja, ou ainda, sem admitir para nós mesmos, acreditamos que estamos olhando para primitivos, quando não para imbecis.

Quando se refere ao passado histórico, a nostalgia é uma das faces da moeda. A outra é o desprezo, por materializar uma recusa de imaginá-lo com simpatia. A sépia, como mecanismo de distanciamento, infelizmente também participa dessa degradação. O destino da sépia é ficar tão intimamente ligada à tecnologia do passado até se tornar de fato obsoleta. Mas como é possível dizer isso de uma cor? Outras cores associadas a procedimentos do passado – zinabre, carmim, índigo – mantiveram a força ao mesmo tempo que ostentam, com topete, seu *pedigree* de antiguidade. A sépia, claro, tem uma gama suficientemente ampla para ser usada hoje sob diversos codinomes, mas seu nome verdadeiro é evitado. Ela é registrada como letra morta mesmo quando o contexto parece impossibilitar esse veredito (por exemplo, é usada como título de uma revista afro-americana de notícias que já existe há muito tempo, um análogo refinado de *Ebony* [Ébano] e *Jet* [Azeviche]; na verdade, um título tão refinado que hoje transmite a embaraçosa sensação de estar pedindo desculpas). Mas, novamente, um corolário da ignorância do passado é uma maneira presunçosa de considerar definitivo o julgamento da nossa época. Talvez a sépia, e tudo aquilo que ela implica, simplesmente não seja velha o bastante para ser vista sem que suscite insegurança sobre o lugar que ocupamos na fila que chamam de "progresso". Talvez a carcaça ainda esteja fedendo e os ossos não tenham sido branqueados. Mas quando a onda de inovação digital atingir o ápice e for substituída por outra coisa, quando a última geração que ainda se lembra da chegada das cores nos filmes, nas fotos e na televisão morrer, quando o peso morto da nostalgia se associar aos produtos e costumes da nossa própria época, a sépia será libertada e terá condições de parecer nova outra vez.

**LUC SANTE** (1954) nasceu na Bélgica e é radicado nos Estados Unidos, onde dá aulas de história da fotografia no Bard College. Autor dos ensaios *Low Life* (2003) e *The Factory of Facts* (1999), traduziu para o inglês Félix Fénéon e é frequente colaborador da *New York Review of Books*. Este ensaio foi publicado originalmente na revista *Cabinet*.
Tradução de **PEDRO SETTE-CÂMARA**

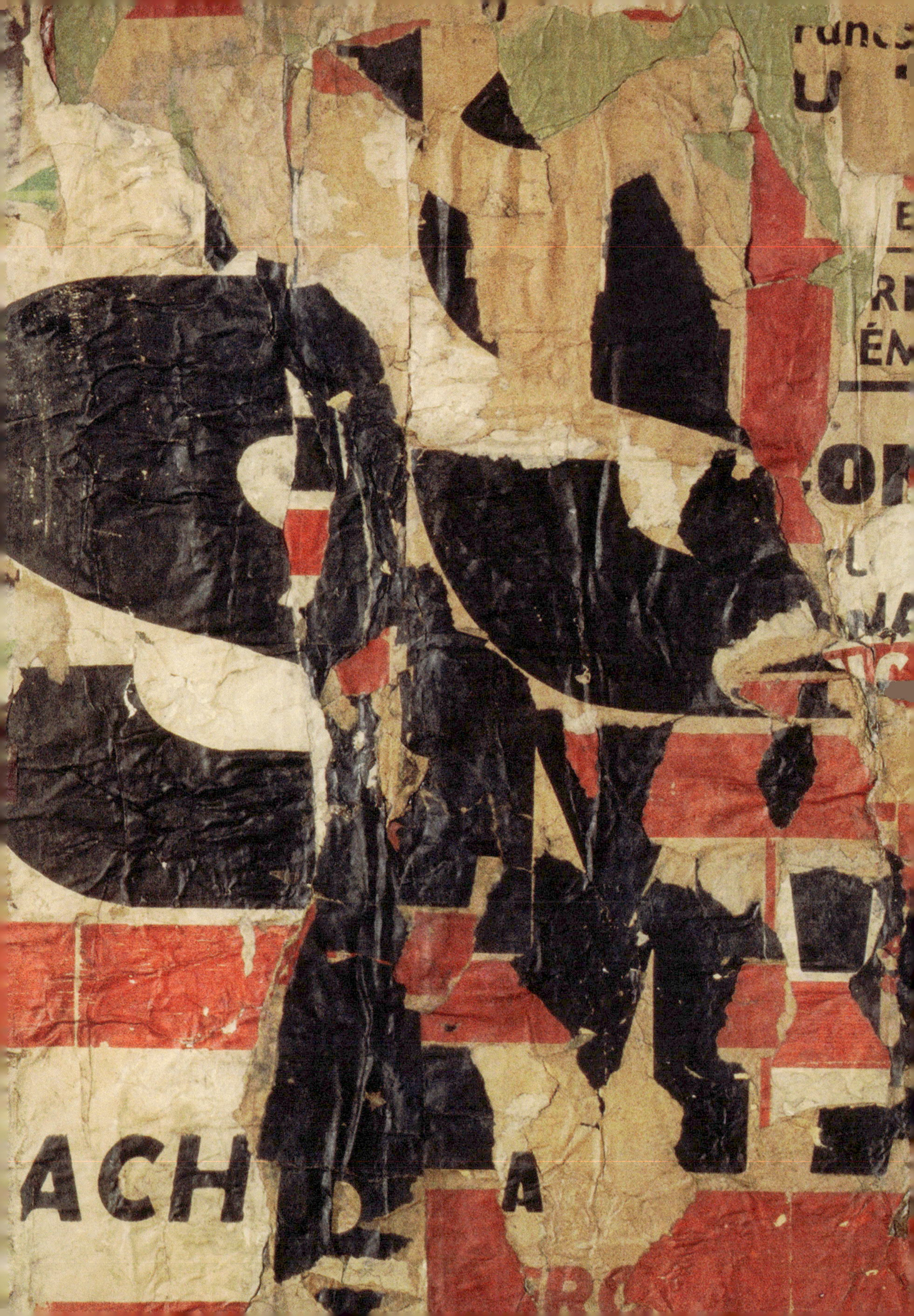
ACH
A

SOCIEDADE  Fundamento do ritual e daquilo que nos tornou humanos, a repetição é hoje uma compulsão que erode a imaginação e a vida intelectual

# Cultura do déficit de atenção

CHRISTOPH TÜRCKE

**Detalhes de *Ach Alma Manetro*
Raymond Hains**
Foto Centre Pompidou, MNAM-CCI, Dist. RMN-Grand Palais/Christian Bahier/Philippe Migeat
© Hains, Raymond/Licenciado por AUTVIS, Brasil, 2014

Seres humanos são reincidentes. E mais: é apenas por terem sido reincidentes que se tornaram seres humanos. Por menor que seja o conhecimento da origem da humanidade, uma coisa é certa: a formação dos costumes é parte integral da hominização, cuja origem são os rituais sagrados, que, por sua vez, têm uma raiz comum: o ritual de sacrifício. E sacrificar é repetir. De início era a mais sangrenta e desesperada repetição. Imolavam-se reiteradas vezes sujeitos da própria tribo e animais "preciosos" para amenizar o horror e o pavor das forças da natureza, ou, teologicamente falando, apaziguar poderes superiores. A lógica do sacrifício segue a mesma lógica fisiológica da compulsão à repetição. Por meio da repetição constante, o insuportável torna-se aos poucos suportável, o inconcebível, compreensível, o extraordinário, ordinário. O sacrifício realiza algo horroroso que livra do horror. É uma primeira e desajeitada tentativa de cura de si mesmo. No paleolítico, considerando-se a duração da vida de um único homem, essa tentativa não rendeu muito. Mas 20 ou 30 milênios de repetição foram o suficiente para que se desenvolvesse seu efeito tranquilizante, atenuante, para que se comprovasse que a repetição foi, por excelência, a fundadora da cultura.

Rituais, costumes, gramáticas, leis, instituições são sedimentos da compulsão à repetição – tanto sedimentos de seu efeito quanto de sua diminuição progressiva. Ela é atenuada neles; neles ela se acalma. Ela submergiu na cultura, literalmente. Persiste como um resto inquieto, como um estorvo esporádico, um resíduo patológico de tempos remotos – num ambiente que é composto de seus sedimentos. A própria compulsão à repetição é horripilante, e seus sedimentos são preciosos. Toda cultura precisa de rituais sublimes, hábitos confiáveis, rotinas diárias. Eles são a base de cada desenvolvimento livre e individual. Até o início dos tempos modernos, repetição era o mesmo que abrandamento e tranquilização. Em seguida, fez-se uma invenção revolucionária: a máquina. Desde que existe homem, existem instrumentos. No entanto, os instrumentos automáticos, que se movimentam sempre da mesma maneira, por si mesmos, existem desde os tempos modernos. Eles assumem movimentos humanos. E, apesar disso, são muito mais rápidos, precisos e perseverantes que os homens, sem que nunca sejam manipulados por eles, sem que tais homens se igualem a seu movimento padronizado, sem que se identifiquem com eles. A identificação, contudo, destina-se sempre a uma instância superior que possui algo que falta ao sujeito.

A máquina a vapor assumiu processos de movimentação. A máquina de imagem assumiu processos de percepção. Assim como o olho, na retina, faz surgir imagens, a câmera o faz mediante superfícies quimicamente preparadas. Nessas superfícies, ela capta luz, retendo as imagens assim como elas se configuram. Elas são *imaginadas*, literalmente, nessa superfície, e, além disso, tornam-se acessíveis aos olhos de qualquer um. Que progresso na história da imaginação! Enquanto as pessoas, na passagem de criança a adulto, precisam percorrer, com muito esforço, das impressões difusas à percepção distinta, da percepção à imaginação, até que aprendam a conservar e modificar o imaginado como representação interna e, além disso, compartilhar suas representações somente de modo indireto, por meio de gestos e palavras, a câmera consegue tudo isso de maneira direta e simultânea – graças a um novo e fundamental poder: a faculdade da imaginação técnica. É compreensível que a identificação com tal maravilha tenha sido incomparavelmente mais intensa se colocada ao lado da máquina a vapor.

A fantasia dos pioneiros do cinema e de seu público, sobretudo, deu um impulso atrás do outro, por meio da realização da imaginação técnica. Novas formas de percepção e de expressão surgiram, imagens pareciam adquirir uma força imprevista. Alguma coisa escapou, no entanto, aos portadores de esperança nos novos meios: o quanto sua própria imaginação ainda era formada por meios e espetáculos tradicionais, de caráter mais contemplativo, como carta, jornal, livro; ou ainda festa popular, concerto, teatro. *A partir daí* se formava a faculdade de imaginação, que esses pioneiros levaram consigo ao cinema. E as projeções de filmes foram de início raras: noites festivas ou eventos de fim de semana. Entre um filme e outro, havia muito tempo para se deixar sedimentar o que foi vivido. A pessoa não era impelida a seguir imediatamente para a próxima faixa, o próximo programa de auditório ou o noticiário.

Os espectadores de filme ideais são os anacrônicos: aqueles capazes de ir narrando integralmente o filme visto, capazes de refletir sobre ele, de discuti-lo e até mesmo de resenhá-lo; em suma, pessoas que o acompanham com perseverança e o cercam com comportamentos que aprenderam nos trabalhos manuais e nos jogos de habilidade infantis, na observação e na pintura de imagens, na leitura e na escrita de textos, mas não apenas com o próprio filme, cujo princípio foi claramente visto por Walter Benjamin: a contínua "mudança de lugares e ângulos, que golpeiam intermitentemente o espectador". "De fato", diz Benjamin, "a associação de ideias do espectador é interrompida imediatamente com a mudança da imagem. Nisso se baseia o efeito de choque provocado pelo cinema."

O efeito de choque se abranda de verdade apenas quando as telas passam a ser cenário de todos os dias, mas a intermitente "mudança de lugares e ângulos" não para de modo nenhum. Ela se tornou onipresente. Além disso, cada corte de imagem atua como um golpe óptico que irradia para o espectador um "alto lá", "preste atenção", "olhe para cá", e lhe aplica uma pequena nova injeção de atenção, uma descarga mínima de adrenalina – e, por isso, decompõe a atenção, ao estimulá-la o tempo todo. O choque da imagem atrai magneticamente o olho pela troca abrupta de luzes; ele promete ininterruptas imagens novas, ainda não vistas; ele se exercita na onipresença do mercado; seu "olhe para cá" propagandeia a próxima cena como um vendedor ambulante anuncia sua mercadoria. E já que a tela pertence tanto ao computador como à televisão, ela não só preenche o tempo livre, mas atravessa a vida toda, também durante o tempo de trabalho; o choque imagético e o trabalho coincidem. Os dados, que de início eu acesso, apoderam-se de mim retroativamente, de modo que me obrigam ou a trabalhá-los ou a correr o risco de ser demitido.

Por tudo isso, o choque da imagem se tornou o foco de um regime de atenção global, que embota a percepção justamente por uma contínua excitação, um contínuo despertar. Os criadores de programas televisivos não contam mais com um espectador mediano que acompanha longos programas do início ao fim. Eles calculam de antemão que ele mudará de canal à menor queda de tensão percebida, e ficam felizes quando conseguem retê-lo ao menos nos destaques do programa, que são anunciados com chamadas espetaculares. Esse espectador representa o regime de atenção do choque imagético, e dita o modelo até para o leitor de hoje, mesmo o leitor intelectual. Cada produto impresso, se quiser ser observado, precisa se comportar de modo semelhante a uma imagem fílmica diante do olho. Nas últimas duas décadas, todos os grandes jornais estão cada vez mais parecidos com as revistas ilustradas. Sem fotos grandes eles não podem mais concorrer. Toda a diagramação supõe que ninguém tem mais concentração e resistência suficientes para ler um texto da primeira à última página, linha por linha.

Tudo isso são sintomas manifestos de déficit de atenção. O chamado transtorno do déficit de atenção com hiperatividade (TDAH) é apenas um caso bem grosseiro dele. São crianças que não conseguem se concentrar em nada, nem se demorar em algo, nem construir uma amizade, nem persistir em uma atividade coletiva, crianças que não concluem nada que começam. Elas são impelidas por uma agitação motora constante, não acham nenhum refúgio, nenhuma válvula de escape, e se transformam em estorvos constantes para escola, família e colegas. Não obstante, há um meio muito eficiente para deixá-las quietas. "Quando crianças que não podem ficar quietas, que movem os olhos para a direita e para a esquerda, procurando alguma coisa e evadindo-se, sentam-se diante de um computador, seus olhos tornam-se claros e fixos", escreve o terapeuta infantil Wolfgang Bergmann. Elas se movimentam nos jogos e contatos on-line "com uma segurança de que não dispõem na chamada 'primeira realidade', no dia a dia de sua vida". Com o computador, diz Bergmann, "bastam poucos movimentos da mão para obter um objeto desejado dentro do campo disponível, ou chamar alguém para a troca desta ou daquela fantasia, deste ou daquele contato". Porém, "tudo é direcionado para sua própria satisfação imediata. Logo que ela tenha chegado ao seu objetivo", quando objetos ou parceiros não a interessam mais, "com um movimento manual, um clique no teclado, eles se afastam [...] como se nunca tivessem estado ali".

Subentende-se que crianças com danos cerebrais, transtornos psicóticos manifestos ou experiências traumáticas comprováveis padecem de déficit de atenção grave, mas uma criança que não consegue se concentrar em nada, depois de um acidente de carro ou de um abuso sexual, deve ser diagnosticada seriamente como TDAH? Nesses casos, a origem do déficit de atenção é óbvia. A designação TDAH, no entanto, não é casual; ela surgiu quando as causas não eram claramente reconhecíveis, quando era até duvidoso constatar que se tratava de uma doença, quando se enfrentava uma sintomatologia que se propagava rapidamente por todos os estratos sociais, ainda que não de modo uniforme; uma sintomatologia cujo símbolo é a fixação produzida pelas máquinas de imagem. Nesse campo de referência – eu o chamo *fornalha de TDAH* –, lida-se sobretudo com crianças e jovens cujo déficit de atenção foi o que primeiramente eles mesmos *vivenciaram*. A atenção que eles não são capazes de dar foi antes retirada deles mesmos. Bebês não sabem o que é um regime de atenção, mas têm antenas ultrafinas para condições de atenção. E se toda sua vida infantil passou já cercada pelo cenário da televisão, todos eles têm chance de vivenciar desde cedo, traumaticamente, como a atenção se dispersa entre o círculo de pessoas

SEES

Marceau

próximas e esse cenário, como as reivindicações de atenção, que esse cenário cobra permanentemente, tornam superficial e irreal a dedicação prestada pelas pessoas que cuidam do bebê.

A privação traumática da atenção na primeira infância, que surge desse modo nada espetacular, dificilmente se revela com pesquisa empírica, assim como também não se sabe qual será o efeito na criança de mães que telefonam durante a amamentação ou de pais que checam e-mails constantemente enquanto brincam com seus filhos. Eles não os maltratam e talvez nem se considerem insensíveis. Muitas vezes, crianças com TDAH não têm lesões manifestas nem sofrem de falta de cuidado ou ausência excessiva dos pais – no entanto, eles devem ter sofrido algum tipo de privação vital, caso contrário não haveria agitação motora contínua, uma busca constante por algo que ainda não adotou a forma de um objeto perdido. Só mais tarde, quando os envolvidos coletivamente passam a rodear máquinas de imagem como insetos ao redor da luz, fica evidente de onde vem a agitação. Muito antes de conseguirem perceber máquinas de imagem como objetos, a tela como coisa, eles vivenciaram o poder de seu brilho em absorver a atenção: como privação. E é preciso repetir essa privação para ultrapassá-la. Ela abranda o desejo dessas crianças retrocedendo ao ponto em que ela se originou. E, assim, essas crianças procuram tranquilidade nas máquinas, as mesmas que foram os agitadores cintilantes de sua tenra infância.

"O que eu temo é o que me atrai", disse o psicólogo da religião Rudolf Otto, contemporâneo de Freud. Não há melhor fórmula para a compulsão à repetição traumática do que essa frase. Só que Otto não sabia disso. Ele não tinha nenhum conhecimento de Freud. Ele apenas esperava, com essa fórmula, descrever o sagrado. Mas a definição foi bem mais longe do que ele supunha. O sagrado é o produto de uma conversão de época. Quem se sente impelido ao que é pavoroso? Criaturas profundamente traumatizadas, que procuram proteção do terrível com aquilo que é terrível, que são pressionadas e levadas a transformar a repetição em força salvadora. Dessa maneira, as gerações seguintes procuraram dominar o terror da natureza. Nas crianças com TDAH, esse padrão arcaico comemora sua ressurreição em alta tecnologia. "Onde me roubam o cuidado é aonde vou. Onde me deixam inseguro será exatamente onde procurarei apoio."

É evidente que aquele fenômeno difuso, para o qual o TDAH é mais a designação de um embaraço que um diagnóstico patológico bem delineado, não pode ser entendido fora de uma perspectiva teórico-cultural mais abrangente. O TDAH não é só uma doença em um ambiente saudável. Ao contrário: apenas onde já existe uma cultura do déficit de atenção é que existe TDAH. Bilhões de pequenos choques audiovisuais estimulam a atenção humana o tempo todo – e por isso a desgastam. Essa é a lei do déficit de atenção, cuja dinâmica permeia toda a nossa cultura. Ainda é possível se defender de seus efeitos, evitá-los, mas em breve isso não será mais possível. Segundo estimativas cautelosas, a cada seis crianças, uma é afetada pelo TDAH; e a tendência é esse número aumentar. O que atualmente se estabelece sob a sigla TDAH é somente uma abertura: um anúncio, um prenúncio do que ainda virá – exatamente como na música.

Na verdade, é preciso deslocar o regime de atenção altamente tecnológico para uma perspectiva cultural global, e evidenciar qual corte de época se insere na história da repetição humana. Sendo reincidente, o *Homo sapiens* pôde desenvolver um singular sistema de processamento de excitações. Em inumeráveis surtos de repetição, que exigiram boa parte de sua pré-história, ele mobilizou esforços de condensação, deslocamento e inversão sem precedentes para formar alguma imagem mental dos terrores traumáticos, para amortecer, restringir, contornar sua imagem difusa a partir de várias outras subsequentes, para sintetizar essas imagens e, finalmente, desenvolver o mundo interior da imaginação. E, um belo dia, veio a maravilha da imaginação técnica e tudo isso passou a acontecer num só golpe, de uma maneira espantosamente simples: pela captura de luz em superfícies quimicamente preparadas.

Mas, com isso, uma nova forma de compulsão à repetição se apoderou da humanidade. Uma perfeita maquinaria audiovisual técnica passou a funcionar 24 horas por dia, a repetir ininterruptamente a irradiação de seus impulsos de atenção. Contudo, ela não mais repete aquele tipo de movimentação que se sedimentou em rituais e costumes. Ao contrário, ela os dessedimentou. A excitação traumática, que outrora impulsionou a formação e a repetição de rituais, o desejo de se livrar dessa excitação e a busca pela paz, tudo isso é estranho à compulsão pela repetição técnica. Esta se desenrola de modo meramente mecânico; sem dor, sem cansaço, sem desejo, sem objetivo. E do imenso poder de seu desapego e autossuficiência não se segue nada menos do que a inversão da lógica da repetição humana. Até os tempos modernos, ela resultou em redução, em sedimentação e no efeito calmante. Agora, a imaginação técnica se desenvolve contra a imaginação humana e vem retrocedendo seu caminho.

A imaginação técnica atrai porque suas imagens são genuínas, sensuais, apresentáveis, impressões diretas da realidade exterior, que podem ser exteriorizadas exatamente da mesma maneira. Por isso ela envergonha a imaginação humana, que sofre por não poder apresentar a palidez de suas imagens. Mas vai ainda mais longe: ela desfaz uma das maiores conquistas da imaginação humana: a diferença entre alucinação e representação. As imagens mentais só se tornaram profundamente pálidas e abstratas quando se distanciaram da alucinação, quando se purificaram na esfera da representação e deixaram para o pano de fundo sua própria fornalha alucinatória. E aí surgiu esta inversão paradoxal: somente homens com avançada capacidade de abstração e representação poderiam inventar uma imaginação técnica, que agora mostra às representações humanas sua própria palidez, apresentando para elas, por meio de suas imagens fartas, cheias, intrusivas, a seguinte questão: quem vocês pensam que são, hein, caras-pálidas? Que tal se renderem logo de uma vez?

Imagens de filmes, não importa se ficcionais ou documentais, penetram no espectador com intensidade alucinatória. Ele as vê, querendo ou não, através do olho mecânico da câmera, que não distingue percepção e representação. Não diferenciar percepção de representação: é exatamente o que a alucinação faz. O olho da câmera funciona, de certo modo, em nível psicótico. Quem entrega seu olhar à câmera se introduz numa perspectiva óptica exteriorizada, num cenário de sonho tecnicamente preciso – um cenário que já foi prontamente sonhado para nós.

O espectador não precisa primeiro, por si próprio, condensar, deslocar e inverter os motivos latentes, e por isso mesmo pode sonhar com facilidade, porque só se deixou do sonho o lado exterior: o conteúdo manifesto do sonho. Não há dúvida de que o filme abriu uma nova dimensão da experiência do mundo com seu tipo especial de similaridade com o sonho. A famosa definição de Paul Klee para suas grandes obras é válida sem restrições: "Arte não retrata o visível, ela torna visível". Porém, isso tem um preço alto. A imaginação técnica tampouco diferencia, em suas grandes obras, percepção e representação – e por isso mesmo trabalha necessariamente para desfazer essa separação própria à imaginação humana. Ela tem uma tendência psicotizante.

Quem dera o retrocesso à indiferença se restringisse a somente algumas horas. Todos precisam de fases de regressão, da relaxante e distraída queda num estado em que se confundem ludicamente representação e alucinação, justamente para estabilizar as forças e enfrentar a realidade, assim como todos precisam do sonho, o que Freud denominou uma vez de "psicose inofensiva". O problema está na distração concentrada: o regime. Nos grandes filmes, ele festeja seus momentos gloriosos. Na superfície do dia a dia, a proximidade da representação à alucinação toma a figura da dor e da miséria. Disso são testemunhas as crianças-TDAH. Suas representações dificilmente vão além dos apêndices do que elas vivenciam e desejam. Ao se abandonarem nesse aqui e agora, ao se perderem em seu cintilar palpitante, elas se aproximam de um novo modo de sonho diurno. Não é, certamente, aquele sonho diurno contemplativo, no qual representações, como usadas livremente, imergem nas imagens e ganham, por momentos, plasticidade alucinatória; é, isto sim, um cintilar nervoso de sonho e vigília, que não deixa os envolvidos sonharem mais intensamente nem lhes permite chegar a uma conduta desperta mais estruturada. O espaço mental de representação, isto é, o espaço interno de vigília, não ocupa mais um volume digno de menção, tampouco o espaço do sonho. Ele não mais submerge em um *back office* mental em que os restos diurnos não elaborados pela consciência desperta serão elaborados posteriormente, possibilitando algo de que o sistema nervoso humano precisa não menos do que o sono: a retenção mental.

As antigas escolas autoritárias puniam crianças rebeldes com retenção. Elas tinham de ficar mais tempo na escola. Felizmente, hoje isso não acontece mais. Mas elas permanecerão sempre sentadas, em qualquer lugar onde houver dever de casa. E isso porque as lições são trabalhadas por meio de repetição, retificação, variação. E quanto menos se assimila o conteúdo nas aulas, mais tempo se fica retido no dever de casa. Que seja frequente não se ter vontade de fazer o dever de casa, é muito natural. Mas uma outra coisa é seu aparelho sensório-motor ser incapaz disso. É tão fatal quanto não poder dormir ou sonhar. Sim, não é exagero dizer: retenção é a mais antiga técnica cultural. O *Homo sapiens* não chegou à cultura senão por meio do trabalho repetitivo posterior a catástrofes naturais. Uma cultura que não pode mais se reter desiste de si mesma.

Aprender a reter e ter tempo livre para isso é a base de toda formação. Educadores e professores que praticam com muita paciência e calma ritmos e rituais comuns, que nesse percurso passam o tempo comum com as crianças que lhes são confiadas; que se recusam a adaptar a aula a padrões de entretenimento da televisão, com contínua troca de método; que reduzem o uso de computadores ao mínimo necessário; que ensaiam pequenas peças de teatro com as crianças, apresentam a elas um repertório de versos, rimas, provérbios, poemas, que são decorados, mas com ponderação e entendimento; que não se servem permanentemente de planilhas, mas fazem os alunos registrarem caprichosamente o essencial num caderno: eles são membros da resistência de hoje. A cópia de textos e fórmulas, outrora um sinal muito comum das escolas autoritárias, de repente se torna, diante da agitação geral da tela, uma medida de concentração motora, afetiva e mental, de exame de consciência, talvez até uma forma de devoção. E quanto mais cedo é praticada a atmosfera dessa devoção profana, tanto menos as aulas corretivas precisam compensar os defeitos de TDAH. Nas palavras de Nicolas Malebranche: "Atenção é uma oração natural". Tornar as crianças capazes de orar, nesse sentido figurativo, capazes de imergir em alguma coisa, de modo a se esquecer de si mesmas, mas justamente tendo nisso um vislumbre do que seria preencher o tempo: essa é talvez a mais urgente tarefa educacional de nossa época.

Por isso eu proponho uma nova disciplina escolar. Chamo provisoriamente de "estudo de ritual". Aos alunos iniciantes serviria, antes de tudo, como uma paciente e criteriosa prática de conduta. Além disso, daria a toda a rotina escolar um eixo ritual, quer dizer, toda a matéria de aula se condensaria em intervalos regulares de pequenos atos. É preciso ensaiar apresentações; ao ensaiar, aprende-se a repetir, aprende-se a se

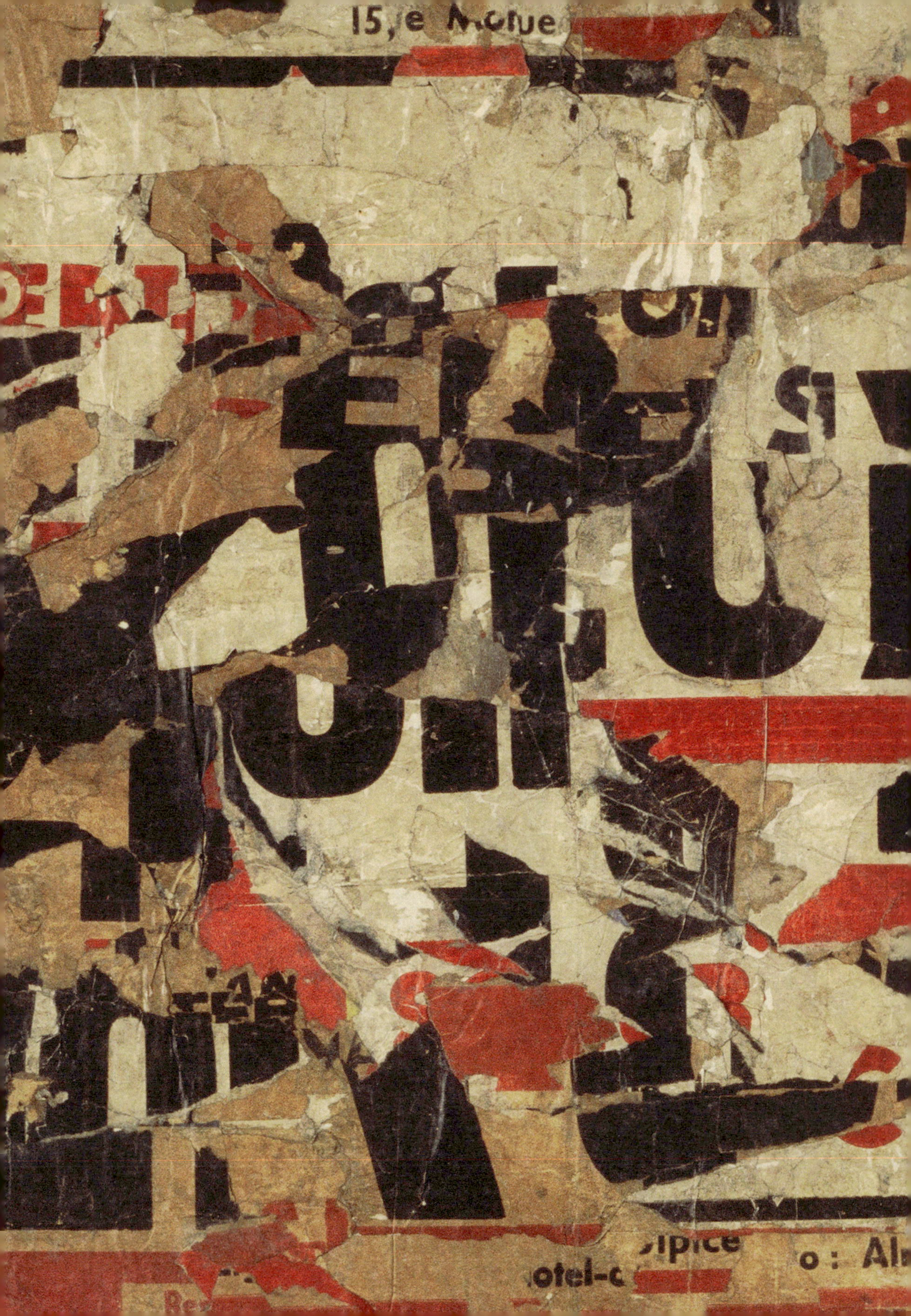

aprofundar em algo. Quem apresenta qualquer coisa aprende a apresentar a si mesmo: dar à sua conduta uma estrutura. O eixo ritual permearia toda a matéria da aula também em classes avançadas. No nível avançado, no entanto, as apresentações tenderiam mais à forma da palestra do que da apresentação teatral. Sobretudo, o estudo de ritual emergiria agora como uma disciplina própria, na verdade como a principal disciplina, que abrangeria todo o conteúdo de sociologia, ciências da religião e ética, revelando todas as estruturas sociais, os assuntos religiosos e os motivos éticos a partir de suas manifestações rituais, enfim, a partir daquelas práticas vivas, das quais artigos de fé, valores, constituições e instituições são somente coisas abstratas. Uma disciplina de escola que é amplamente mediada pelo ritual e, ao mesmo tempo, não negligencia sua penetração crítica, poderia ser a chave para solucionar conflitos religiosos e multiculturais; poderia superar a separação abstrata da esfera sacra e profana – até ateus conservam certos objetos no plano do sagrado – e poderia constituir uma das colunas de todo o ensino. Ao menos seria uma ótima aliada para a retenção sensata.

Muitos falam de sustentabilidade, mas não há sustentabilidade sem retenção. Retenção tem um apelo miserável, mas, em tempos em que sua própria existência está ameaçada, também tem a chance de se tornar virtude, como nunca antes. Somente é preciso ser usada com sensatez. Aí pode ser de fato revolucionária. Como escreveu Benjamin: "Marx afirmou que as revoluções são as locomotivas da história mundial. Mas talvez sejam algo totalmente diferente. Talvez as revoluções sejam a alavanca para o freio de emergência da humanidade, que viaja nesses trens."

CHRISTOPH TÜRCKE (1949) é professor emérito de filosofia da Hochschule für Grafik und Buchkunst (HGB) de Leipzig, onde lecionou de 1995 a 2014. Considerado um dos maiores renovadores da teoria crítica, abordando materialismo e teologia, meios de comunicação e formas de percepção, história e psicanálise, é autor de *Sociedade excitada* (Unicamp, 2010) e *Filosofia do sonho* (UnIjuí, 2010). Pelo conjunto da obra, ganhou o prêmio Sigmund Freud de Cultura, promovido pela Deutsche Psychoanalytische Vereinigung (DPV) e pela Deutsche Psychoanalytische Gesellschaft (DPG), em 2009.
Tradução de EDUARDO GUERREIRO B. LOSSO.

A saturação de informações está na raiz da obra do francês RAYMOND HAINS (1926-2005), que nos anos 1950 começou a realizar as colagens que o tornariam célebre pela utilização de restos de cartazes afixados nos muros das cidades.

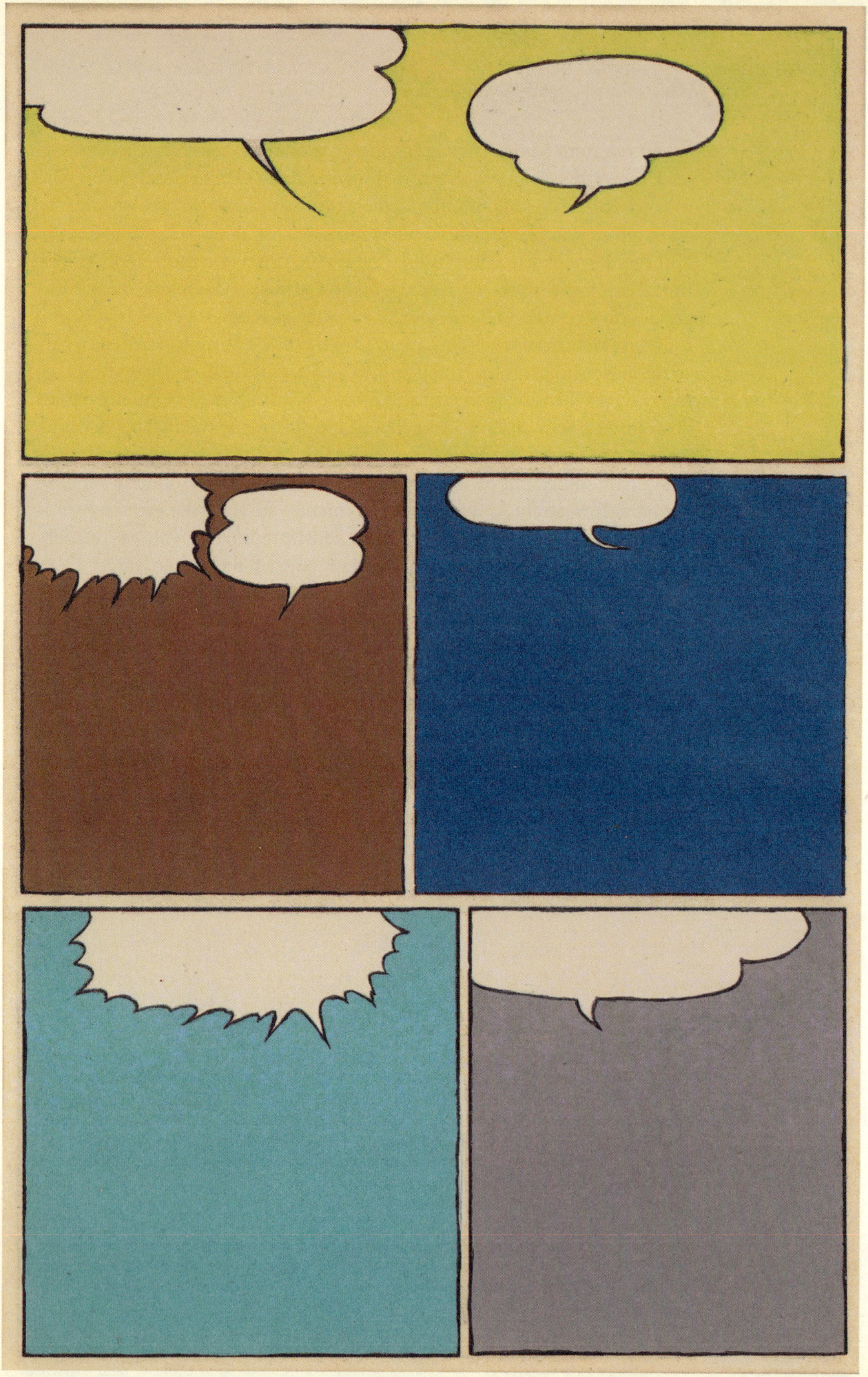

DEBATE  Acusações de assédio contra um professor brasileiro mostram na web um país longe da igualdade de gênero e enredado num machismo estrutural

# Obscuros objetos de desejo

FRANCISCO BOSCO

**Rivane Neuenschwander**
**Imagens da série**
*Zé Carioca n. 4, "A Volta de Zé Carioca"* (1960), *edição histórica, Editora Abril,* 2004
Tinta acrílica sobre gibi
© 2015 MOMA, Nova York/
Scala, Florença

Provavelmente *nenhum* homem brasileiro pode se dizer de todo imune ao machismo estrutural difuso que permanecerá, tal qual o racismo, por muito tempo como a característica nacional do país. Se já não se fazem mais John Waynes, Norman Mailers, Nelson Rodrigues e Jece Valadões como antigamente, a força representativa dos Bolsonaros *et caterva* não nos convida a ilusões nem permite o negacionismo: a desigualdade de gênero ainda se manifesta de diversas formas, sutis ou brutais, legais ou informais, nos espaços públicos ou privados. Da mais abjeta misoginia ao machismo residual e inconsciente, a desigualdade de gênero se deixa verificar todos os dias. Se, sob diversos aspectos, a cultura patriarcal foi erodida, por outros tantos ela persevera. É pertinente a denominação de sociedade *pós-patriarcal*, desde que se entenda pelo termo a permanência, em larga medida, daquilo que já não existe mais em sua plenitude.

Embora tenham hoje mais tempo de escolaridade que os homens e, por exemplo, sejam maioria entre os titulados nos cursos de doutorado, as mulheres ainda sofrem discriminação salarial, ganhando em média 84,1% da renda dos

1. Essa discrepância, entretanto, tem caído: era de 81,9% dez anos antes. Ver: José Eustáquio Diniz Alves e Suzana Marta Cavenaghi, "Indicadores de desigualdade de gênero no Brasil". *Mediações*, Londrina, v. 18, n. 1, jan./jun. 2012, pp. 83-105. Disponível em: www.uel.br/revistas/uel/index.php/mediacoes/article/view/16472.

2. www.compromissoeatitude.org.br/sobre/dados-nacionais-sobre-violencia-contra-a-mulher.

3. www.compromissoeatitude.org.br.

4. Até o momento da entrega deste texto, o Tumblr continuava no ar: butterytenaciousbird.tumblr.com.

homens, segundo dados de 2008.[1] Na política institucional, apesar de ter elegido sua primeira presidenta da República em 2010 (entrando para o seleto grupo dos 16 países que tinham mulheres no cargo máximo de sua esfera pública), o Brasil ainda ocupa um pífio 140º lugar no ranking mundial da participação política, com uma das participações femininas em nível federal mais baixas do mundo. No âmbito da violência em espaços públicos, além de toda a intimidação impossível de quantificar, o Ipea estima que haja anualmente 527 mil tentativas ou casos de estupro no Brasil, dos quais apenas 10% são reportados à polícia (por medo de represálias, por descrença na punição ou na credibilidade da própria palavra).[2] Quanto à violência doméstica, uma pesquisa do Instituto Avon, em 2004, verificou que três em cada cinco mulheres jovens já sofreram violência em relacionamentos. E os dados de 2014 coletados pela Central de Atendimento à Mulher, da Secretaria de Políticas para as Mulheres da Presidência da República, revelam que 77% das mulheres que relatam viver em situação de violência sofrem agressões semanais ou diárias.[3]

Essa flagrante desigualdade dá o contexto e ajuda a compreender melhor uma polêmica que, nascida na incandescência da internet, deixa um rescaldo no qual permanecem importantes questões sobre a possibilidade de uma sociedade mais igualitária do ponto de vista de gênero e, também, sobre o que se entende como justiça. No final de 2014, o professor brasileiro Idelber Avelar, que leciona na Universidade Tulane, em Nova Orleans, nos EUA, sofreu denúncias anônimas de assédio sexual por meio de um Tumblr que continha, além de depoimentos de mulheres que se apresentaram como vítimas, *printscreens* de diálogos eróticos realizados no serviço de mensagens privadas do Facebook.[4] Uma das mulheres afirmava ter 15 anos quando começaram suas conversas com o professor. Anunciado num primeiro momento pelo blog da professora feminista Lola Aronovich, da Universidade Federal do Ceará, que apoiou as denunciantes e o teor das denúncias, o Tumblr logo viralizou na internet, produzindo, de início, debates exaltados nas *timelines* do próprio Facebook e no Twitter de leitores de Idelber Avelar, cuja atuação na web é destacada desde a primeira época dos blogs, fazendo dele uma das figuras centrais do debate intelectual brasileiro no meio digital.

Depois de se tornar uma espécie de *trending topic* nas redes, a discussão chegou à grande imprensa, em reportagens do *Globo* e da *Folha de S.Paulo*.

Na esteira das denúncias iniciais, surgiram outras, também publicadas no blog de Lola Aronovich, dessa vez acusando o professor de oferecer orientação a alunos "em troca de encontros noturnos e jantares...", e afirmando que esse comportamento é padrão na sua atividade profissional.[5] Depois de uma semana de silêncio e ainda em meio ao tiroteio verbal, Idelber Avelar publicou uma resposta às acusações, defendendo a lisura de sua trajetória no magistério; observando a inexistência de quaisquer denúncias assinadas; afirmando serem "completamente mentirosos" dois dos relatos do Tumblr e propositalmente inexato um *printscreen*; garantindo terem sido consensuais as interações; garantindo também ter terminado a conversa com a menor por sua própria iniciativa, ao saber da idade dela; atribuindo as denúncias a uma combinação de ressentimentos pessoais e políticos; e, finalmente, anunciando que entrara com ações cível e criminal, "tanto pela violação de privacidade como pela difamação".[6]

### "FRAGILIDADE PSICOLÓGICA" É COMUM ÀS AUTODECLARADAS VÍTIMAS

Os três relatos publicados no Tumblr são explícitos em seus objetivos. No relato 1, a acusação é de assédio ("Tocou o foda-se e continuou o assédio mesmo assim"). No relato 2, o professor é novamente acusado de assédio ("O cara se transformou de alguém que eu admirava, achava legal e comecei a sentir tesão, para um *stalker*, assediador") e de abuso psicológico ("Imagine você sem experiência em abuso psicológico, ouvir esse tipo de coisa de um cara 20 anos mais velho"). No relato 3, as acusações são de manipulação ("Me senti usada e manipulada por ele desde o início") e de agir como um "predador sexual" ("Espero que essa exposição de um predador sexual sirva para salvar outras mulheres"). Entre os relatos 2 e 3 há uma interpolação intitulada "Julgamentos", em que uma voz em terceira pessoa – indicando assim não se tratar de uma das autoras dos relatos – acusa Idelber repetidamente de assédio, abuso e uso de "sua posição e de sua liberdade como um ativista de esquerda para se aproximar das mulheres".

[5]. escrevalolaescreva.blogspot.com.br/2014/12/um-pouco-mais-sobre-o-caso-do-professor.html.

[6]. www.idelberavelar.com.

À luz exclusivamente das informações apresentadas no Tumblr, tanto nos depoimentos como nos *printscreens*, é evidente a inconsistência da acusação principal, de assédio. Assédio sexual, crime tipificado no artigo 216-A, alteração, em 2001, do Decreto-Lei n. 2.848, de 1940, é definido da seguinte maneira: "Constranger alguém com o intuito de obter vantagem ou favorecimento sexual, prevalecendo-se o agente da sua condição de superior hierárquico ou ascendência inerentes ao exercício de emprego, cargo ou função". A relação de Idelber Avelar com as autoras dos relatos em questão não era a de "ascendência inerente ao exercício de emprego", logo o crime de assédio sexual está em princípio descartado. Entretanto, no relato 3, essa linha *pode* ter sido cruzada: a autora conta que Idelber Avelar, já em um contexto de sedução, sugeriu-lhe candidatar-se a um mestrado na universidade americana onde leciona ("Disse que era muito fácil estudar lá, só que eu precisava ter o contato certo, alguém pra me guiar"), o que é *passível* de ser interpretado como favorecimento ilegítimo, num contexto público e profissional, "com o intuito de obter vantagem sexual". Seja como for, ela não oferece qualquer prova dessa afirmação.

Assédio, pura e simplesmente, acusação que aparece repetidas vezes nos relatos do Tumblr, designa toda forma de abordagem insistente que não respeita a recusa por parte do outro. Ora, não há como alegar que houve assédio, uma vez que em nenhum momento, rigorosamente, segundo contam os relatos e mostram os *prints*, houve desrespeito à recusa. A autora do relato 3 diz ter imaginado que se "desse um não rotundo ele ia parar", mas prossegue a conversa até decidir: "Deletei o contato dele do MSN". Daí em diante, não há insistência. A autora do relato 2, tendo alegadamente recebido uma inadvertida *selfie* de um pênis ereto, responde "em tom de brincadeira" e continua a conversa. Em nenhum momento diz *não* e, portanto, não é desrespeitada em sua recusa. A certa altura, a autora do relato 1 diz ter ficado "com nojo" e dado "um basta", decisão igualmente acatada. O problema aqui é, portanto, compreender por que, contra todas as evidências de se tratar de relações eróticas consensuais, as mulheres se dizem assediadas e se veem como vítimas.

As acusações têm em comum a perspectiva da fragilidade psicológica. Mas abuso psicológico e manipulação são fundamentalmente diferentes de assédio. Este último situa o acusador como um sujeito livre, porém impedido de exercer sua liberdade de recusa por outro sujeito – que é, por isso, opressor. Mas se dizer psicologicamente abusado e manipulado implica admitir uma fragilidade ou fragilização *anterior* à relação específica em questão. Só um sujeito de antemão fragilizado pode efetivamente se sentir manipulado. Nesse caso, e a pergunta não é retórica, de quem é a responsabilidade por sua incapacidade de agir? Ou, para usar o termo feminista, pela sua incapacidade de *empoderar-se*?

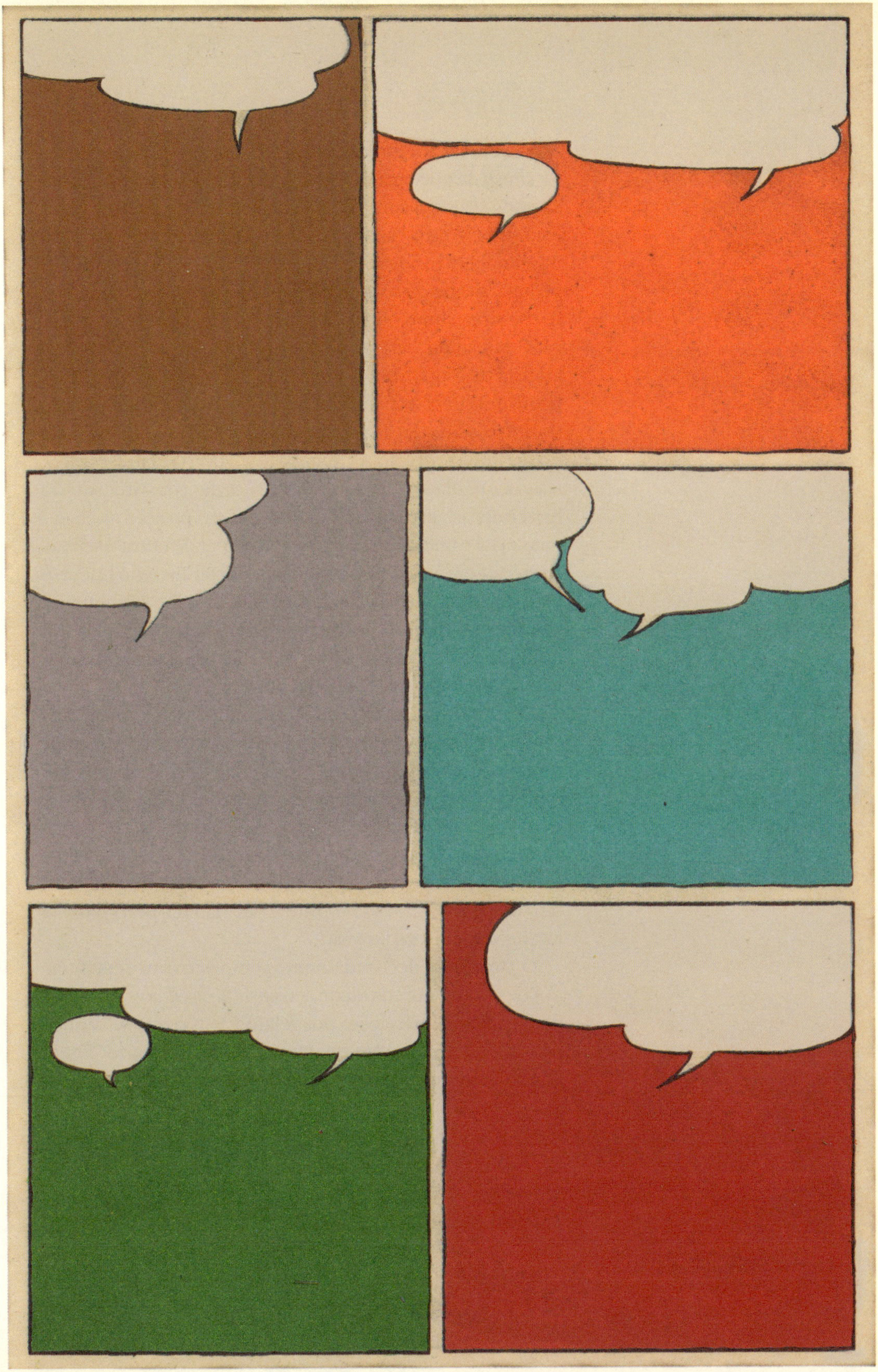

Já a expressão "predador sexual" em si, fora do contexto de abuso de poder característico do crime de assédio sexual, só pode ser vista como acusação de uma perspectiva moralista – mas é uma "acusação" análoga quanto à perspectiva, pois também incide sobre o desejo do outro, moralizando-o, no lugar de incidir sobre o desejo do acusador, que mais uma vez se situa como objeto fragilizado. Finalmente, a "acusação" de uso de "sua posição e de sua liberdade como um ativista de esquerda para se aproximar das mulheres" configura uma perspectiva punitiva ao mero exercício do desejo do outro, sem relação com um desrespeito aos direitos, isto é, com uma violação da liberdade do outro (o que caracterizaria um *abuso* e, aí sim, uma acusação consistente). É a rigor impossível para alguém não usar sua posição na economia social e imaginária para se aproximar de outras pessoas, simplesmente porque não se pode deixar de ser o que se é. Esse tipo de acusação (de que alguém se valha socialmente daquilo que é) se revela precisamente, no meu entender, um exemplo dos "microfascismos" identificados pela professora Ivana Bentes em comentário sobre o caso.[7]

7. www.facebook.com/ivana.bentes/posts/860273314006040.

Misturadas às acusações mais explícitas, há nos relatos repetidas declarações de sofrimento psicológico. Uma das mulheres se diz deprimida e com a autoestima destruída (por isso "queria transar, ficar com vários caras, me sentir fantástica através disso"). Outra, referindo-se às conversas com Idelber Avelar, se diz mal, degradada, culpada. A terceira conta ter se sentido incomodada (com a foto inadvertida do pênis), chocada e "burra por não ter percebido as intenções dele logo de cara".

O Tumblr foi declaradamente composto com uma intenção de complementaridade, e os *prints* das conversas deveriam provar as acusações dos relatos. Mas o que se verifica não é isso. Foi a cantora e colunista da revista *CartaCapital* Karina Buhr quem o identificou da maneira mais precisa:

> Vejo nos *prints* dois tipos de comportamento. O do cara dominador, opressor, ameaçador (exposto até agora em forma de fetiches sexuais). O das mulheres dominadas e exercendo poder no jogo também, no lugar de sujeitos de suas vontades, seus tesões, sejam lá quais. De repente, quando entram os relatos, elas aparecem como vítimas, desamparadas, humilhadas, ofendidas, abusadas.[8]

8. panenopantano.cartacapital.com.br/2014/12/e-ai-resolvi-escrever-sobre-o-caso-idelber.

E prossegue: "Nos diálogos, todas as mulheres parecem gostar bastante do jogo e participam ativamente dele, como indivíduos livres, dividindo os mesmos tipos de gostos, de forma, sim, consensual. O que fez ser tratado como não consensual foi o fato de elas falarem depois, nos relatos, que se sentiram abusadas."[9] Ou seja, o assédio, a manipulação, o abuso são *efeitos* da passagem, por alguma razão realizada pelas mulheres, de sujeito do desejo à vítima do desejo do outro – e não a sua causa, como alega a acusação.

De fato, ao longo dos *prints*, no único momento em que uma mulher pede que uma conduta não se repita (declarando-se incomodada em ser chamada de "tesuda"), ela é prontamente atendida. Que as evidências do caráter consensual das trocas não tenham sido interpretadas desse modo por muitos, isso se deve, como observou Karina Buhr, ao fato de os relatos (não por acaso colocados antes dos *prints*, na ordem da leitura) induzirem a essa interpretação. Mas é preciso antes perguntar: o que faz com que esses relatos interpretem a experiência evidentemente consensual dos *prints* como um abuso? Por um lado, há um machismo estrutural que, em alguma medida (posto que é estrutura), atravessa de antemão todas as relações heterossexuais, produzindo desequilíbrios, opressões, fragilizações, cerceamento de liberdades, e que instaura assim um campo de tensões, suspeições e lutas justas. Por outro, e ao mesmo tempo, há uma eventual produção de álibis para ressentimentos imaginários, punições injustas e uma atmosfera paranoica totalizante que costuma ser o pano de fundo social para a emergência de microfascismos.

### PROFUSÃO DE JULGAMENTOS OBLITERA O ENFRENTAMENTO DO GERAL COM O PARTICULAR

O acatamento sumário das acusações do Tumblr (que não significa ter empatia pelo sofrimento das mulheres, como observou a feminista Cynthia Semíramis);[10] a compreensão dos diálogos dos *prints* como provas de assédio (a contrapelo das evidências de consenso); o acatamento de outras denúncias que surgiram (em geral anônimas e sem qualquer comprovação); e ainda a legitimação imediata, irrefletida do *outing* como mecanismo constitutivamente punitivo – tudo isso configurou uma distorção do exercício da justiça, em que o princípio geral prevaleceu sobre o caso particular. Mais

---

9. Ibidem.

10. www.facebook.com/cynthiasemiramis/posts/10204158074846452.

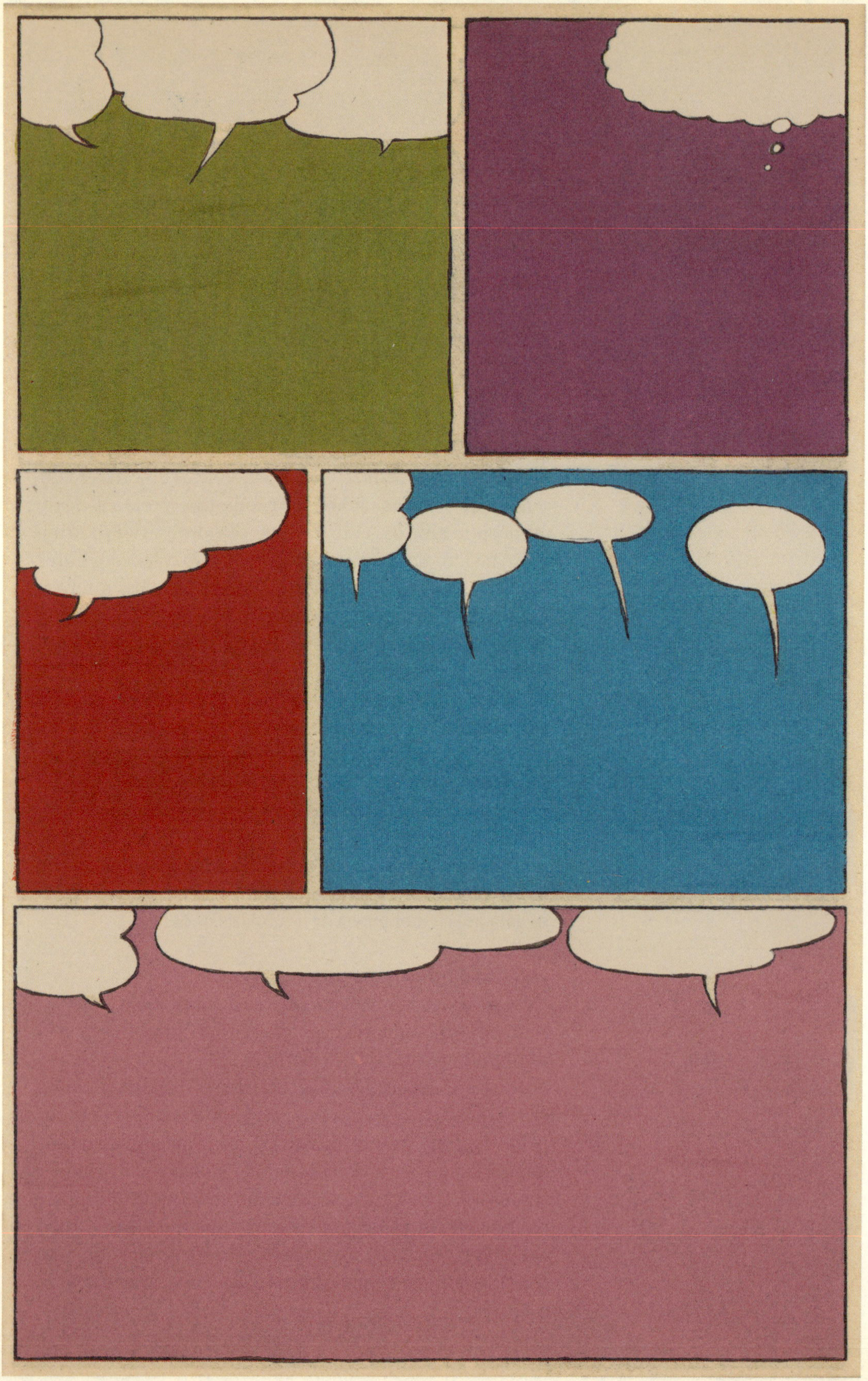

precisamente, obliterou-o, como costumam fazer os preconceitos, e muitas vezes a luta mobilizada contra eles (é um dilema moral das resistências aceitar empregar, em sentido inverso, as mesmas estratégias injustas dos opressores).

A observação, por alguns debatedores, de que a postagem dos *prints* constitui uma infração da legislação brasileira (com efeito, a única *evidente* violação do consenso em todo o episódio é a publicação de informações privadas) levou outros debatedores a evocar o princípio da insuficiência do direito relativamente à justiça das lutas e às lutas por justiça. Sem dúvida, a justiça é irredutível ao direito. O direito é um princípio de generalização necessário, sem o qual não pode haver justiça; fica-se sujeito ao puro arbítrio. Mas a justiça é o enfrentamento do geral com o particular, um combate igualmente necessário, sem o qual também não se faz justiça. Como escreveu Derrida: "Cada vez que as coisas acontecem ou acontecem de modo adequado, cada vez que se aplica tranquilamente uma boa regra a um caso particular, a um exemplo corretamente subsumido, segundo um juízo determinante, o direito é respeitado, mas não podemos ter certeza de que a justiça o foi".[11] Assim, "para ser justa, a decisão de um juiz, por exemplo, deve não apenas seguir uma regra de direito ou uma lei geral, mas deve assumi-la, aprová-la, confirmar seu valor por um ato de interpretação reinstaurador, como se a lei não existisse anteriormente".[12]

É justo, portanto, lembrar que o direito não é a justiça. Mas essa lembrança concerne, com mais forte razão, às autoras do Tumblr e a todos que prontamente acataram as denúncias. Julgar que Idelber Avelar cometeu assédio, contra todas as evidências dos *prints* e baseando-se em denúncias anônimas sem comprovação, é aplicar um princípio geral – o machismo estrutural – sem confrontá-lo à sua efetivação concreta. Não estou sugerindo que os que assim julgaram não leram o material dos *prints*, mas sim que o leram mobilizados, *determinados* pelo juízo prévio sobre o machismo geral. Formalmente, o machismo é uma espécie de *direito negativo*: sua existência social difusa e generalizada, sua espécie de lei cultural informulada não implica sua necessária efetivação concreta e singular. Assim, a pressuposição da universalidade justa do direito é tão potencialmente injusta quanto a da universalidade injusta do machismo. Prosseguindo nas analogias formais, é oportuno observar

[11] Jacques Derrida, *Força de lei*. São Paulo: Martins Fontes, 2007, p. 30.

[12] *Ibidem*, p. 44.

ainda que, assim como a justiça pontual pode implicar uma injustiça geral, em casos de "dois pesos, duas medidas" (por exemplo, um jovem preto e pobre encontrado com 20 gramas de maconha é considerado traficante por um policial, enquanto um jovem branco e rico com a mesma quantidade é considerado usuário pelo mesmo policial), assim também uma justiça geral (a luta contra a desigualdade de gênero) pode incorrer em uma injustiça particular.

O machismo estrutural cria obstáculos efetivos ao "empoderamento" das mulheres, dificulta que elas se tornem sujeitos de seu desejo, *causas adequadas de si mesmas* – mas não se pode responsabilizar *a priori* um homem concreto, numa situação concreta, por isso. A justiça é, por definição, *a posteriori*. Mas isso implica procurar separar (na medida do possível e na medida mais exata possível), na interpretação de um caso concreto, a sua especificidade e a estrutura em que está inscrito. Caso contrário, como observou Cynthia Semíramis, vai-se "partir do princípio de que homens são sempre agressores, que são predadores a serem denunciados".[13] Ao se agir assim, ela prossegue, "personaliza-se a luta. Não é mais contra o machismo estrutural, é contra indivíduos. E o indivíduo é desumanizado: é um monstro, é um doente, alguém que não merece existir nem tem direitos, por isso pode ser linchado e condenado à morte (mesmo que morte on-line)."[14]

O enfrentamento entre o geral e o particular foi em larga medida obliterado pelas pessoas que julgaram Idelber Avelar um assediador. A feminista Jarid Arraes, num texto escrito em meio ao debate sobre o caso, porém sem fazer menção direta a ele, identifica "o padrão machista de invalidar completamente o 'não' das mulheres".[15] É preciso observar, entretanto, que as evidências do Tumblr não autorizam tal interpretação ao caso. Antes, é o "não" das mulheres que não chega a se colocar, e aí voltamos ao âmbito do machismo estrutural e sua opressão fragilizante. Por outro lado, continua Jarid Arraes, "o problema está em abordar essas mulheres assumindo de antemão que elas vão gostar de receber uma foto do pênis ereto".[16] Com efeito, é especialmente invasiva a prática de enviar fotos inadvertidas do próprio pênis ereto, e a autorização para fazê-lo vem do machismo. As práticas sociais segundo as quais vivemos compreendem as trocas eróticas iniciais como um movimento informal e ambíguo, em que a transição das primeiras às

13. www.facebook.com/cynthiasemiramis/posts/10204158074846452.

14. *Ibidem*.

15. www.revistaforum.com.br/questaodegenero/2014/11/29/assedio-sexual-online-e-comportamentos-invasivos.

16. *Ibidem*.

segundas intenções quase necessariamente implica alguma invasão, já que o espaço do consentimento vai se formando à medida que se testam suas aberturas. Mas a foto inesperada de um pênis ereto é um salto abrupto nesse espaço, uma espécie de arrombamento desse espaço. E, entretanto, dando outra volta no parafuso, as mulheres que aparecem no Tumblr não fecharam em seguida esse espaço, aceitando, portanto, a forma algo violenta como ele foi criado.

O exercício da justiça nunca pode renunciar à tensão entre o geral e o particular, e, no interior do particular, às outras eventuais tensões e contradições. Entretanto, Maria Clara Bubna, que integra o Coletivo de Mulheres da Uerj, onde é estudante de direito, chegou a declarar o seguinte, num comentário sobre o caso em questão: "Taí uma das coisas que eu discordo do direito: a inocência dada para todas as pessoas acusadas em um primeiro momento, sem considerar as condições e o cenário histórico em que essas pessoas estão inseridas".[17] A consideração das condições estruturais é defendida por meio da desconsideração da situação específica. Quero crer que há nessa declaração apenas uma excepcional irresponsabilidade, mas não se pode deixar de notá-la: a supressão da presunção de inocência é uma marca indefectível de sistemas totalitários. Conhecemos os momentos e lugares da história em que se exortou a delação. É uma das formas do terror.

### UM TEATRO REGRESSIVO DO DESEJO

Há, contudo, um aspecto altamente complicador nesse imbróglio, seu elemento verdadeiramente obsceno, sem o qual, é de se suspeitar, o caso não teria adquirido tais proporções. O grão de escândalo dos textos não é a profanação do espaço erótico privado, a revelação crua e cruel da intimidade do sexo e das fantasias que o sustentam, mas sim a natureza dessas fantasias e o contraste radical entre as figuras pública e privada de Idelber Avelar que elas trazem à tona. O professor de esquerda, sempre corajosamente lutando, em plena luz dos espaços públicos, o chamado "bom combate", alinhado à causa feminista e de todas as minorias, de repente nos apresenta, sob a penumbra das mensagens privadas, uma fantasia sexual que é uma espécie de teatro regressivo, rodriguiano, em que o corno é um personagem central, o "Ricardão" (encarnado por ele mesmo)

[17]. www.facebook.com/mariabubna/posts/1495882197367921.

é o outro, e as mulheres são putas, vagabundas e piranhas. Não faltam nem o policial traído que se torna um "corno amansado" (tendo antes ameaçado a mulher com uma arma na cabeça) e as evangélicas pudicas que se transformam em "putas" para completar a citação, repetindo o sistema de reversões das personagens do dramaturgo que tinha orgulho de se definir como "reacionário".

Essa transformação, aos olhos do público, de dr. Jekyll em mr. Hyde é difícil de digerir. Para todos: os envolvidos diretamente no episódio e os politicamente interessados nele. "Corno", "Ricardão", "puta" e "vagabunda" representam uma compreensão perfeitamente conservadora dos papéis de gênero, ratificando a heterossexualidade compulsória, a monogamia (pois sua "infração" produz um "corno" e uma "piranha"), os códigos de honra machistas, a condenação social à liberação sexual feminina etc. Nesse ponto concordo a princípio com Lola Aronovich, para quem o termo "corno" "não deveria constar do vocabulário de um feminista"[18] (ao mesmo tempo, cabe observar que o termo "predador sexual" é igualmente conservador enquanto manutenção da condição de objeto conferida à mulher).

Disse que esse contraste entre o Idelber Avelar público e o privado é perturbador para todos. É possível interpretar nos relatos do Tumblr a passagem de sujeito do desejo a vítima de manipulação como o efeito de um sentimento de culpa causado pela cumplicidade desejante com uma fantasia sexual (política) regressiva. "Você é tão vagabunda que tenho pena do seu corno. Vamos torturar o corno, humilhar o corno, ele vai lamber minha porra e vai pedir pra me ver metendo", lemos no relato 2, para em seguida sua autora contar que "de repente a conversa mudou de um papo legal, de alguém que tava interessado *em sexo*, para uma coisa degradante, que me fazia sentir mal, e mesmo assim não me sentia à altura dele pra confrontar e dizer o que tava acontecendo, como eu me sentia". Admitindo-se essa leitura, o enfrentamento do outro com o público, por meio do *outing*, substituiu e encobriu o enfrentamento do sujeito com o próprio desejo e suas eventuais implicações políticas. Colocar-se no lugar do manipulado é uma maneira de se eximir da responsabilidade por ter participado da fantasia sexual regressiva. *Não posso admitir que esse desejo seja meu, logo fui manipulado*. Essa leitura é reforçada pelo seguinte

[18]. escrevalolaescreva.blogspot.com.br/2014/11/se-ele-fosse-assim-publicamente-nao-lhe.html.

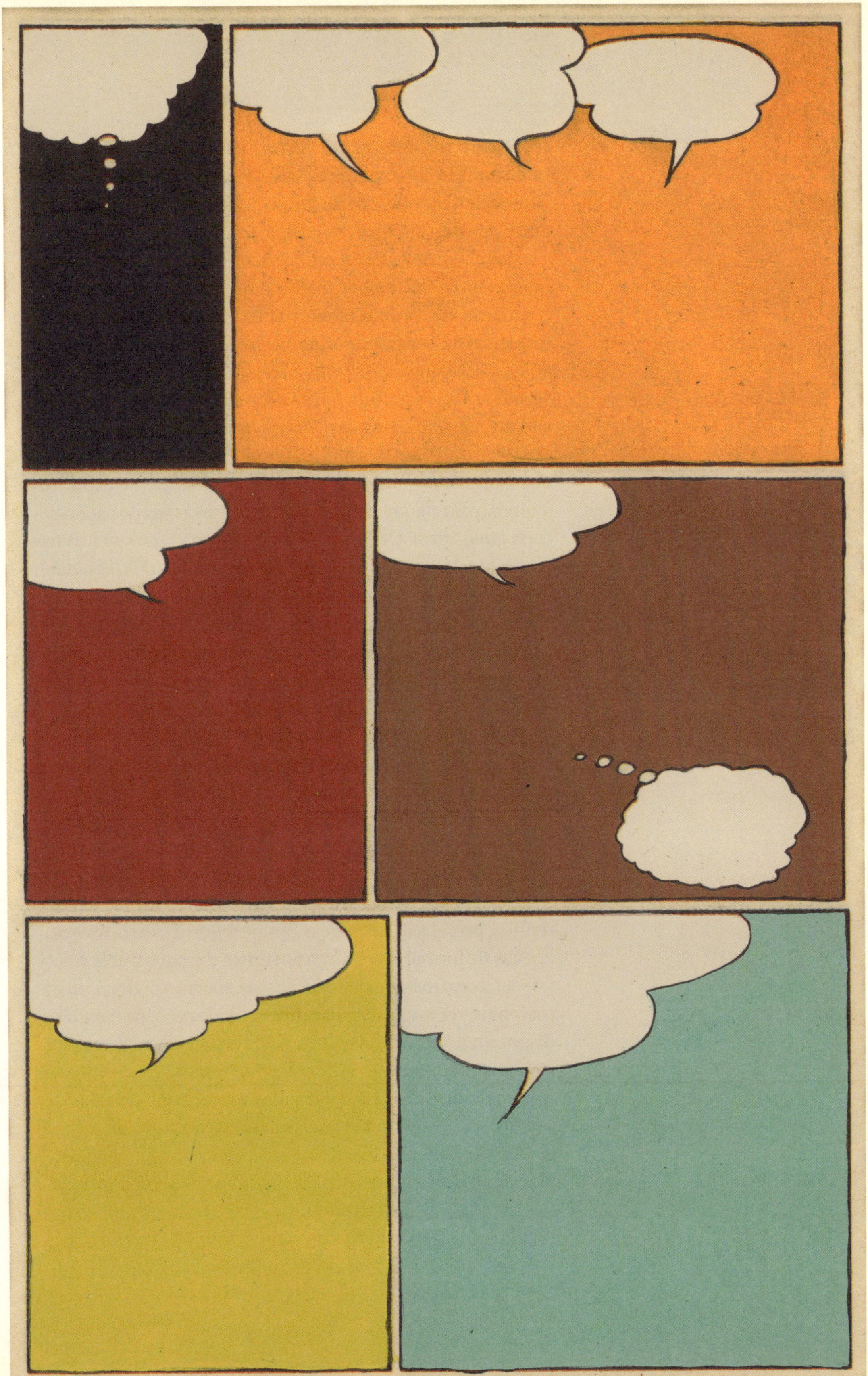

trecho, do mesmo relato: "Imagine se sentir culpada por estar traindo alguém que possivelmente sequer sonha com o que acontece debaixo do próprio nariz?". Não é difícil imaginar que destino teve essa culpa.

Mas a natureza dessa fantasia parece ser incômoda também ao próprio Idelber Avelar. Em sua resposta às acusações, firme e *al grano* como de hábito, ele entretanto desvia do centro da questão ao tratar desse aspecto: "Anal, *ménage*, BDSM, *cuckolding*: é isso que escandaliza o 'feminismo' no século 21?".[19] Ora, ninguém se escandalizou com as referências a sexo anal e *ménage*. Tampouco é exato dizer que há BDSM e *cuckolding* nas fantasias em jogo nos *prints*. BDSM é um conjunto de práticas que requer consentimento explícito (e ainda, para alguns, contrato assinado e inversão de papéis);[20] *cuckolding*, *idem*. Os "cornos" dos *prints* não são sujeitos da fantasia, como os sujeitos ativamente passivos do *cuckolding*, que gostam de ver seus parceiros transarem com terceiros. São os personagens clássicos do teatro conservador, como já disse. O escândalo, portanto, não foi com as fantasias em si, mas com o contraste radical entre sua natureza regressiva e o sentido político geral da atuação pública de Idelber Avelar.

Tenho usado a palavra "contraste" e evitado falar em contradição porque essa última pressupõe uma contiguidade de planos. Permanece a se discutir, entretanto, essa questão relativa aos espaços: o público e o privado são espaços homogêneos, heterogêneos ou, ainda, sujeitos a eventuais interseções? Em outras palavras, os princípios, a lógica e as consequências políticas desses espaços são os mesmos? Não tenho a pretensão de indicar uma solução a esse problema, apenas de formar sua questão. Política e espaço público são noções consubstanciais: nas ágoras sociais (digitais, institucionais, da imprensa, da universidade etc.), os cidadãos disputam projetos, perspectivas, interpretações. No espaço público, discutem-se e decidem-se práticas que interferirão na vida de toda a coletividade. Uma ideia, no espaço público, diz respeito potencialmente a toda a coletividade, já que interfere na vida dela. Uma representação machista, no espaço público, participa do jogo complexo da formação dos cidadãos, interferindo na vida de todos. Tudo o que está no espaço público diz respeito a todos. Outra é a lógica e talvez outras sejam as consequências do espaço privado. Nele, a lei primordial é a do consentimento. As relações

[19]. www.idelberavelar.com.

[20]. Por exemplo, para a filósofa Beatriz Preciado. Ver seu *Manifiesto contrasexual*. Madri: Opera Prima, 2002.

21. Com efeito, Hannah Arendt observa que a emergência da intimidade, tal como esse espaço seria valorizado e desenvolvido na época moderna, "foi dirigida, em primeiro lugar, contra as exigências niveladoras do social, contra o que hoje chamaríamos de conformismo inerente a toda sociedade". Ver *A condição humana*. Rio de Janeiro: Forense Universitária, 2010, p. 48.

22. Acredito que a atuação pública rigorosa de Idelber Avelar, sempre pronto a apontar falhas morais ou intelectuais na conduta alheia, tenha se revertido contra ele no processo de seu julgamento nas redes sociais.

sociais aí não são reguladas pelas leis que regulam o espaço público, apenas pelo consentimento. É um campo de grande liberdade do indivíduo, inalcançável ao poder do Estado e à moral social, poderes normalizadores[21] – desde que no exercício dessa liberdade privada o indivíduo não infrinja qualquer lei, não impeça a liberdade do outro, caso contrário estará imediatamente passando ao espaço público e à sua jurisdição. É inaceitável pleitear uma inviolabilidade do espaço privado quando nele ocorre qualquer infração à lei (violência doméstica, por exemplo), mas é também inaceitável submetê-lo ao escrutínio público quando ele mesmo não se movimenta transgressoramente nessa direção. É esse o mecanismo, por exemplo, do moralismo, que pretende submeter a uma moral dominante, normalizadora, ideias e comportamentos consensuais em âmbito privado.

Por essa razão algumas pessoas consideraram moralistas as acusações e condenações morais a Idelber Avelar. Mas nem toda condenação moral é moralista: não o são as que dizem respeito a condutas públicas. Justamente por perceberem os espaços público e privado como homogêneos, ou ao menos tendo regiões de interseção, outras pessoas consideraram inaceitável, contraditória, a conduta sexual de Idelber Avelar, que assim encarada torna hipócrita toda a sua atuação pública. Não tenho convicção quanto a esse ponto.

### NO ESCRACHO DIGITAL, A PUNIÇÃO VEM ANTES

Do ponto de vista das interpretações do episódio, não houve nada próximo a um consenso: entre os polos dos que condenaram sumariamente e *in totum* Idelber Avelar (alguns, permito-me especular, se aproveitando da situação para realizar pequenas vinganças pessoais)[22] e dos que o defenderam com simétrico açodamento, desqualificando de saída todas as acusações (alguns chegando ao absurdo de atribuí-las exclusivamente a retaliações político-partidárias), o debate público levantou múltiplos aspectos e os interpretou de diversas maneiras. Entretanto, o fato mesmo de acusações graves à reputação terem mobilizado tamanha onda discursiva já configura uma espécie de prejuízo. Idelber Avelar é um professor com 29 anos de magistério, autor de diversos livros e inúmeros ensaios, figura destacada no debate teórico e crítico brasileiro – contudo, as 20 primeiras entradas em uma busca por seu nome no Google, no momento em que escrevo, referem-se quase totalmente às acusações de assédio sofridas por ele (à exceção dos links neutros para os seus perfis de Facebook e Twitter, praticamente inutilizados por ele desde o episódio, e seu perfil na Wikipédia de língua espanhola). Com efeito, um problema moral das acusações que impossibilitam – e por isso dispensam – comprovações (suposto abuso sexual na infância, manipulação psicológica etc.)[23] é que elas são constitutivamente condenatórias. Não é que elas neguem o direito de defesa, mas impedem que o acusado comprove sua inocência. Há nelas, assim, uma reversão do princípio jurídico fundamental segundo o qual o ônus da prova cabe ao acusador. O ônus da inocência passa a caber ao acusado, que jamais poderá comprová-la, no sentido factual da ação.

A natureza constitutivamente punitiva da acusação é justamente o núcleo intencional das estratégias de *escracho* (no caso, escracho digital). Diante de situações não contempladas pela justiça – seja porque se dão sobretudo em âmbito moral, não legislado, seja porque a justiça não quer ou não pode punir os acusados (corruptos poderosos ou torturadores de ditaduras, por exemplo) –, expõe-se o acusado à violência do julgamento público, pois o julgamento é por si só uma violência, uma punição. A estratégia do escracho é controversa mesmo em se tratando de acusados de crimes graves e documentados, como torturadores; num caso como o de Idelber Avelar, em que as acusações são altamente discutíveis e o lugar a que dizem respeito é o espaço privado, deveria haver uma cuidadosa reflexão sobre a legitimidade moral e política desse gesto, tão importante quanto a reflexão sobre o caso em si, uma vez tornado público. Ou ainda, a reflexão – e o julgamento público – sobre as estratégias do *outing* e do escracho é parte constitutiva e fundamental da análise do caso.

Mas a natureza da acusação é tal que contém diversos mecanismos prévios de defesa, petições de princípio, dispositivos retóricos que procuram dar a ela o caráter imediato de condenação, desqualificando *a priori* toda argumentação em sentido contrário. Jarid Arraes, por exemplo, escreve que "no fim das contas, a decisão sobre o que é ou não assédio sexual e violência contra a mulher não está nas mãos de quem assedia".[24] Note-se o problema lógico dessa frase: o acusado já é condenado, de antemão chamado de assediador. E, consequentemente, o problema legal: sem dúvida não deve ser o acusado quem decide sobre a procedência da acusação

23. Não é, de modo algum, o caso de acusações de estupro ou violência doméstica, passíveis de serem comprovadas por análises clínicas, laboratoriais e investigações policiais – e que devem ser fortemente encorajadas.

24. www.revistaforum.com.br/questaodegenero/2014/11/29/assedio-sexual-online-e-comportamentos-invasivos.

sofrida por ele, mas também não deve ser o acusador, como, creio, sugere o argumento. O acusado tem direito a se defender, tanto quanto o acusador tem de acusar. É inaceitável desqualificar de saída toda uma perspectiva do caso em questão. E, todavia, isso é feito amiúde. No Tumblr, consta a seguinte frase: "Lembrem-se de que o que está em discussão aqui não são as mulheres, o que elas fizeram ou deixaram de fazer". No meu entender, essa é a tentativa de manipulação mais clara que há nesse site. Não é menos que um pedido de inimputabilidade moral. E também, provavelmente, uma denegação, admitida minha hipótese de que as acusações cumprem a função de encobrir o confrontamento das mulheres com o próprio desejo e suas implicações políticas. Ora, é inaceitável que, em uma discussão pública, uma das partes interessadas se julgue no direito de determinar o que deve ou não ser discutido, quem deve ou não ser discutido. Ainda no Tumblr, lemos a seguinte frase: "Comentei meu caso com algumas pessoas, mas nunca tive coragem de tornar público justamente pelo medo de que aparecessem tantos defensores [de Idelber Avelar] como estão aparecendo agora". O que se diz nas entrelinhas é: se você, leitor, não concordar com a minha perspectiva, será cúmplice da opressão que sofri e confirmará minhas suspeitas de que a sofreria novamente, provando que eu estava certa. Essa frase se vale de uma situação geral verdadeira, o machismo (e o eventual fisiologismo masculino), que intimida as mulheres e erode a credibilidade de sua palavra, e a transforma num álibi para desqualificar qualquer problematização de sua perspectiva. Mais uma vez pode-se identificar aqui o problema da subsunção do particular no geral.

Não é improvável que esse tipo de mecanismo se volte contra a minha própria interpretação do caso. Como descreve Barthes:

> Só sobrevivem os sistemas (as ficções, os falares) bastante inventivos para produzir uma derradeira figura, a que marca o adversário sob um vocábulo semicientífico, semiético, espécie de torniquete que permite ao mesmo tempo constatar, explicar, condenar, vomitar, recuperar o inimigo, em uma palavra: *fazê-lo pagar*. Assim, entre outros, é o caso de certas vulgatas: do falar marxista, para quem toda oposição é de classe; do psicanalítico, para quem toda denegação é confissão; do cristão, para quem toda recusa é busca etc.[25]

---

25. Roland Barthes, *O prazer do texto*. 6ª ed. São Paulo: Perspectiva, 2013, p. 36.

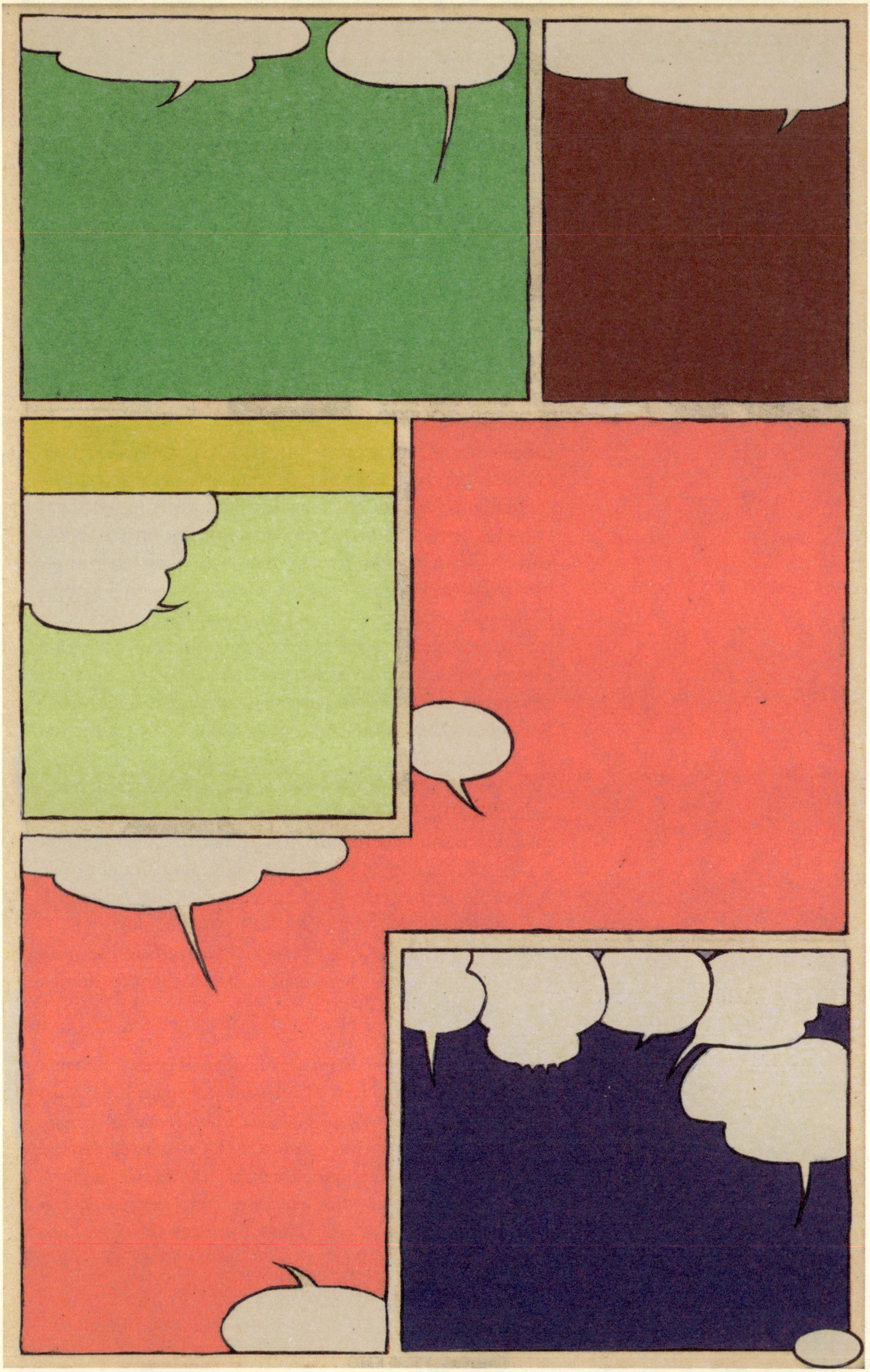

Em meio aos discursos dos feminismos também volta e meia aparece uma tal figura, meio teórica, meio ética, que a um tempo explica e condena a perspectiva adversária: se um homem discordar de uma mulher e argumentar em favor de suas razões, pode ser acusado de *mansplaining*; se discordar de uma acusação de fundo machista (como a de assédio) a um homem, pode ser desqualificado por ser homem, e necessariamente estar incorrendo em fisiologismo masculino interessado na manutenção de privilégios.[26] Obviamente, o fato de esses mecanismos aparecerem não significa que eles sejam uma regra geral. E, ao identificá-los, não tenho como objetivo uma contraestratégia análoga, qual seja a de desqualificar de saída quaisquer críticas à minha perspectiva, como se elas confirmassem a generalização da prática que identifiquei. Meu lugar de enunciação está posto, e com ele eventuais implicações até inconscientes, mas não se pode reduzir um sujeito à sua condição de gênero, nem uma argumentação ao seu lugar de origem.

São conhecidas as pesquisas sobre o racismo no Brasil, que detectam a curiosa forma assumida pelo nosso negacionismo: "86% dos brancos brasileiros afirmam não ter preconceito contra negros, mas, nesse mesmíssimo universo, 92% reconhecem a existência de racismo no país".[27] Numa palavra, no Brasil o racismo é sempre do outro. Ao identificar o machismo estrutural vigente em nossa cultura e, ao mesmo tempo, discordar fundamentalmente e da maior parte das acusações feitas a Idelber Avelar no Tumblr, não estou incorrendo nessa isenção de responsabilidade por meio da condenação do geral. Antes, procurei chamar a atenção para a necessidade, na tentativa de se fazer justiça, de pôr em tensão o geral e o particular, a estrutura e o específico.

**26.** Aqui, ironicamente, a contundência de Idelber Avelar se voltou contra ele mesmo. Num texto ("A busca incansável por um feminismo dócil, ou Não é de você que devemos falar") que circulou muito durante o debate do caso, ele escreve: "Quando esses homens são confrontados por uma feminista, seja em sua ignorância, seja em sua cumplicidade com uma ordem de coisas opressoras para as mulheres, armam um chororô de mastodônticas proporções, pobres coitados, tão patrulhados que são [...]. Sofrimento mesmo é o de macho 'patrulhado' ou 'linchado' por feministas! A coisa chega a ser cômica, de tão constrangedora." Mas a generalização cometida por Idelber Avelar nesse texto – como se qualquer discordância com feministas fosse uma resistência machista – não deve ser mobilizada contra ele próprio. Ela é falsa, tanto quanto seu aproveitamento.

**27.** Idelber Avelar, *Crônicas do estado de exceção*. Rio de Janeiro: Azougue, 2014, p. 157.

---

**FRANCISCO BOSCO** (1976) é ensaísta e escritor. É autor, entre outros, de *Alta ajuda* (2012), *E livre seja este infortúnio* (2010) e *Banalogias* (2007).

Nesta série de pinturas, a brasileira **RIVANE NEUENSCHWANDER** (1967) apaga das páginas de quadrinhos figuras e texto, abrindo espaços para que se imagine qualquer tipo de diálogo ou situação.

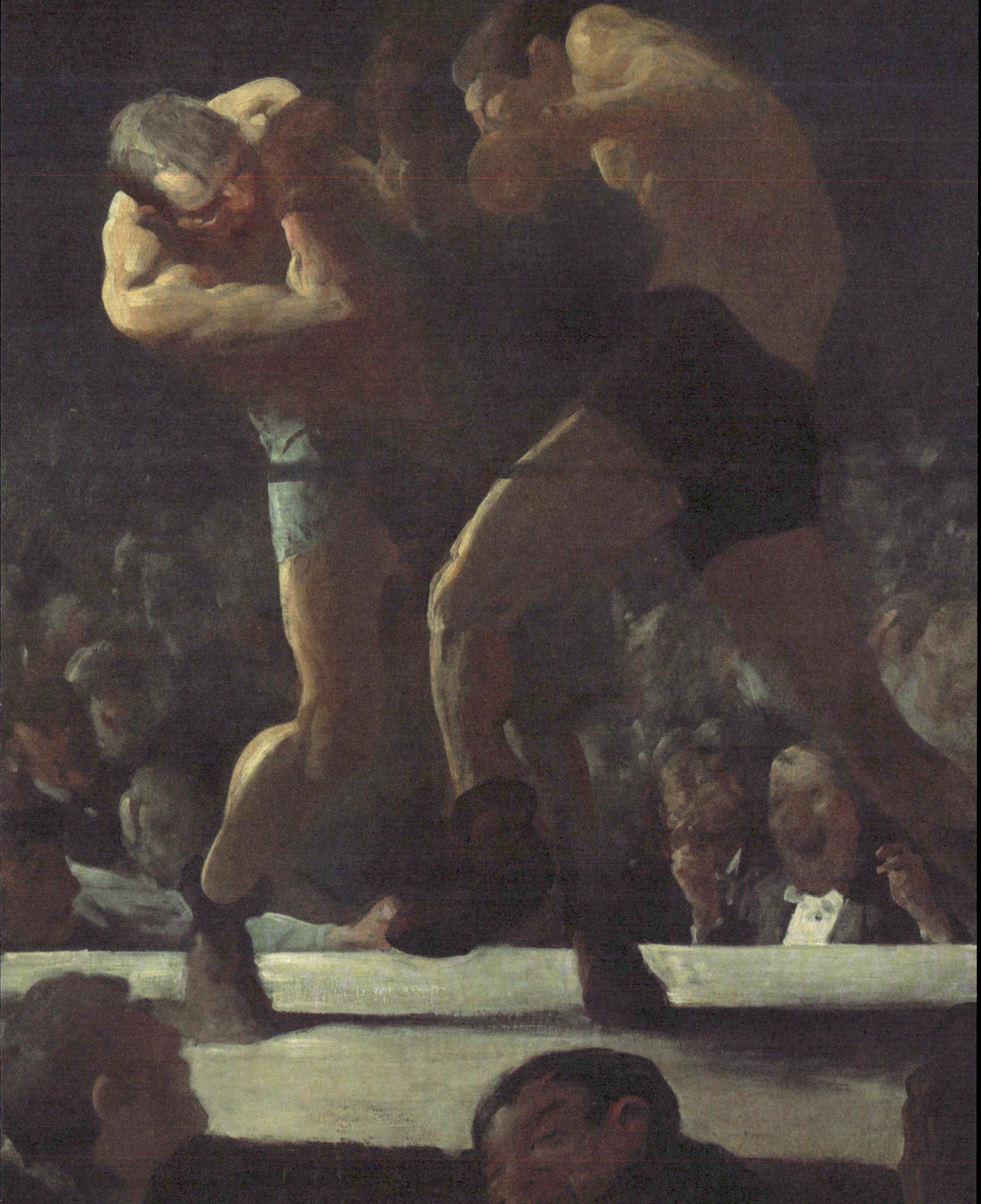

ENSAIO O que é vivido, suposto e até imaginado pode fazer nascer o inimigo, opositor que põe em risco uma amizade, uma vida ou até um país

# Sobre a inimizade

MARY GORDON

**George Bellows**
**Detalhe de *Club Night*, 1907**
John Hay Whitney Collection

Imagens da National Gallery of Art

**I. TENTANDO UMA DEFINIÇÃO**
A palavra "inimigo" me vem à mente, e não demora muito até começar a ouvi-la em todo lugar. É uma palavra forte, e não apenas forte, é uma palavra poderosa. Usá-la pode trazer consequências, consequências que podem ser graves, como aliás têm sido.

Estou tentando entender o sentido de "inimigo", considerar seu significado. Estou tentando, principalmente, chegar a uma definição.

O que se pode dizer da palavra "inimigo"? Poderíamos, talvez, começar pelo seguinte:
    Inimigo é aquele que me faz mal.
    Meu inimigo é aquele que deseja meu mal.
    Conheço meu inimigo porque é ele que quer me fazer mal.
    Todo mundo que me fez mal é meu inimigo?

Mas aí surgem outras perguntas.
    Quem define o inimigo, quem o nomeia?
    É quem foi prejudicado por ele? Quem foi prejudicado está sempre certo ao nomeá-lo?

É possível equivocar-se ao se apontar um inimigo, considerando que quem o aponta se sente prejudicado e acredita que o dano foi de propósito, pessoal, ainda que o apontado como inimigo na verdade não tenha tido vontade de prejudicar ninguém especificamente? Que tenha tido apenas um impulso, sem foco nem forma, de prejudicar? Que talvez tenha sentido o dever de causar certo tipo de dano?

O inimigo de meu inimigo é meu amigo.
O amigo do meu inimigo é meu inimigo.

**2. AO SABER DA MORTE DE UMA INIMIGA**
Ela me desejava o mal. Ela queria me fazer mal. Nunca soube por quê. Algumas pessoas diziam que ela tinha ciúme, ou que talvez me amasse, e que seu amor estava bloqueado, recusado. Ela dizia que eu tinha roubado sua vida. Que eu exigia demais dela, que esperava que fôssemos melhores amigas, que eu presumia que éramos iguais e não éramos: ela era professora; eu, aluna da pós-graduação, e, ao insistir que ela se ligasse a mim, eu estava destruindo suas chances de progredir na carreira. Foi no começo da década de 1970. Nós duas tínhamos cachorros. Telefonei uma noite para pedir a ela que cuidasse do meu cachorro, porque eu queria passar a noite com alguém que tinha acabado de conhecer. Ela concordou; não me ocorreu que isso fosse virar um problema.

Alguns dias depois, saí de férias por três semanas. Quando voltei, minha caixa de correio estava cheia: 25 cartas, nas quais ela me dizia como eu tinha destruído sua vida. Naquelas três semanas em que estive fora, ela contou a todas as pessoas tudo o que eu tinha falado sobre elas. Repetiu todas as fofocas que fizemos e acumulamos naquele ano em que eu achava que tínhamos sido melhores amigas. Muita gente se sentiu traída pelas coisas que ela contou e não queria mais me ver. Outros ficaram ao seu lado, por considerá-la psicologicamente frágil, enquanto eu era forte; ela era professora e, portanto, merecia a fidelidade deles, e eu de qualquer jeito iria embora logo. Ela me disse, como Haldeman ou Ehrlichman disseram a John Dean (isso foi na época de Watergate), que, se eu dissesse qualquer coisa a alguém, ela "acabaria com a minha raça".

*Training Quarters*
*(Willard in Training)*, 1916
Andrew W. Mellon Found.

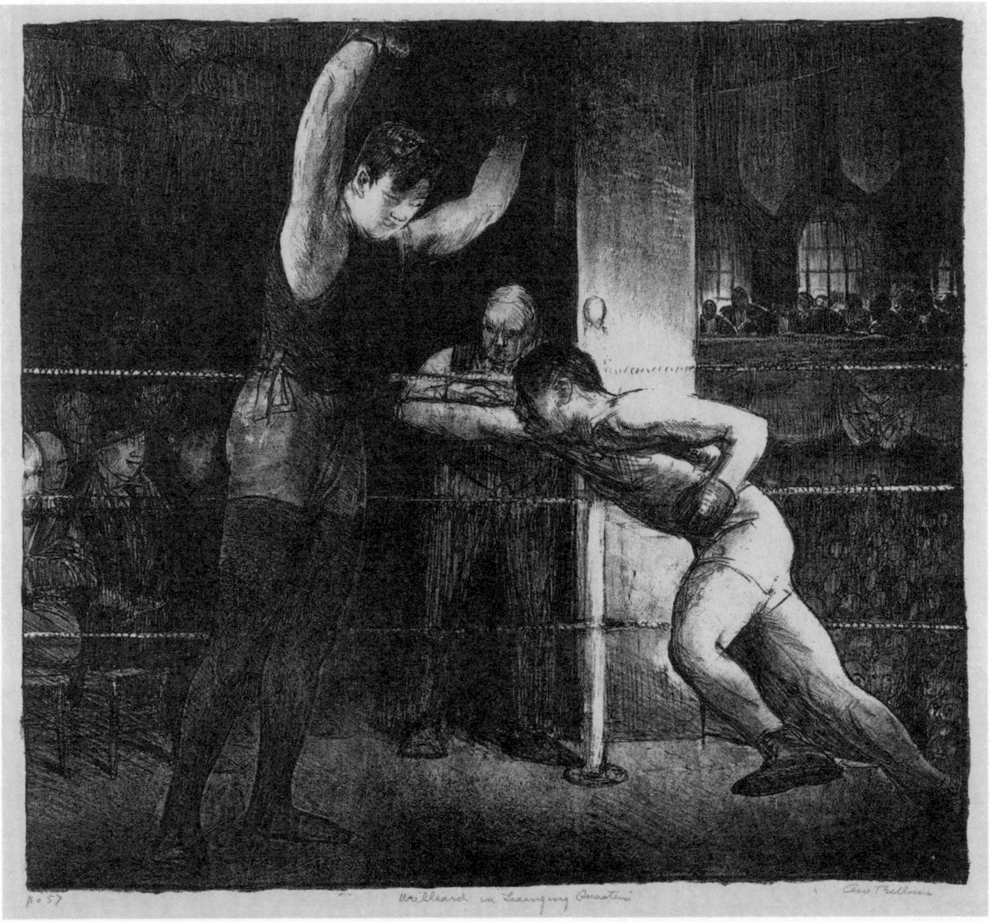
No 57
Willard in Training Quarters
Geo Bellows

Depois de 35 anos, num almoço com amigos em comum, soube que ela morrera, ainda jovem, de câncer de mama.

Penso em todas as horas que passei atormentada por causa dela.

À mesa, me vem uma expressão:
Tristeza desperdiçada.

### 3. UMA HISTÓRIA SOBRE UM BEBÊ
Ouvi essa história muitos anos atrás, mas é uma história que ninguém consegue esquecer. Não conheci nem o homem nem a mulher, mas conhecia algumas pessoas que os conheciam, e muito bem. Eram poetas. Ele era mais velho. Tinha sido professor dela, já estava estabelecido, bem-sucedido, enquanto ela estava apenas começando. Tiveram um filho. O filho tinha dois anos. Não sei se eram casados, mas, independentemente de seu estado civil, ela pensou, ou talvez fosse melhor dizer, imaginou, que ele seria seu companheiro, viveria a seu lado, envolvido na criação do filho. O fato é que ele não pensava assim. Ela estava contente por ambos terem recebido ofertas de emprego na mesma cidade. Uma cidade pequena num dos lugares menos desejáveis (para um poeta, com certeza) dos Estados Unidos. Então ele recebeu uma oferta melhor numa cidade mais atraente. Lá não tinha emprego para ela. Ela se viu abandonada, ainda que ele não considerasse a situação como um abandono, mesmo que estivesse deixando-a numa cidade indesejável com uma criança de dois anos. Ela pegou uma faca e matou o bebê, que todos dizem ter sido um lindo menino, e depois se matou. A última coisa que ele viu no mundo foi a mãe o atacando com uma faca. Será que seu último pensamento foi "minha mãe é minha inimiga?".

### 4. JERUSALÉM
Estou no aeroporto Kennedy, esperando um voo para Tel-Aviv. Um casal louro americano reclama de toda aquela segurança. Um garoto ortodoxo de quipá e talit diz: "A gente tem muitos inimigos". O homem americano diz: "Vocês fizeram muitos inimigos". Do outro lado do corredor, opostos a mim, ao casal americano e ao menino ortodoxo, está um homem com sua mulher. O homem, com cabelos em

*A Stag at Sharkey's*, 1917
Andrew W. Mellon Found.

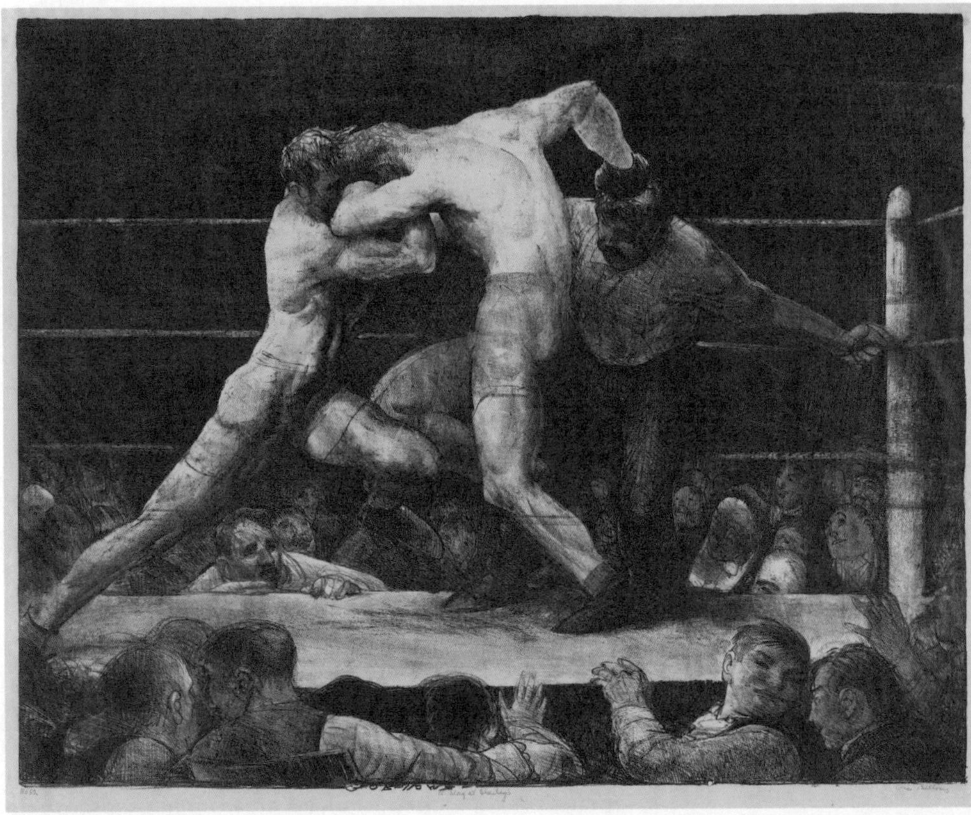

longos cachos, parece trajar uma fantasia do século 19: terno preto, sobretudo preto arrastando pelo chão, chapéu preto. Sua mulher também está de preto até os pés; seu cabelo está coberto por uma echarpe de lã preta. Durante o breve diálogo entre o menino e o casal americano, eles pareciam rezar. Em silêncio, levantam-se e vão se sentar a muitas fileiras de distância. Não consigo mais vê-los.

### 5. MEU MARIDO ME CONTA UMA HISTÓRIA SOBRE A GUERRA

Meu marido me conta a seguinte história, que aconteceu num hospital do exército em Paris no final da Segunda Guerra Mundial. O responsável pelo hospital era um coronel terrível. Os franceses que tinham trabalhado tanto com os franceses quanto com os alemães e os americanos disseram que ele era pior do que qualquer nazista com quem tinham trabalhado. Ao inspecionar o hospital ao lado de meu marido, então um jovem cabo que o acompanhava, o coronel vê uma vassoura apoiada na parede de um corredor. Enfurecido, pergunta quem a deixou ali. Meu marido sabe que foi uma faxineirinha francesa cujo marido ou namorado tinha acabado de ser morto na guerra. Ele sabe que ela é muito pobre. E por isso diz: "Eu deixei a vassoura ali". O coronel sabe que ele está mentindo e vai embora esbravejando, furioso. Meia hora depois, volta para dizer que demitiu a faxineira. Chorando, ela se despede de todos os amigos, e, sabendo o que meu marido fez por ela, sussurra: "Nunca vou me esquecer do que você fez".

Imediatamente me ocorre que o coronel a demitiu para punir meu marido, para deixar bem claro o quanto ele tinha sido tolo. Meu marido ficou chocado. Ele nunca tinha visto a situação dessa maneira. Queria aproveitar a sensação de ter alguém que nunca mais o esqueceria.

Por que fui lhe dizer o que eu pensava?

Isso significa que sou sua inimiga, ou inimiga de sua felicidade?

Está claro que o coronel era inimigo da faxineira. Mas por quê? Será que ele a considerava sua inimiga, uma inimiga em seu combate maior contra a desordem?

*Preliminaries to the Big Bout*, 1916
Andrew W. Mellon Found.

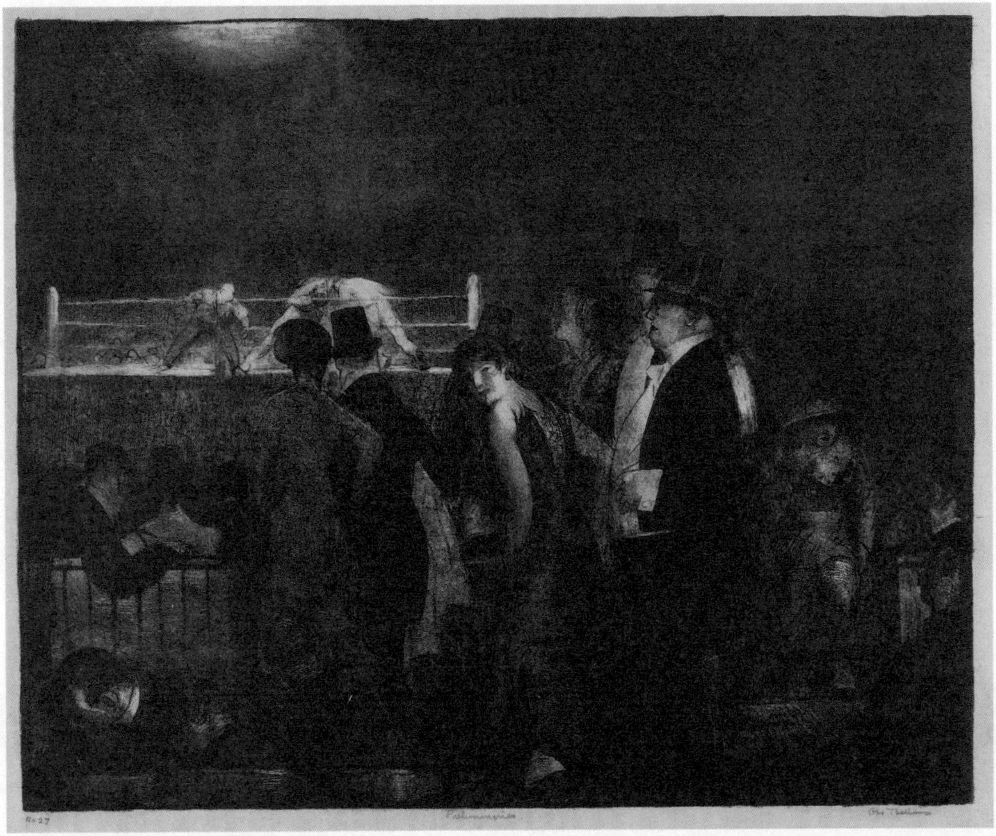

Quem ela pensava ser seu inimigo?

Será que ela se considerava tão pouco importante, de maneira a achar que ninguém acreditaria nela caso dissesse que alguém a tinha levado a sério a ponto de se definir como seu inimigo?

### 6. SIMONE WEIL E GEORGES BERNANOS

Tanto Simone Weil quanto Georges Bernanos viajaram para a Espanha para cobrir a Guerra Civil Espanhola. Bernanos trabalhava para a imprensa de direita, Weil, para a de esquerda. E os dois escreveram: essa guerra não tem sentido, é impossível distinguir o lado bom do lado mau, é tanto mal, tanta crueldade, tanta barbaridade dos dois lados. Simone Weil escreveu para Bernanos: "Eu achava que você era meu inimigo, mas você é meu irmão".

### 7. OS ANIMAIS TÊM INIMIGOS?

Observando meus cachorros, percebi que a simples visão de outros cachorros desperta neles um ímpeto de agressão, ainda que os outros não tenham feito nada de provocador para justificá-lo. Será a memória de conflitos anteriores o gatilho desse ímpeto de agressão? Agressão direcionada a eles mesmos? A seus antepassados? Será que os cachorros têm em suas cabeças uma categoria chamada "inimigo", na qual eles encaixam um indivíduo, mesmo que ele seja totalmente inocente? Se isso vale para os animais, o que diz sobre nós? Sobre a possibilidade de inocência, de reforma?

### 8. MINHA INIMIGA DE INFÂNCIA

Minha inimiga de infância não era outra criança. Minha inimiga era uma adulta, que me desejava mal. Ela me desejava mal porque eu era criança e ela não podia ter filhos. Porque tinha sido vítima da poliomielite, assim como minha mãe. Ela poderia suportar não ter tido filhos se isso fosse resultado de sua deficiência. Mas a fertilidade da minha mãe inviabilizava essa explicação. Por isso, ela me odiava. Ela queria me fazer mal. O mal: ela queria que eu fosse para sempre infeliz. Queria que eu nunca admirasse a mim mesma. Estava determinada a matar qualquer amor que eu pudesse sentir por mim. Ela me humilhava com frequência, em público e a sós. Me acusava de ser vaidosa e egoísta. Ainda tenho medo de ela estar certa.

Quando tento entender uma criança como inimiga, ou me considerar a inimiga de uma criança, não consigo. Mas, como eu estava protegida pela carapaça mágica do extravagante amor de meu pai, a inimizade daquela mulher não pôde me atingir. Não era isso, porém, que ela desejava; seu desejo era que a minha vida fosse uma tristeza. Talvez assim ela conseguisse se convencer de que era melhor nunca ter tido um filho.

### 9. RACHEL CARSON
Numa palestra sobre meio ambiente, um cientista diz para a plateia: "Agora vou projetar o rosto da pessoa responsável por mais mortes na África que qualquer tirano político". E projeta o rosto de Rachel Carson. Ele diz que, em consequência de sua campanha contra o DDT, milhões de africanos morreram de malária.

Isso significa que Rachel Carson, amiga de nosso frágil planeta, é inimiga de milhões de mortos?

### 10. INIMIGOS POLÍTICOS
Cresci acreditando que os comunistas eram meus inimigos. Muita gente quer que eu acredite que os muçulmanos são meus inimigos. Sem dúvida é verdade que certo grupo de comunistas desejava a destruição dos Estados Unidos, e efetivamente trabalhava para isso. O mesmo, sem dúvida, se aplica a alguns muçulmanos. E eu sou americana, e a maioria das pessoas que me são caras, todas ligadas pelo sangue, é americana e vive nos Estados Unidos. Portanto, se aqueles comunistas que desejavam a destruição dos Estados Unidos e trabalhavam para isso tivessem realizado sua vontade, se os muçulmanos que desejam a destruição dos Estados Unidos e trabalham para isso realizarem sua vontade, eu e aqueles que amo e que amei teríamos sofrido no passado, vamos sofrer no futuro. Obra de meus inimigos. Mesmo assim, hoje me pergunto o que acontece com a mente quando ela convida e abriga a palavra "inimigo".

Que mal é feito por essa palavra trivial? Que distinções não serão nem podem ser feitas, quando "inimigo" estabelece seu domínio? Será o conceito de "inimigo" o inimigo do pensamento claro, da justiça, portanto? O que se ganha ao invocá-lo? Talvez importe na mesma medida: o que se perde com isso?

### 11. INIMIGOS CRÍTICOS
Creio que os teóricos pós-modernos que dizem que a beleza é uma categoria socialmente construída e uma ameaça, que o autor não existe e que a ficção é um artefato obsoleto, sejam meus inimigos.

Penso a mesma coisa sobre uma aluna que acha que toda literatura deve ser lida a serviço da doutrina católica. Quer ler Emily Dickinson

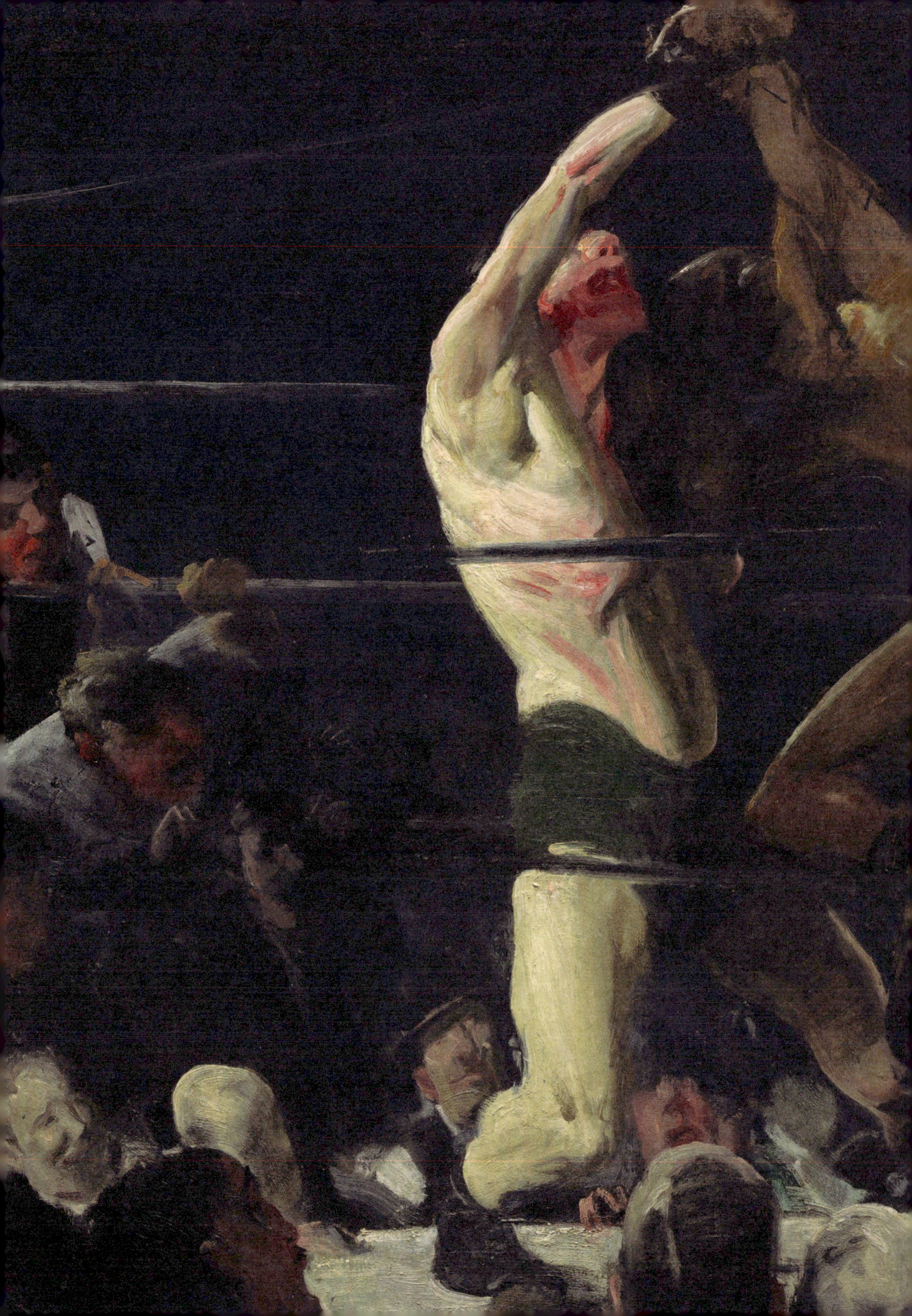

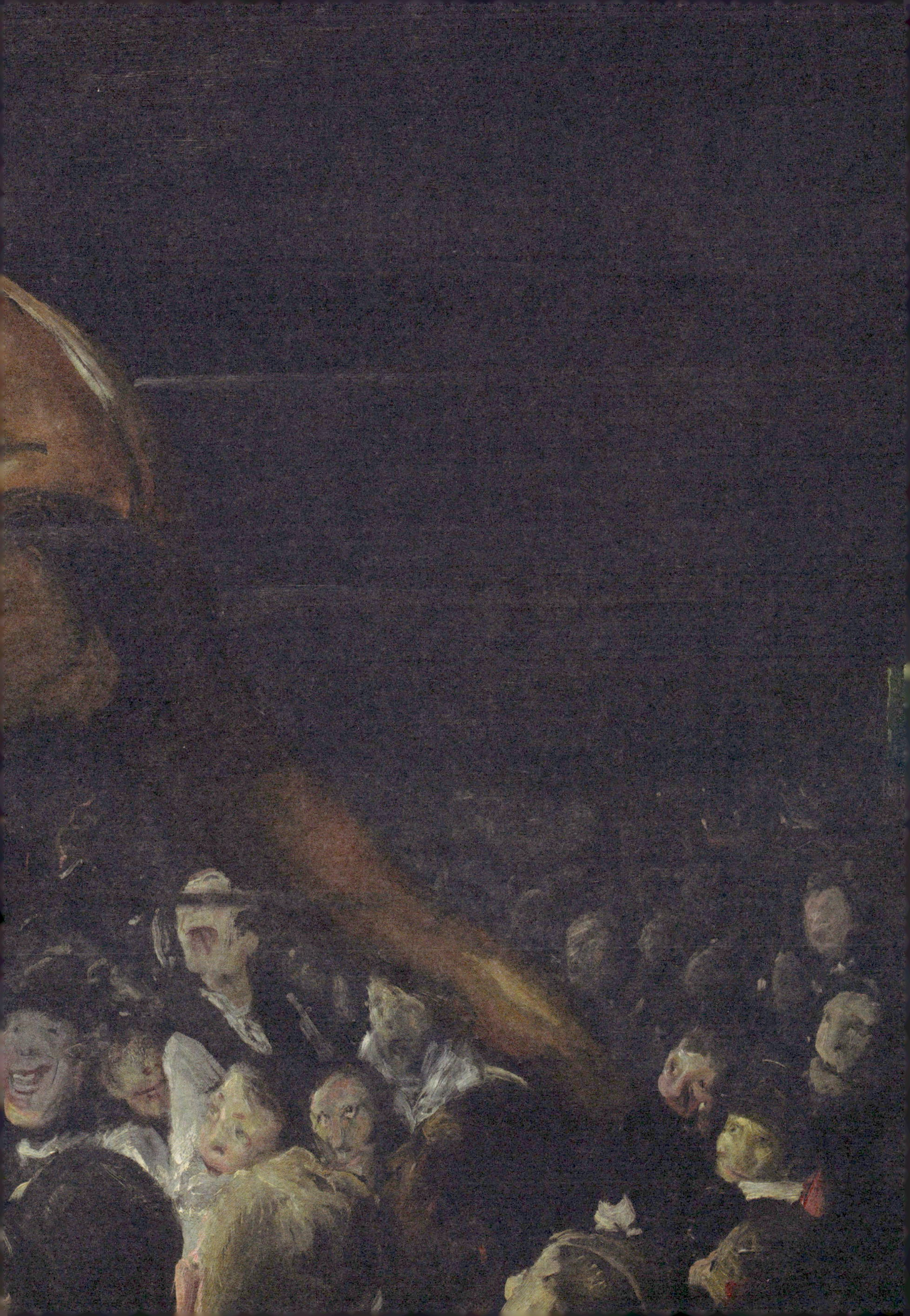

**Both Members of this Club**, 1909
Chester Dale Collection

como criptocatólica. Digo a ela que sua leitura precisa ser mais aberta e que deve deixar seus preconceitos de lado ao abordar um texto. É uma menina bonita, com lábios carnudos e rosados, mas quando ela ouve o que digo seus lábios se afinam; sua boca enrijece. Ela resiste a mim com todas as suas forças. Vejo em seus lábios comprimidos, na dureza da sua boca, um desejo de me fazer mal. Tento dizer a mim mesma que isso é ridículo; ela é muito jovem, nada sofisticada; provavelmente não tem interesse nem em mim, nem naquilo que é importante para mim, a ponto de querer dar ouvidos a qualquer opinião minha. Contudo, percebo que ela quer – deveria querer – reter algo do mundo, um método aberto de leitura, de modo que, para mim, ela representa uma categoria de pessoas que quer destruir aquilo que acho importante.

Para ser sincera, admito que quero destruir o que ela acha importante: um método de leitura que insiste que a obra de arte se encaixe numa ideiazinha, e a confirme.

Eu sou inimiga dela? Ou inimiga de algo que poderia ser chamado de um "hábito mental"? Mas da mente de quem? E quem sai prejudicado?

Cada vez mais, percebo que as coisas belas e importantes são frágeis. Suscetíveis ao mal. Mal nas mãos de um inimigo.

### 12. CHOQUE E PAVOR

Nos disseram que nosso poder militar provocaria choque e temor em nossos inimigos. Choque, sim: não é difícil de entender. Mas pavor? O pavor não supõe admiração? O que significa admirar seu inimigo? Não seria entender que seu inimigo é, de algum jeito, irresistível, desejável? Que você entende que sua submissão a ele pode ser, afinal, o melhor caminho, o mais correto?

### 13. "A PRIMAVERA É MINHA INIMIGA"

Uma amiga tem um filho que passa por graves crises de asma e precisa ser hospitalizado toda primavera. Sem saber disso, a encontro num belo dia de primavera e digo: "Mas que esplêndido, mas que maravilhoso". Ela diz: "Da janela do escritório vejo uma linda cerejeira em flor. Ela marca a chegada da primavera. Eu olho para ela, e sinto ódio; pelo que ela traz ao meu filho, a primavera é minha inimiga."

### 14. MINHA INIMIGA, MINHA ADVERSÁRIA
Um psicanalista, num ensaio, levanta a seguinte hipótese: a civilização transforma os inimigos em adversários. Qual a diferença? Um adversário pode mudar. E será essa a única diferença essencial? Nesse momento não consigo pensar em nenhuma outra.

### 15. ENCONTROS COM O INIMIGO EM TEXTOS SACROS
"Preparas uma mesa perante mim na presença dos meus inimigos" – Salmo 23.

"O último inimigo que há de ser aniquilado é a morte" – Primeira Epístola aos Coríntios.

Romancista e crítica de literatura, MARY GORDON (1949) é professora de inglês do Barnard College. É autora, entre outras obras, da elogiada *memoir Circling My Mother* (2007). Publicado originalmente na *Salmagundi*, tradicional revista do Skidmore College, este texto integra a edição de 2014 da antologia *The Best American Essays*.
Tradução de PEDRO SETTE-CÂMARA

O boxe é temática importante na obra de GEORGE BELLOWS (1882-1925), pintor realista americano que se notabilizou pelas cenas urbanas de Nova York.

## *Piero*

## MILTON GLASER

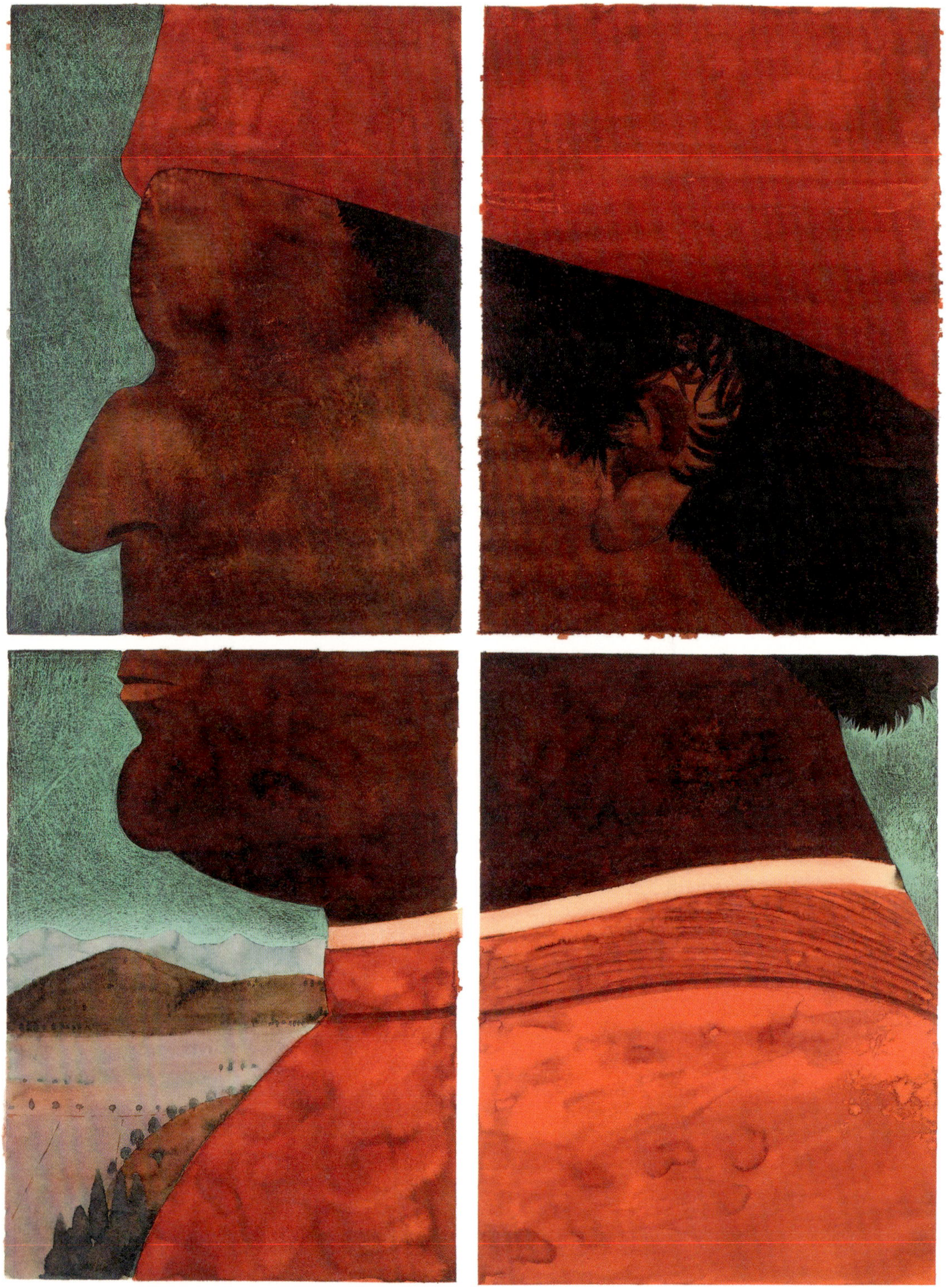

Com o projeto *Piero*, tive a oportunidade de estudar um dos maiores mestres da história visual do mundo. Fiz algo que ficou totalmente fora de moda – copiei, de modo mais ou menos direto, os aspectos de sua obra. A ideia era usar Piero como se ele fosse a própria natureza. A arte de partir da sua essência, mudando o formato, escolhendo elementos para enfatizar ou descartar, é parecida com o que acontece quando os artistas confrontam a realidade. De muitas maneiras, a obra de Piero é mais convincente do que o que chamamos de "real". É mais coerente, mais convincente e, em última análise, mais memorável do que aquilo que a vida nos oferece para ver.

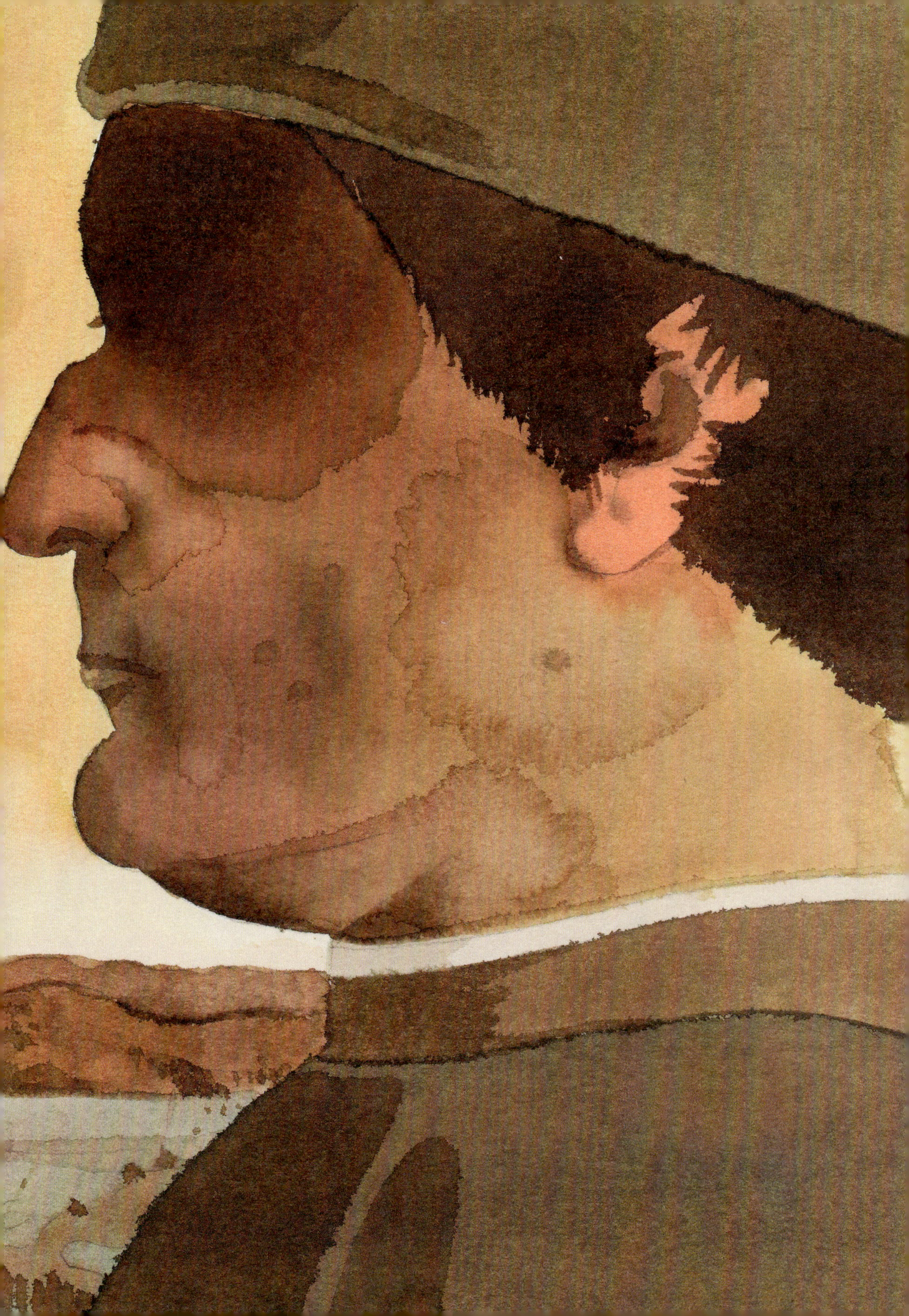

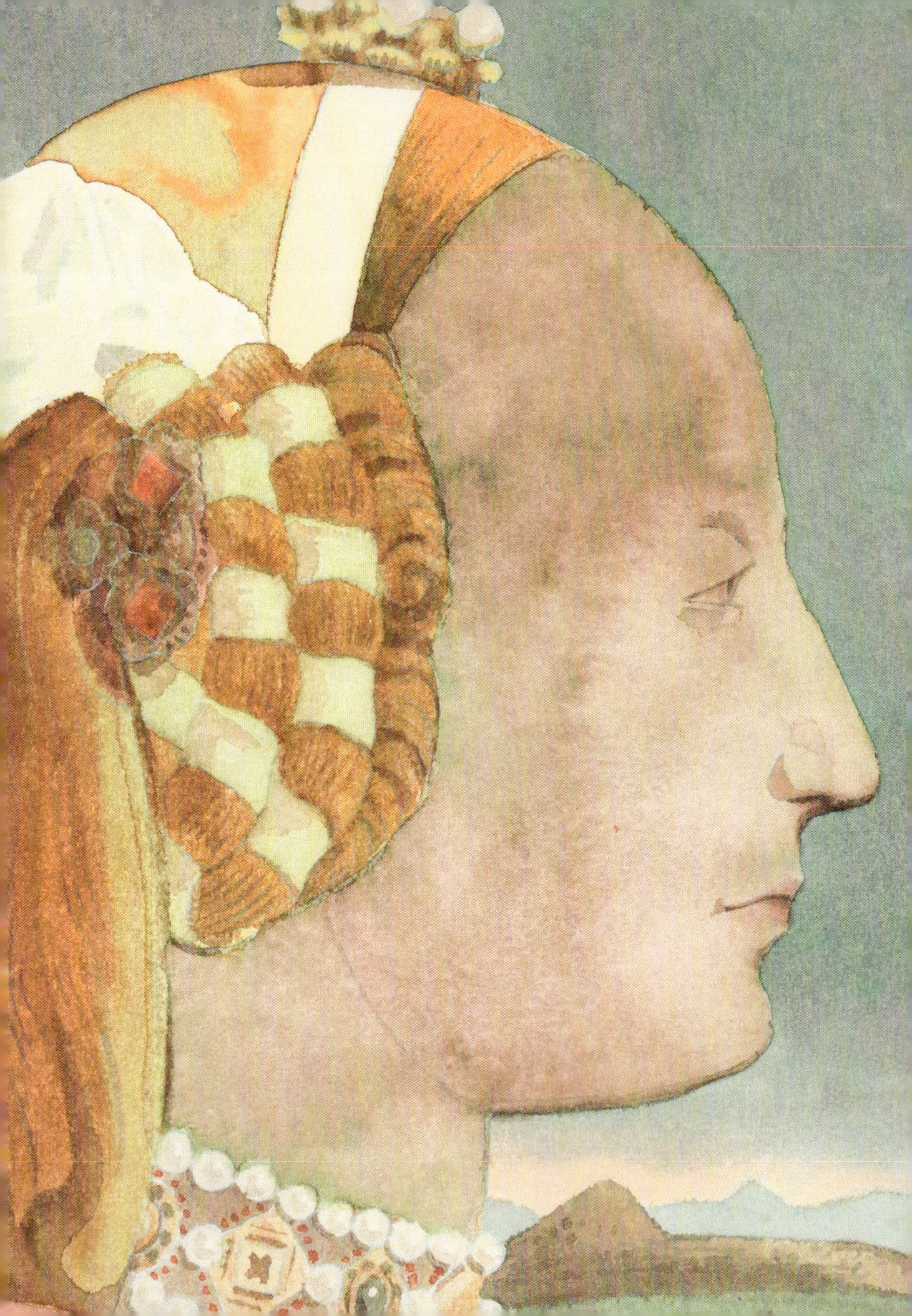

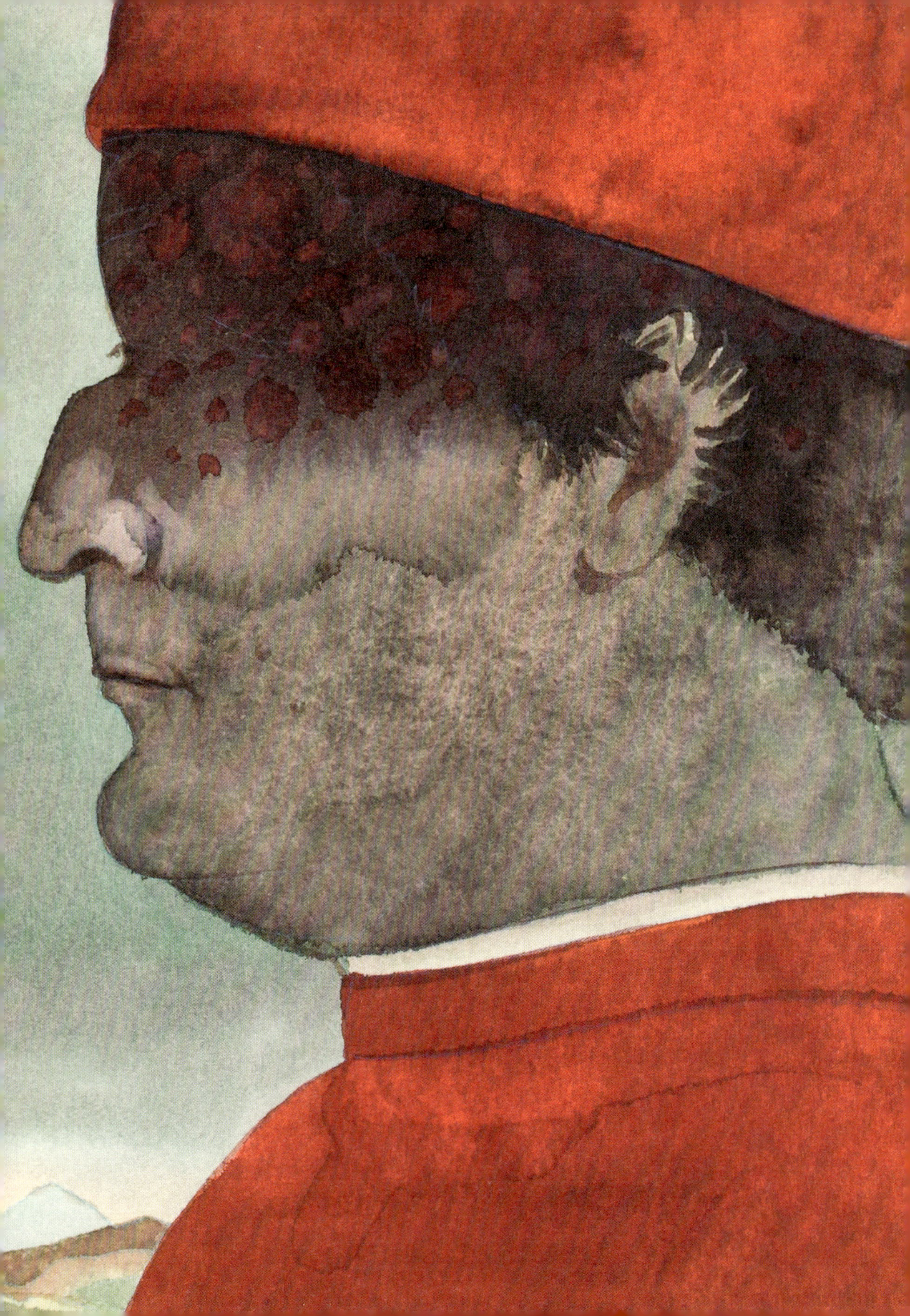

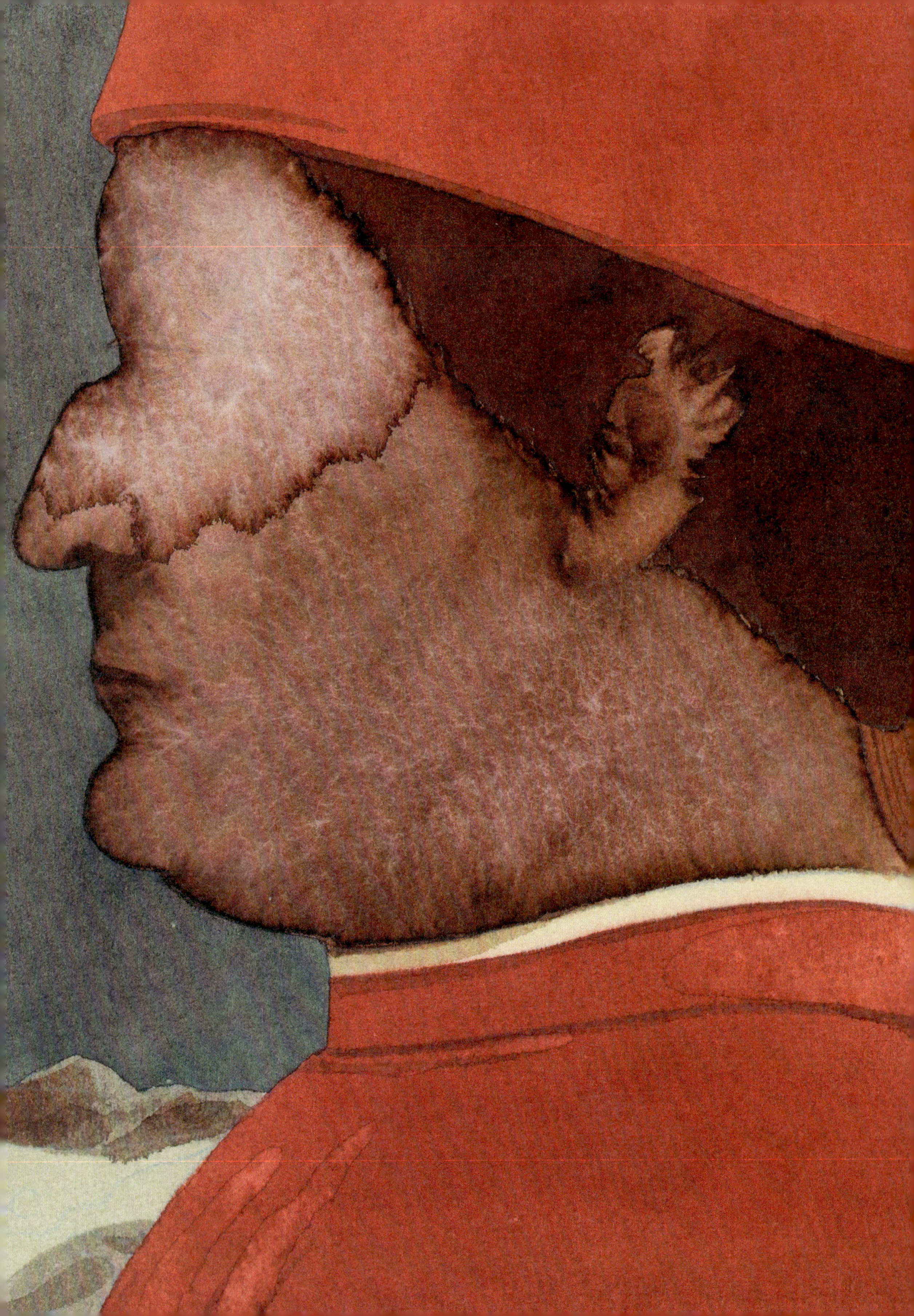

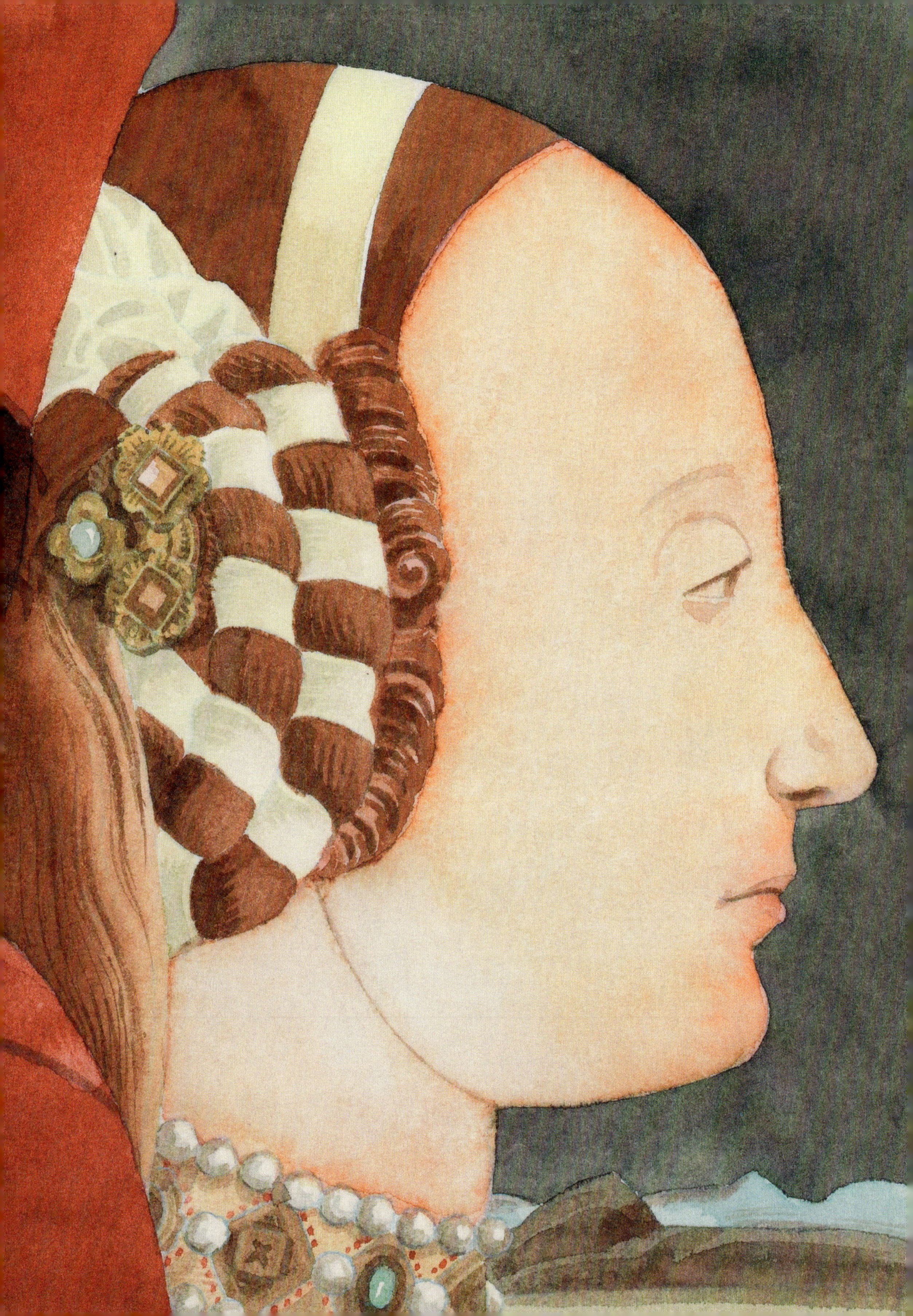

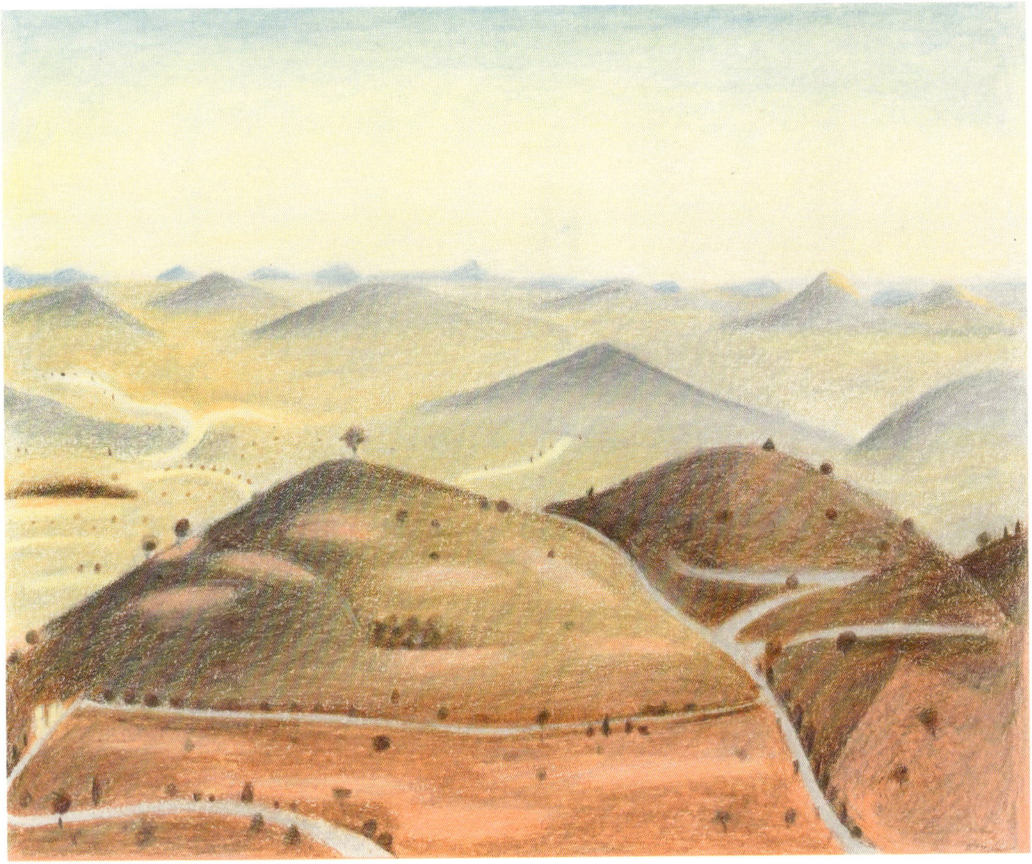

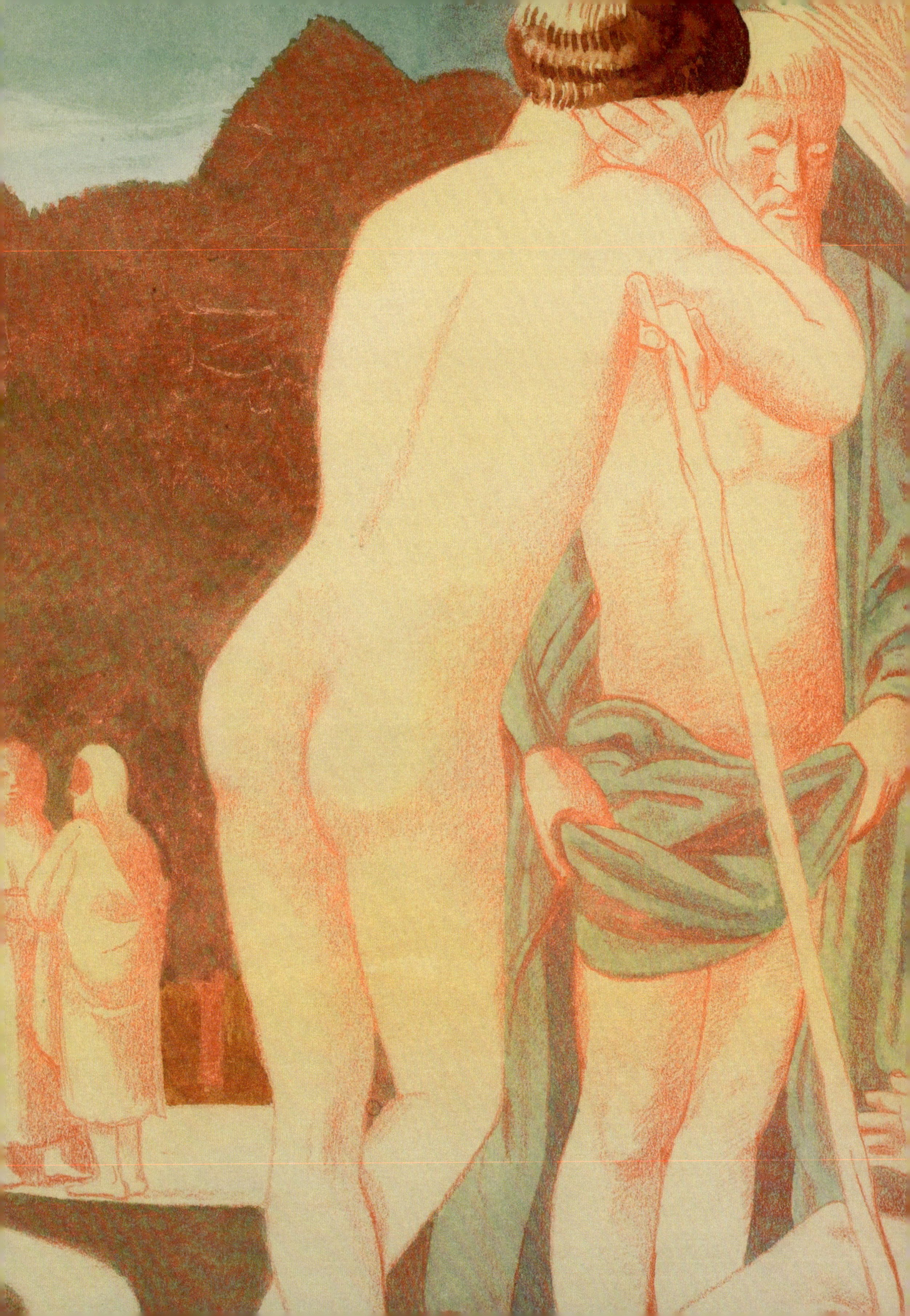

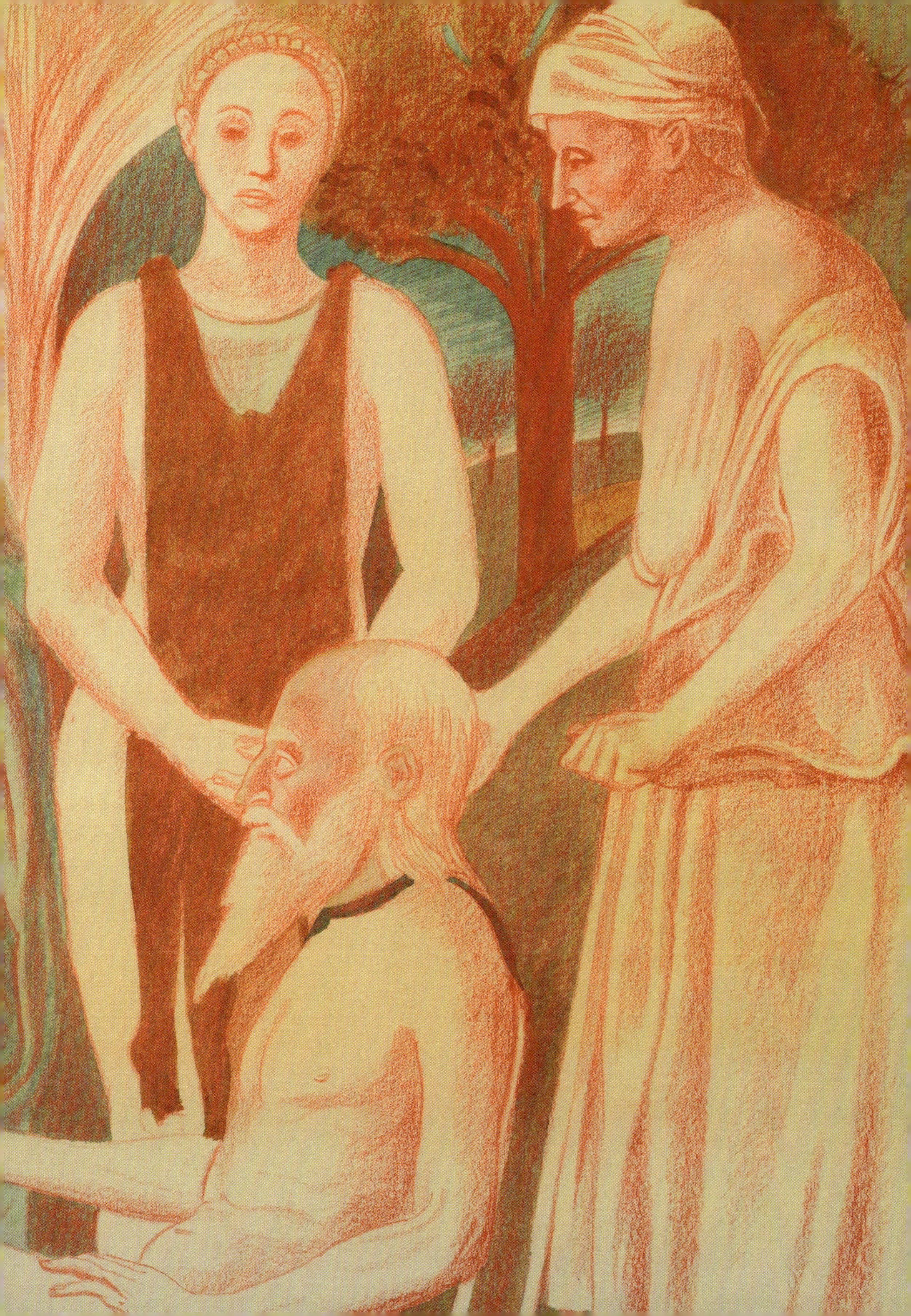

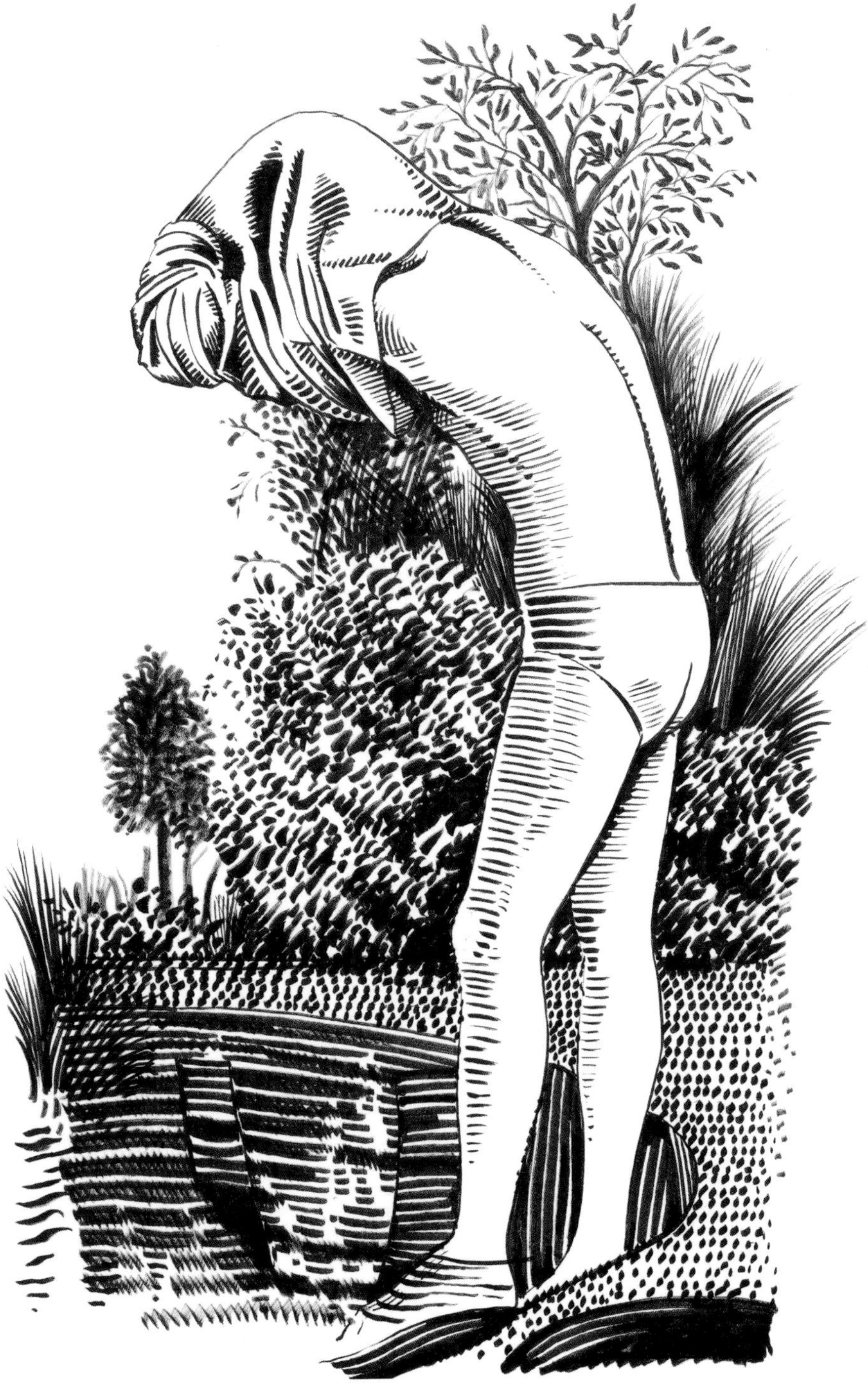

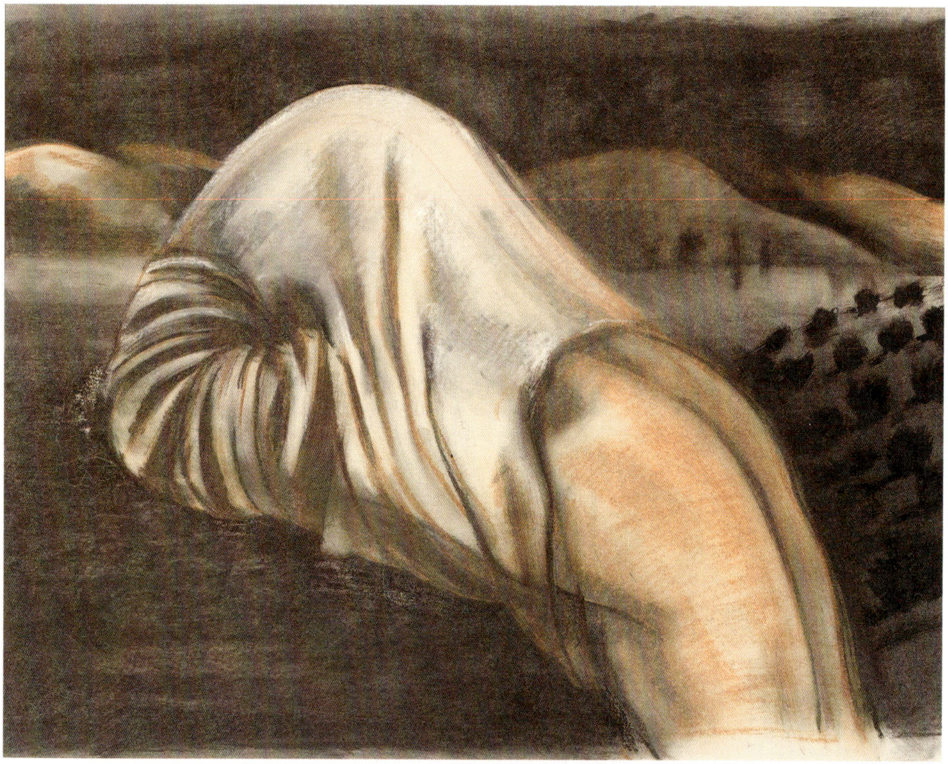

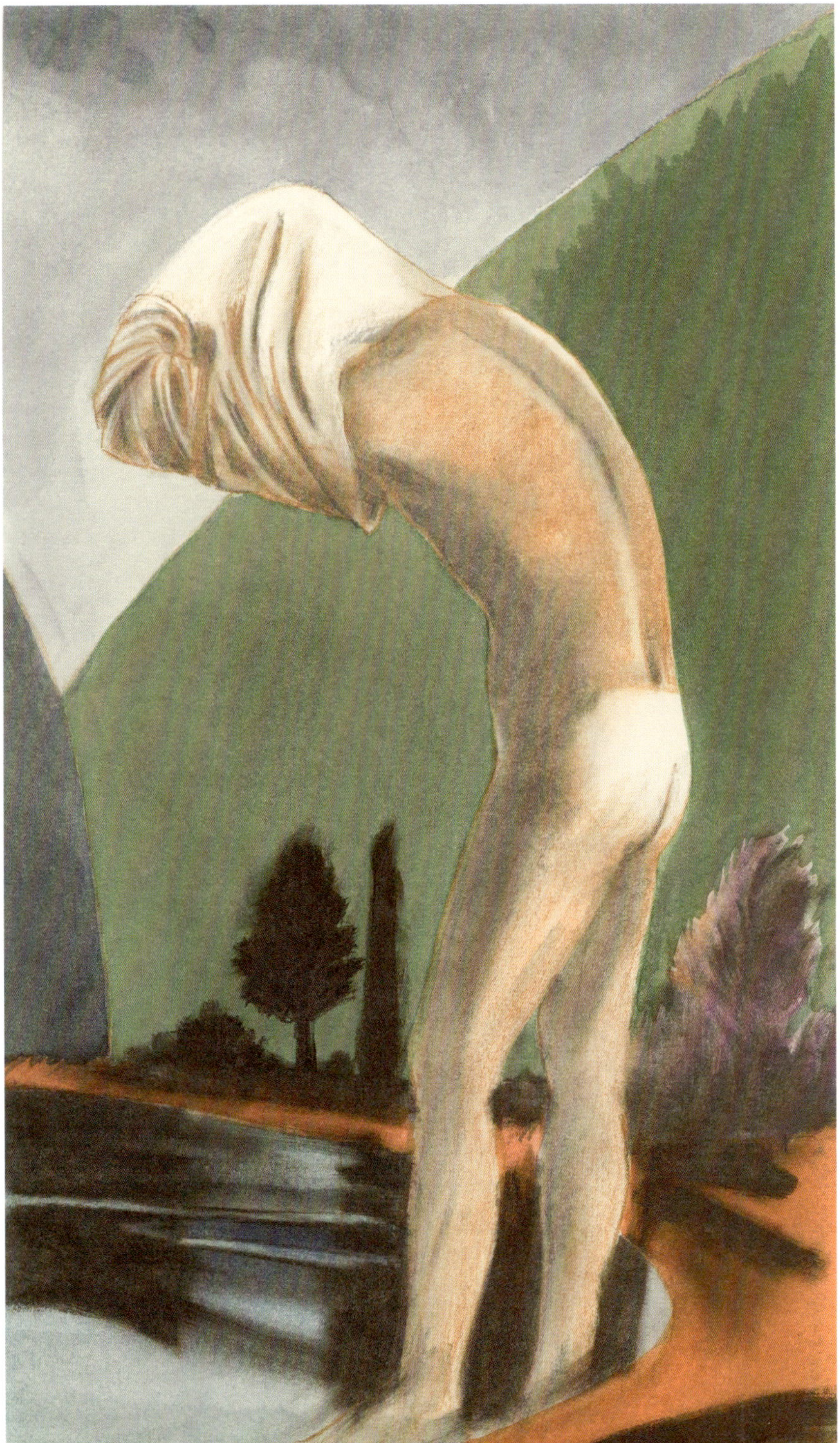

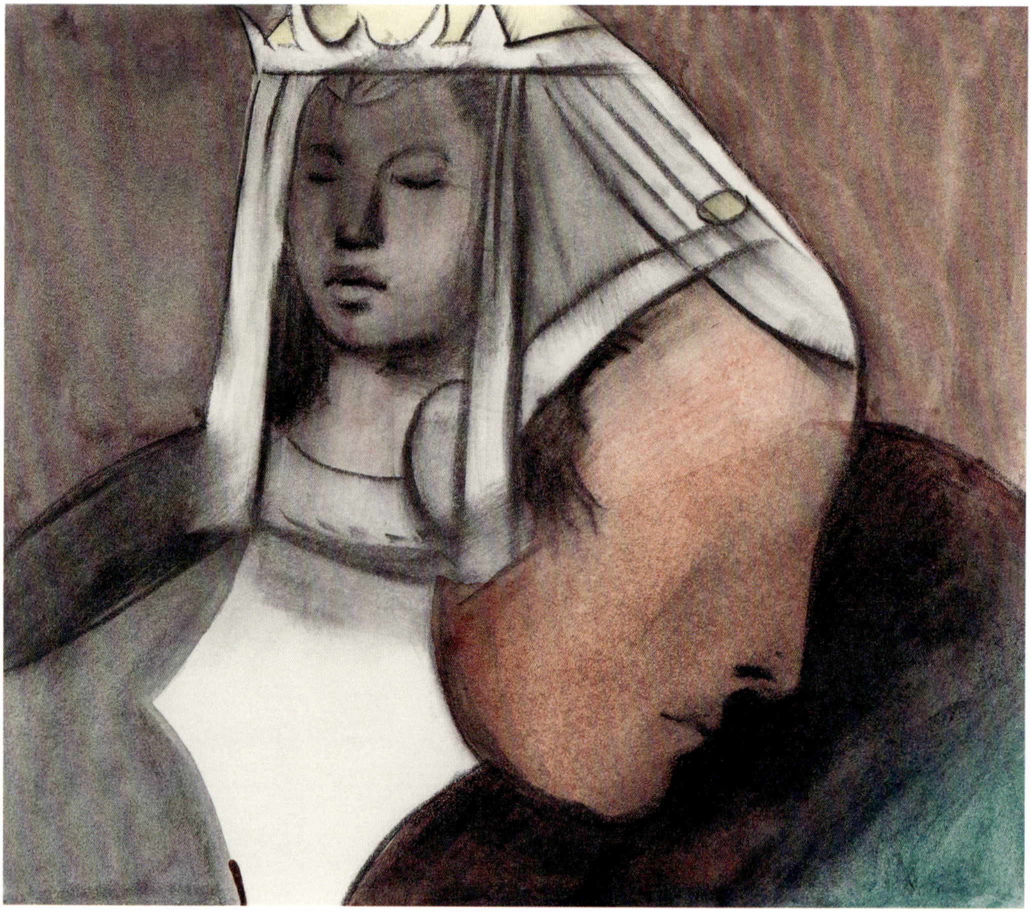

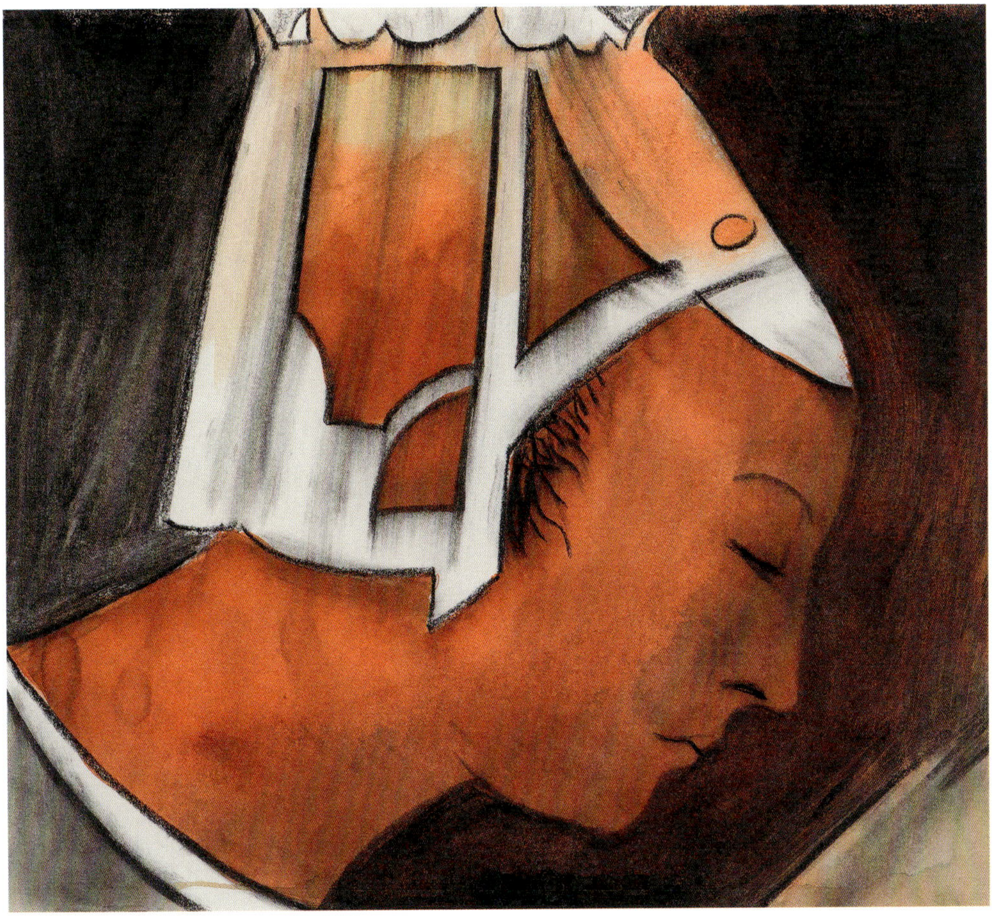

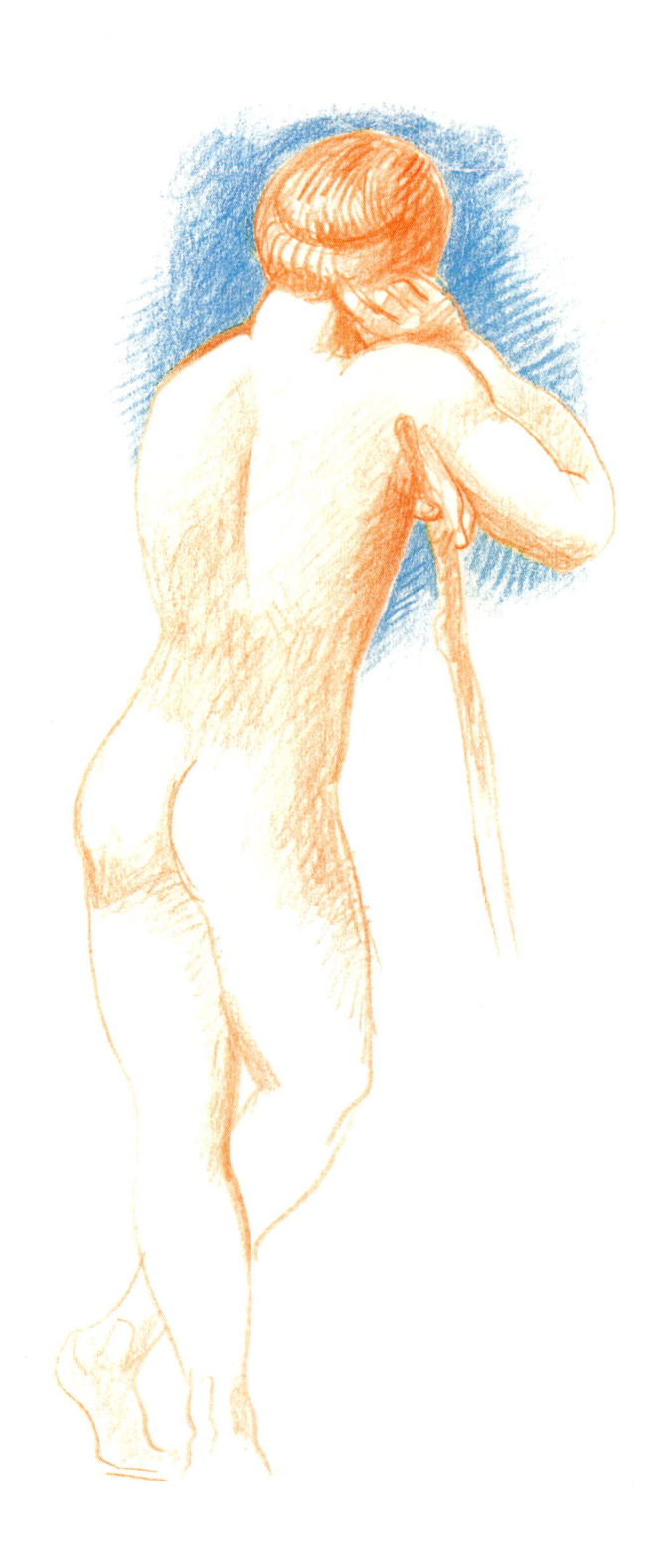

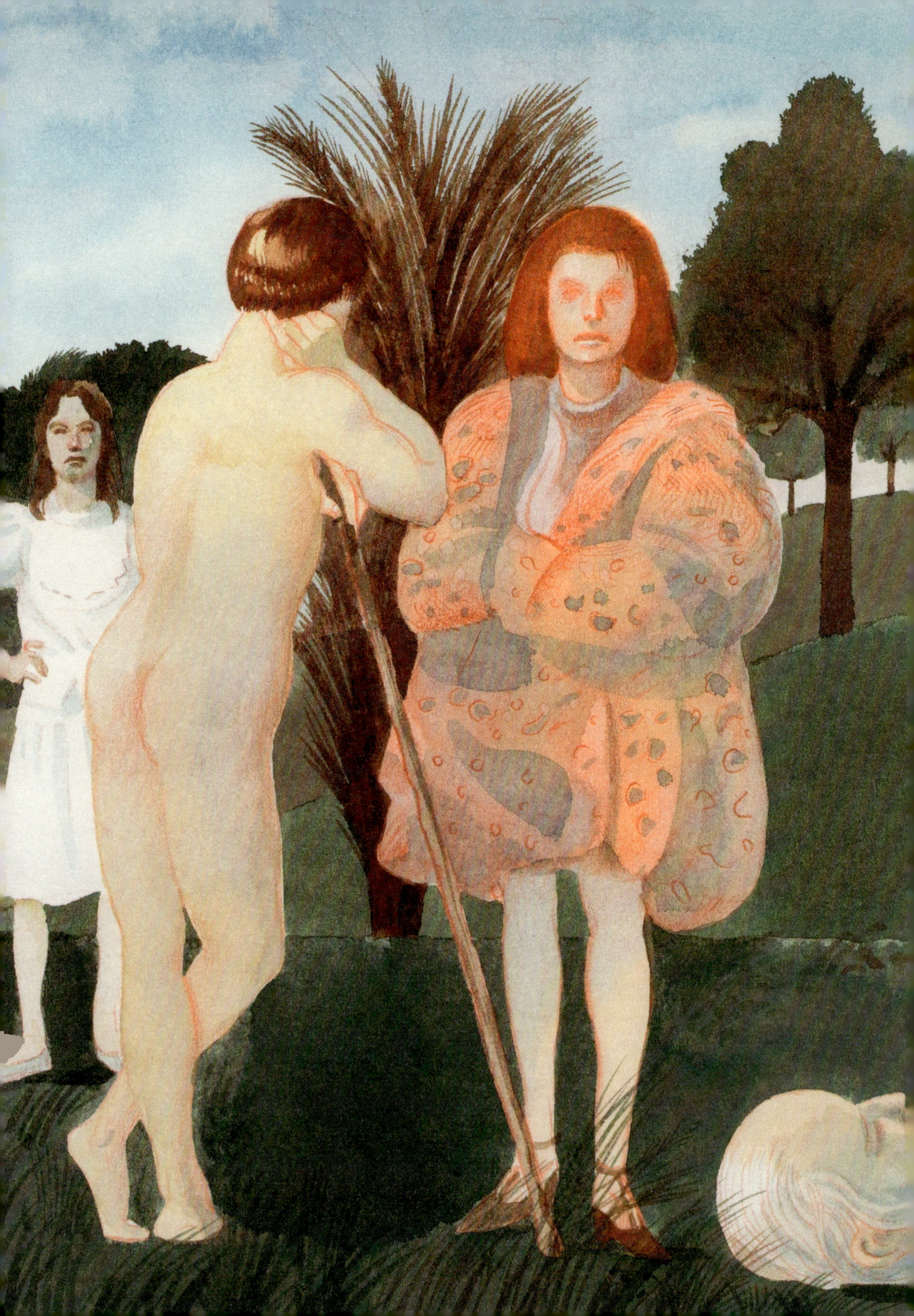

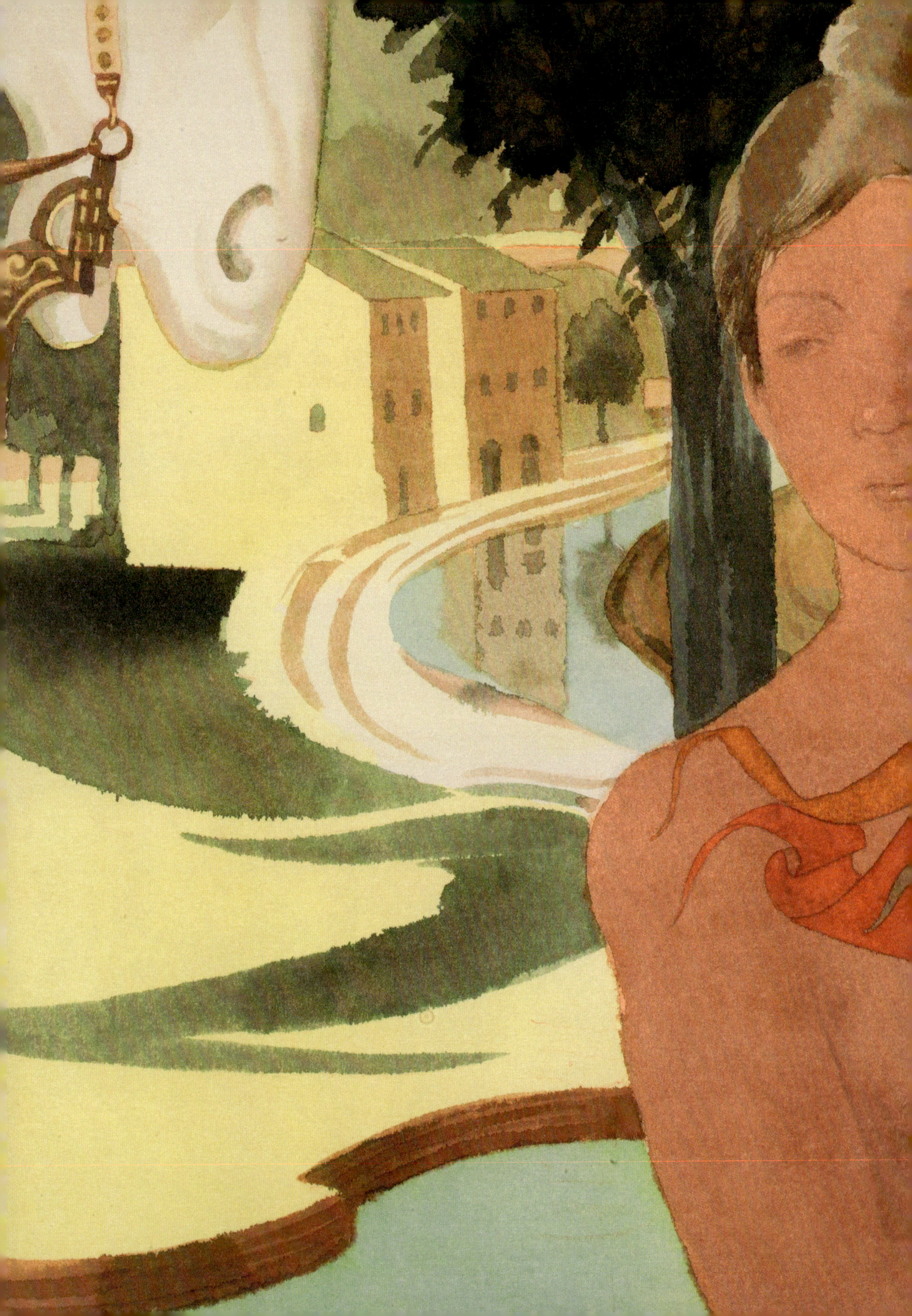

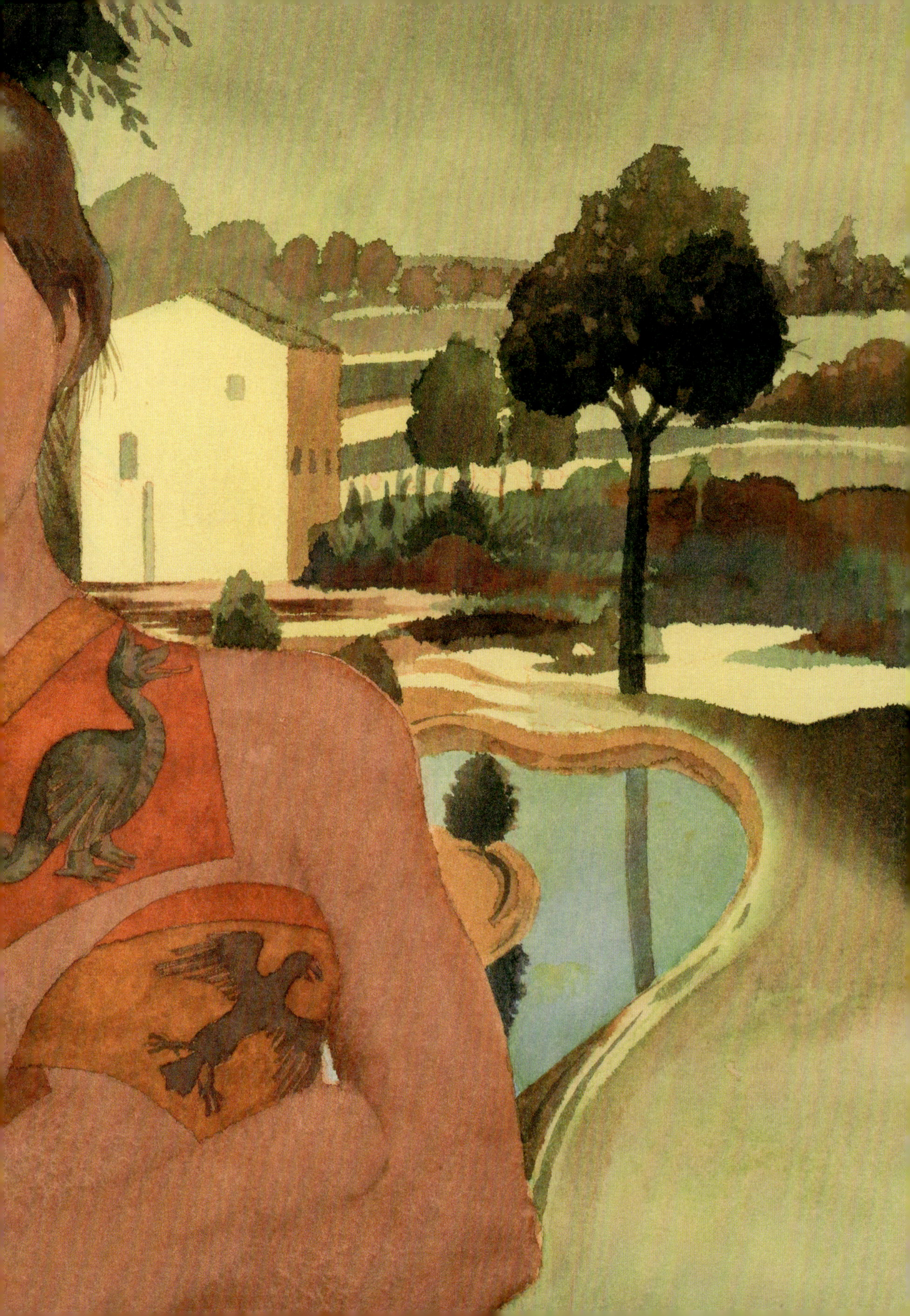

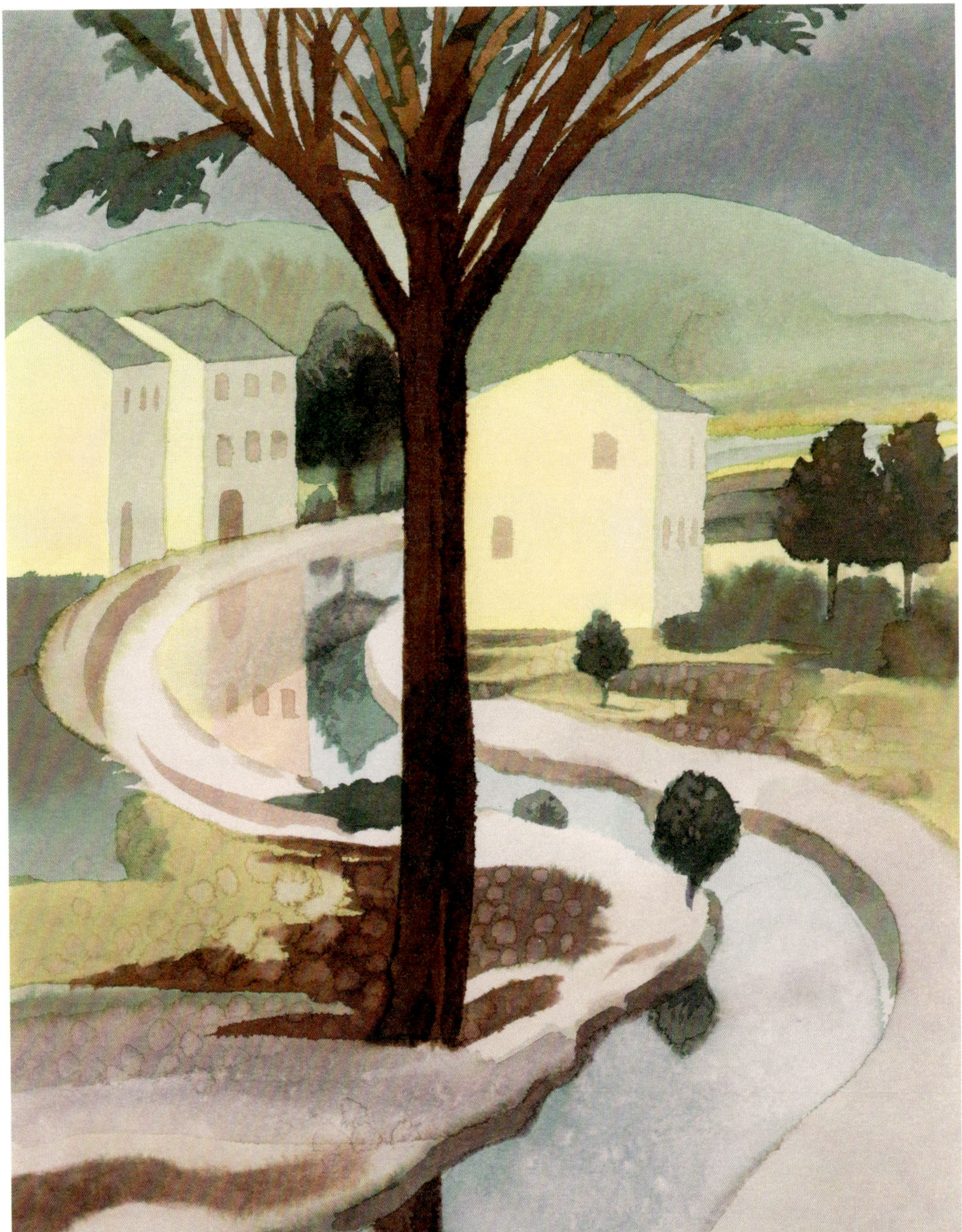

*Landscape from the Nativity*     Sept 2     Milton Glaser

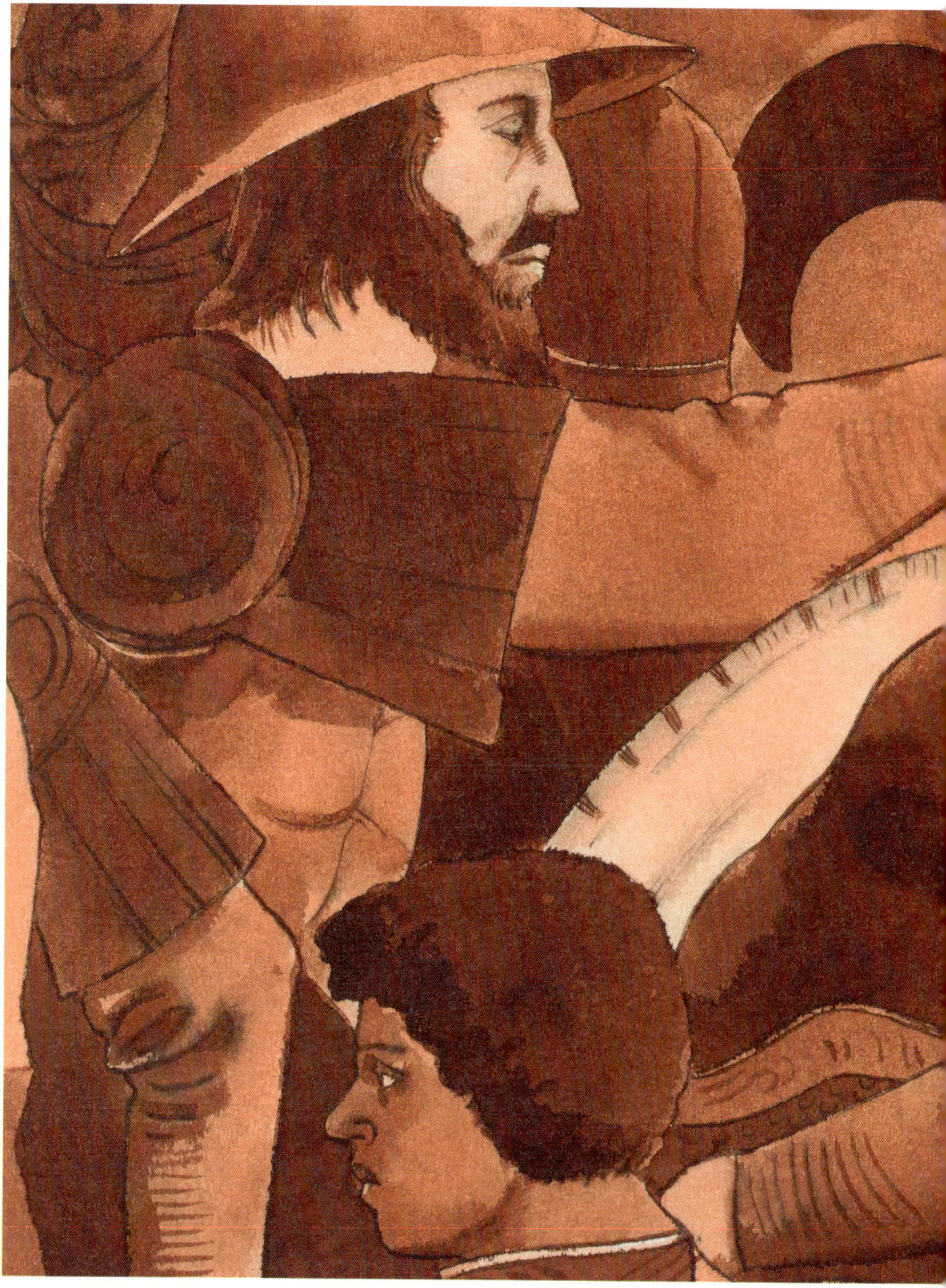

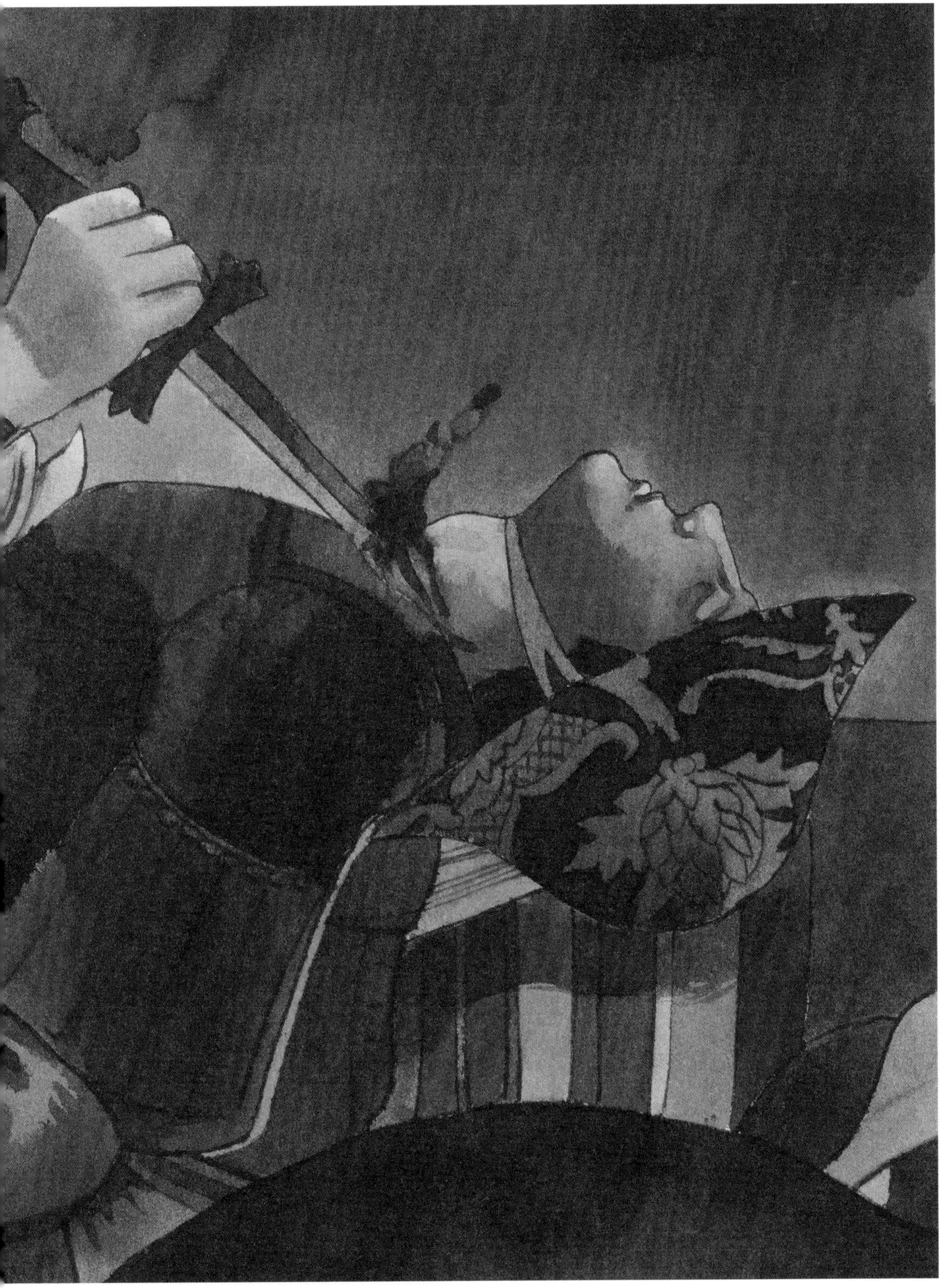

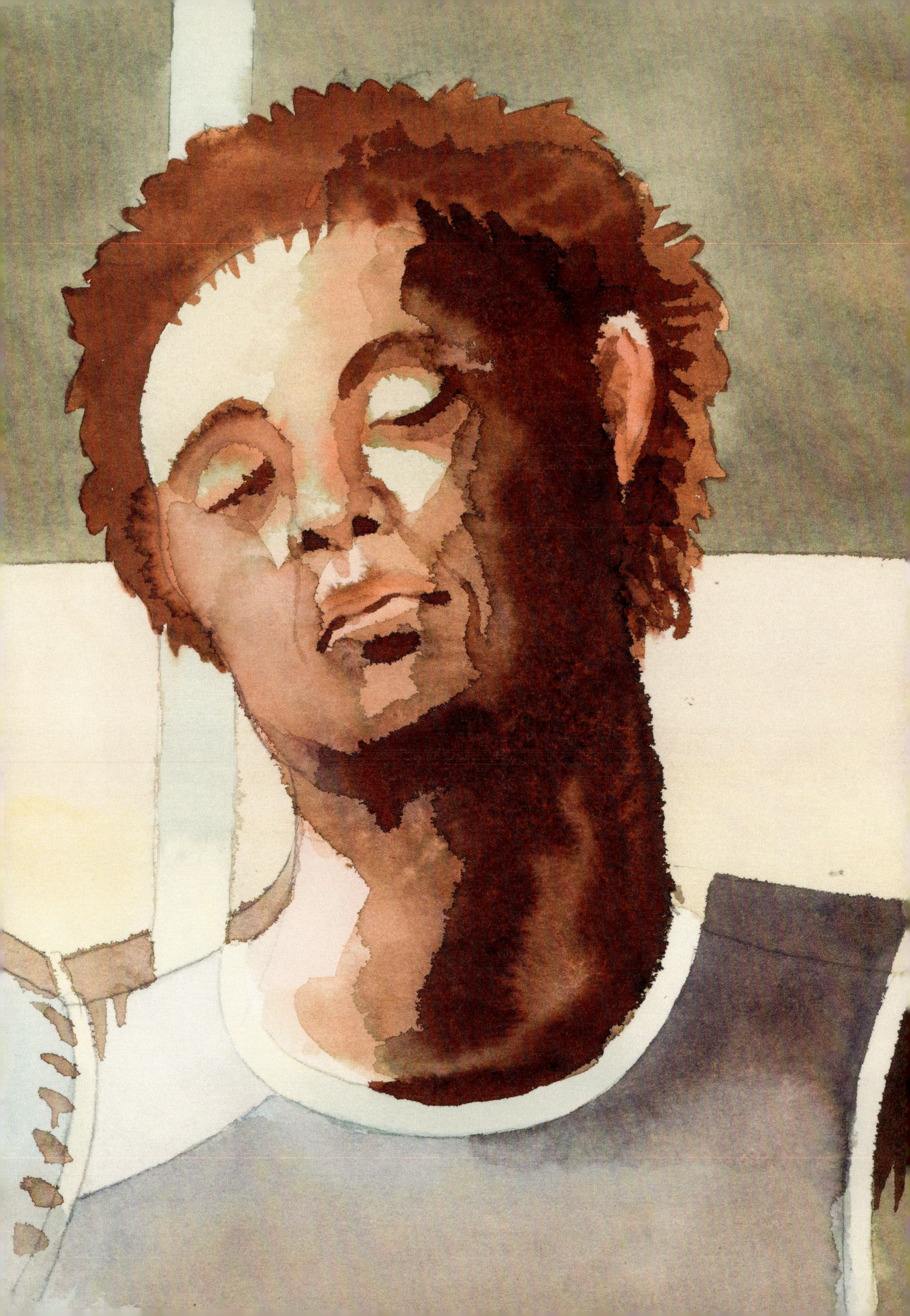

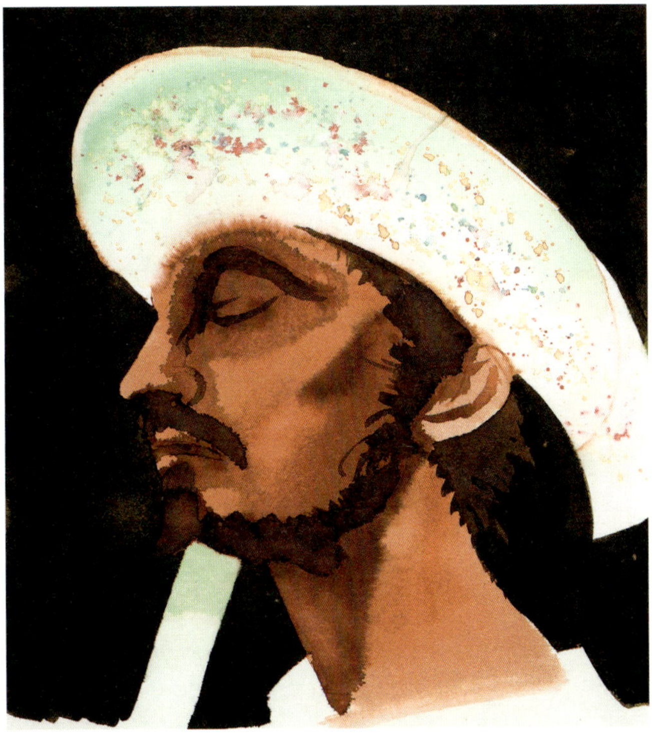

O logo "I ♥ NY" tornou popular em todo o mundo o trabalho de **MILTON GLASER** (1929), uma das maiores referências do design gráfico contemporâneo. Glaser estudou gravura com Giorgio Morandi antes de integrar o Push Pin, estúdio cujo estilo marcou época nas artes gráficas do século 20. Cofundador da revista *New York*, teve destacada atuação no desenho de jornais em todo o mundo. Primeiro designer a receber a National Medal of the Arts, em 2009, ganhou retrospectivas de seu trabalho no MoMA e no Centre Georges Pompidou. No final dos anos 1980, voltou à Itália, onde estivera na juventude, para trabalhar na série de obras que resultou na exposição *Milton Glaser – Piero della Francesca*, realizada em Arezzo em 1991, em homenagem aos 500 anos de morte do mestre italiano.

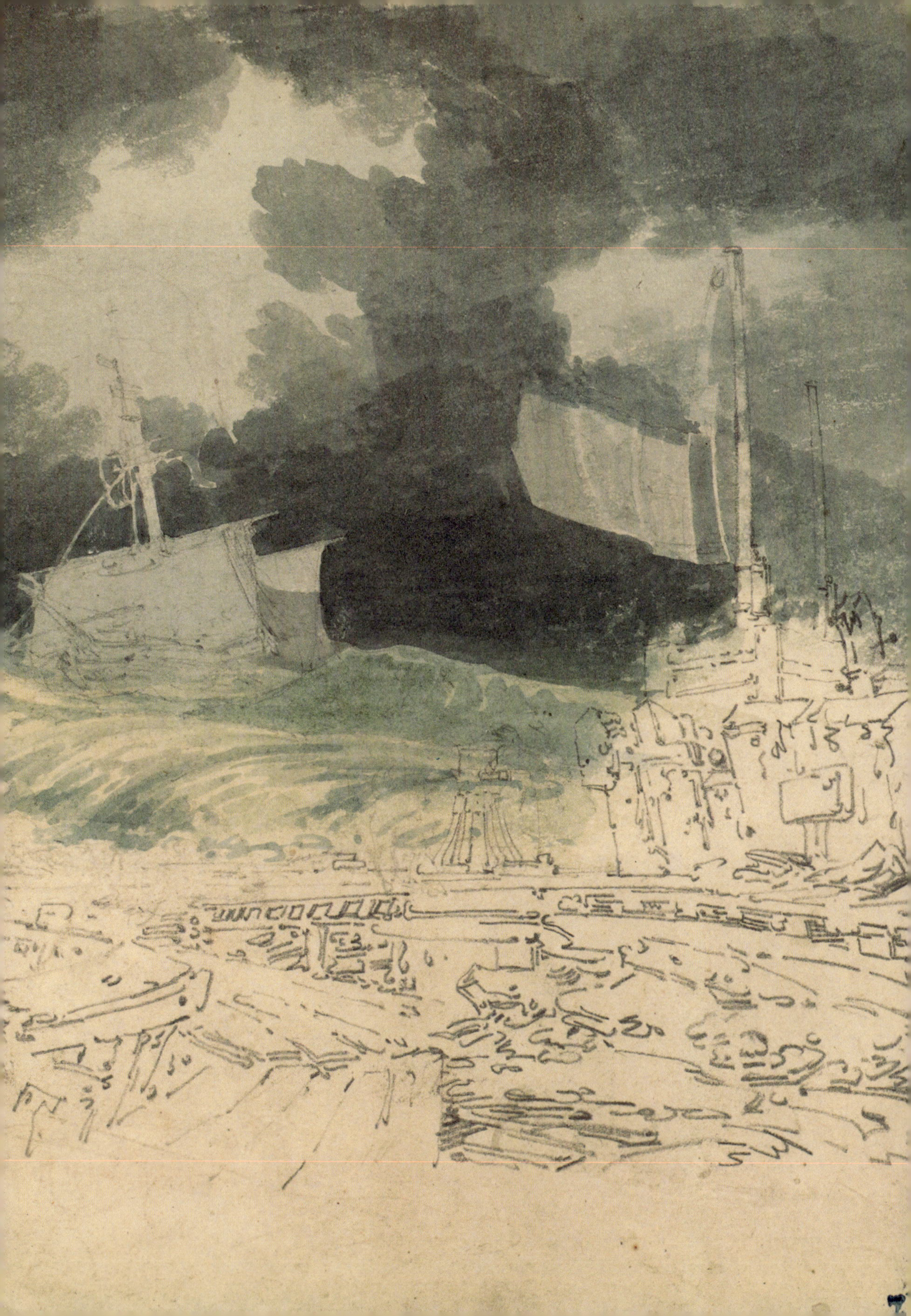

HISTÓRIA  A França pode ter inventado o ensaio, mas a Inglaterra inventou o ensaísta, ser híbrido que nasce coberto pela placenta da ambiguidade

## *Essai, essay,* ensaio

JOHN JEREMIAH SULLIVAN

*para Scott Bates (1923-2013)*

J.M.W. Turner
*Dover: The Pier, with a Ship at Sea in a Storm,* 1793
© Tate, Londres, 2014

Uma pequena curiosidade etimológica que encontramos em alguns dicionários é que a palavra *ensaísta* aparece em inglês antes de ter sido registrada em francês. Por algum motivo nós a dissemos primeiro – e não apenas alguns anos, mas séculos antes. A França pode ter inventado o ensaio moderno, porém a ideia de alguém se dedicar, como meio de vida, à produção desses textos aparentemente fugidios era improvável demais para ter um nome. Afinal, Rabelais tinha escrito *Pantagruel*, e as pessoas não ficavam chamando umas às outras de pantagruélicas por causa disso (na verdade até ficavam, a começar pelo próprio Rabelais, mas a palavra significava alguém cheio de uma desajuizada *joie de vivre*). Um tal de Michel Eyquem, de Bordeaux, no entanto, não tinha intitulado em 1580 seus livros de *Essais*? Certo – Montaigne era Montaigne, uma montanha não só no nome. Ninguém mais se atreveu a perpetuar seu papel. A França irá celebrar seu exemplo, mas a influência exercida por ele é um tanto intimidadora. Na França, o ensaio se retrai depois de Montaigne. Vira algo menos íntimo, mais opaco, se transforma nas meditações de Descartes e nos pensamentos de Pascal. Dizem que um século e meio depois da morte de Montaigne, o marquês d'Argenson escolheu como subtítulo de seu livro esta palavra, "Ensaios", e foi repreendido pela impertinência. De fato, nesse contexto ninguém se sentiria tentado a identificar-se como "ensaísta". Quando os franceses finalmente começaram a usar o termo, no começo do século 19, era apenas para se referir aos autores ingleses que tinham levantado a bandeira, mais especificamente àqueles que escreviam para revistas e jornais. "Os autores de ensaios em periódicos", escreveu um crítico francês em 1834, "ou, como eles são mais conhecidos, *ensaístas*, representam nas letras inglesas uma classe inteiramente distinta, como a dos *novellieri* na Itália." Outra curiosidade: o ensaio é francês, mas o ensaísta é inglês. O que isso pode querer dizer?

Consideremos que a aparição da palavra em inglês – o que significa a primeira aparição da palavra em qualquer língua – tenha acontecido no inverno de 1609 ou no início de 1610, mais provavelmente em janeiro de 1610. Uma comédia era encenada na corte do rei James I da Inglaterra, no Palácio de Whitehall, em Londres, ou talvez no St. James, onde o príncipe morava. Não sabemos ao certo. Os teatros estavam fechados por causa da peste, mas na temporada do Natal a diversão é necessária. Ben Jonson tinha escrito uma peça nova, *Epicœne ou A mulher silenciosa*, para sua companhia favorita, a Children of Whitefriars, meninos atores com "vozes intactas", muitos dos quais "pressionados" – basicamente sequestrados (às vezes literalmente, quando voltavam para casa da escola) – a servir o teatro. Para a maioria deles, era uma honra fazer parte dos Children of the King Revels. Desfrutavam de privilégios especiais.

Janeiro de 1610: James tem 43 anos. As traduções da Bíblia patrocinadas por ele estão quase prontas. John Donne segura um exemplar de seu primeiro livro publicado, *Pseudo-Martyr*, e o entrega a James, de certa maneira esperando que ele esquecesse antigas desavenças. "Ouso nesta dedicatória", escreve, "implorar humildemente a sua majestade que aceite este pedido de perdão, pois, observando o quanto sua majestade se dedica a conversar com seus súditos por meio dos livros, também ambiciono ascender à sua presença do mesmo modo". Galileu espia Júpiter com um telescópio feito por ele mesmo e encontra luas (sua visão era tão difusa que pareciam "estrelinhas") que evidentemente obedecem apenas à gravidade de Júpiter, provando que nem todos os corpos celestes circundam a Terra, um triunfo para os proponentes da então controversa teoria copernicana do heliocentrismo, e além disso sugere uma importante modificação. Afinal, Copérnico tinha colocado o sol no centro do mundo, mas Galileu começou a perceber que talvez não existisse centro algum, muito menos um centro tão facilmente perceptível. James é informado sobre isso por seu embaixador em Veneza. "Envio aqui à sua majestade a notícia mais estranha", diz a mensagem, "que jamais terá recebido de qualquer outra parte do mundo", pois um "professor de matemática de Pádua derrubou toda a astronomia anterior." Era a multiplicidade dos mundos que se abria. Sentado na torre, Sir Walter Raleigh escrevia sua *História do mundo*, implorando para ser enviado de volta à América, dizendo que preferia morrer lá a perecer dentro de uma cela. Estamos na corte da Companhia Virginia, que dias antes havia publicado um panfleto, uma *Declaração verdadeira*

**Gustave Courbet**
*Stormy Sea*, 1869
Paris, Musée d'Orsay
© 2104, Photo Scala, Florença

*e sincera*, exaltando as virtudes da nova colônia, aquela "terra fértil", tentando abafar as histórias horríveis que começavam a circular. Do outro lado do Atlântico, em Jamestown, acontecia o que chamavam de "tempo da fome". Dos quase 500 colonos, 440 morreram durante o inverno. Os sobreviventes comiam cadáveres ou sumiam na floresta.

James nos interessa aqui não por ter sido rei – ou seja, não me refiro a ele assim, pelo nome, só para encurtar a frase –, mas pelo fato de ter desempenhado um papel significativo, ainda que pouco mencionado, na evolução dessa palavra e dessa coisa escorregadia que é o ensaio. A vida inteira, ele sempre adorou aprender. Podemos imaginá-lo como um homem parrudo que, de manto e coroa e com o polegar levantado, aprova a *Versão autorizada* de sua *Bíblia* antes de desaparecer em aposentos acolchoados, mas James foi um homem das letras muito sério. Ele gostava de parecer um homem das letras – e de fato foi um deles. Talvez não tivesse sido bom o suficiente para ser lembrado se não fosse quem fosse, mas, sendo quem era, foi muito melhor do que precisava ter sido. Tinha o trabalho intelectual em alta conta, ainda que se permitisse levar a sério temas como o poder de demônios e bruxas. Na juventude, em Edimburgo, e no castelo Stirling, estava no centro de um permissivo e vertiginosamente homoerótico bando de poetas eruditos da corte, dedicados ao verso formal e ao refinamento do Middle Scots,[1] dialeto escocês que era sua língua nativa. A maior parte do que o rei James escreveu foi traduzida para o inglês comum antes de ser publicada, mas um texto – que tratava, entre outros temas, do uso poético do Middle Scots – circulou no original. Ainda que reunisse basicamente poemas, seu trecho mais citado é o "Tratado", 20 páginas de não ficção expondo "alguns *reulis* e *cautelis*" – regras e cautelas – "a serem observadas e encontradas na *Poesie Scottis*". O título do livro de James? *Essayes of a Prentise* [Ensaios de um aprendiz].

Esse livro foi publicado em 1584, 13 anos antes dos famosos *Ensaios* de Francis Bacon, de 1597, tradicionalmente considerados o marco da introdução do ensaio como conceito formal na escrita inglesa. Verdade seja dita, Bacon não se sustenta como primeiro ensaísta inglês nem se omitirmos James: alguém – não sabemos com certeza quem, mas é quase certo que tenha sido um clérigo anglicano chamado Joseph Hall – já tinha publicado uma reunião de ensaios um ano antes de Bacon, em um livro chamado *Remedies against Discontentment* [Remédios

---

[1] Língua céltica falada no sul da Escócia entre meados do século 15 e o começo do 17. [N. do E.]

contra o descontentamento]², e é provável que um ou dois escritores "mais recentes" – William Cornwallis ou Robert Johnson ou ainda Richard Greenham – já tivessem começado a escrever os seus ensaios quando o livro de Bacon saiu. Mesmo assim, Bacon é o maior naquele pequeno grupo de ensaístas ingleses do final do século 16, e aparentemente foi quem teve maior reputação na língua. Ainda assim, o livro do rei James precedeu a todos esses em mais de uma década. A bem dizer, quando James publicou seus *Essayes of a Prentise*, Montaigne ainda estava publicando os seus *Essais* (o francês estava entre os volumes I e II).

A melhor conclusão a que podemos chegar é que James usa a palavra no sentido geral. Um "ensaio", como frequentemente dizemos, é uma tentativa, um *golpe*. Talvez o rei James quisesse dizer, autodepreciativamente, "sou um mero aprendiz [*prentise*] aqui, e esses são meus *ensaios*, minhas tentativas de iniciante". Faz sentido.

O problema é que não se usava "ensaio" dessa maneira nem nos anos 1580. Se atribuirmos esse significado ao uso que James fez da palavra, seria a primeira ocorrência desse sentido específico em inglês (ou no Middle Scots), o que não quer dizer que não devêssemos fazê-lo. É provável que seja exatamente isso que está acontecendo aqui. Mas seja lá o que James queria dizer com "ensaio", trata-se de uma coisa nova, nova em inglês. Disso sabemos.

Seria possível que James quisesse dizer algo próximo ao que Montaigne pretendia? Diante dos fatos, a ideia parece improvável. O livro de Montaigne tinha sido publicado poucos anos antes de James terminar o dele. Uma tradução em inglês só apareceria dali a 20 anos. Sem dúvida alguns homens e mulheres da Inglaterra tinham ouvido falar do livro, talvez até o tivessem visto, mas qual a probabilidade de uma dessas pessoas ser o jovem rei da Escócia aos 18 anos?

Uma probabilidade alta, acredite ou não. O tutor de James na década de 1570, período em que Montaigne se dedicava ao primeiro volume de seus escritos, por acaso era um homem chamado George Buchanan, classicista escocês e um dos gigantes da Renascença que passou parte de sua vida na França, onde sua poesia era muito admirada ("Certamente o maior poeta de nossa época", disseram seus editores franceses, uma opinião partilhada, entre outros, por Montaigne). Buchanan fora encarregado da educação do jovem James e provocou em seu pupilo uma duradoura impressão tanto de

2. A autoria desses *Remedies* é questionada desde que o livro foi escrito, e sua obscuridade se deve em grande parte ao nosso fracasso em desfazer sua máscara de "Anonym[o]us". Mas um linguista de Princeton, Williamson Updike Vreeland, natural de Nova Jersey, descobriu há mais de um século que o livro é de Joseph Hall, e publicou a informação em seu *Study of Literary Connections between Geneva and England up to the Publication of* la Nouvelle Héloïse (1901) [Estudo das relações literárias entre Genebra e Inglaterra até a publicação de *La Nouvelle Héloïse*]. Vreeland não se importava muito com o bispo Hall – ele estava interessado mesmo no tradutor do livro, o cuidadoso calvinista suíço Theodore Jacquemot, que vertera ao menos uma dúzia de livros de Hall para o francês –, mas Vreeland encontrou numa biblioteca em Genebra o único exemplar francês conhecido dos *Remedies*, intitulados por Jacquemot *Remèdes contre les mécontentements*, e leu ali mesmo na página do título: "*Traduit nouvellement de l'anglais de révérend Seigneur Joseph Hall... 1664*". Mil seiscentos e sessenta e quatro: o bispo Hall já estava morto havia sete ou oito anos nessa época – Jacquemot não precisava proteger a identidade de seu amigo. Além disso, depois que se apresenta a prova de Vreeland, outras coisas começam a se encaixar: Hall, conforme se descobriu, usara a expressão "*Remedies Against*" como título de capítulos de outros livros posteriores, cuja autoria ele reivindicava; e conhecia muito bem o homem a quem o livro é pessoalmente dedicado, sir Edward Coke, o procurador-geral de Elizabeth I. É praticamente certo que os *Remedies* sejam de autoria de Joseph Hall. Porém, Vreeland, não sendo grande admirador de Hall e talvez nem sequer sabendo que os *Remedies* há muito tempo são considerados um livro frustrantemente misterioso, não divulgou a descoberta, e pode-se dizer que raríssimos estudiosos da literatura inglesa vieram a conhecer seu estudo, e esse minúsculo dado mantém-se escondido desde 1901, esperando a mágica da combinação entre banco de dados e a busca correta por termos para aparecer de

**J.M.W. Turner**
*Dover Castle with the English Channel Beyond*, c. 1825-1838
© Tate, Londres, 2014

novo. Mas aí você pode dizer, quem se importa? Pois bem. Provavelmente ninguém. Só que às vezes um pequeno fato como esse acende uma constelação de coisas, como toda uma fileira de luzes de árvore de Natal volta a funcionar quando se troca apenas uma lâmpada queimada. Falando de maneira mais direta, eis como a coisa fica intrigante: o bispo Joseph Hall, embora quase esquecido, é grande. Não vou entediá-lo aqui citando panegíricos de 400 anos. Basta dizer que o impacto e a influência que ele causou foram enormes em seu tempo. Chamavam-no de "Sêneca inglês". Ele discutiu com Shakespeare em tavernas e contestou Milton por escrito. Resolveu controvérsias espirituais. Foi um dos pioneiros das múltiplas formas da prosa inglesa, entre elas a sátira, a distopia, o esboço de personagem teofrástico e a meditação neoestoica. Na década de 1650, quando estava velho, distante do poder e doente – sofrendo, entre outras coisas, de estrangúria (constrição urinária dolorosa) –, sua vida foi prolongada graças a um jovem amigo e admirador, o médico-escritor sir Thomas Browne, que passou a citar Hall em suas obras. Thomas Browne fechou os olhos de Hall. Alexander Pope leu o bispo Hall. Laurence Sterne conhecia os sermões do bispo Hall e fez uso deles. E o mais significativo de tudo: Francis Bacon conhecia Hall, e é muito provável que tenha lido seus *Remedies*. No ano seguinte, Bacon publicaria seus próprios *Ensaios*. De fato, Hall não usa essa palavra em seu livro. Ele usa *Discursos*. Mas a sobreposição formal e estilística entre as duas produções é imensa. O que significa que precisamos levar em conta a probabilidade de que Joseph Hall seja, se não o pai, ao menos um dos pais do ensaio inglês. Há mais coisas para se saber sobre ele.

respeito como de medo, tão profunda que, décadas mais tarde, quando James viu um homem parecido com Buchanan aproximar-se dele na corte, chegou mesmo a tremer (Buchanan, embriagado, espancou o menino James pelo menos uma vez).

Qual a importância disso? Acontece que James não foi o único aluno de Buchanan a jamais esquecê-lo. Houve outro antes dele, na França, entre os anos 1530 e o começo dos 1540. Por vários anos, George Buchanan deu aulas no Collège de Guyenne, em Bordeaux, e um de seus alunos, um jovem interno a quem também deu aulas particulares, era um menino da cidade chamado Michel Eyquem. O menino, cuja precocidade em latim causara espanto nos professores, era também um ator talentoso e interpretaria papéis em algumas peças de Buchanan, que o tinha como um de seus alunos favoritos. Anos mais tarde, ao encontrar Montaigne na corte francesa, Buchanan o elogiou, dizendo que o tempo que passaram juntos tinha inspirado algumas de suas teorias sobre a pedagogia humanista. Montaigne devolveu a lisonja elogiando o ex-professor mais de uma vez em seus *Essais*. Conheciam-se bem, esses dois homens, e continuaram em contato. E justamente quando o mais jovem começou a publicar na França, o mais velho se tornou, na Escócia, o tutor do rei James. Que, quatro anos depois da publicação dos *Essais* de Montaigne, publicaria seus próprios *Essayes*.

O que, afinal, terá acontecido? Seria a aparição de dois livros intitulados *Ensaios* – os dois primeiros assim intitulados em qualquer língua e com um intervalo de poucos anos entre eles, e escritos por dois homens que tiveram o mesmo professor na infância – mera coincidência? Ou seria o caso, como parece muitíssimo mais plausível, de ambos estarem ligados de alguma forma – de o rei James ter conhecido Montaigne, ou pelo menos seu livro (mas provavelmente as duas coisas), e se apropriado da sua palavra? E se isso for verdade, por que James raramente, ou nunca, é citado na história do ensaio, tanto na Inglaterra quanto na França?

Em parte porque sua obra é, basicamente, poesia, de modo que não ocorreria a ninguém associá-la à de Montaigne, a não ser pelo título. Por outro lado, o livro inclui, como mencionei, um texto que hoje (ou em 1600) seria classificado como ensaio, o tratado *Reulis and Cautelis*. E esse texto tornou-se de longe a parte mais conhecida do livro – o que não é surpresa, dada a qualidade, sofrível, da poesia do rei. Na verdade, em algum momento posterior do século 16, parece que a obra foi publicada (ou reeditada) não mais como *Essayes of a Prentise*, mas como *Reulis and Cautelis*, de modo que seu verdadeiro título permaneceria desconhecido até mesmo para quem se deparasse com o livro em bibliografias ou catálogos.

Eu gostaria ainda de argumentar – ou deveria dizer, sendo isto um ensaio, lançar a sugestão – que não foi por coincidência ou apropriação que James usou a palavra como título. Trata-se, isto sim, de uma interpretação equivocada. Ou talvez seja mais correto dizer uma única interpretação. James tinha, afinal, um reconhecido dom para línguas e os melhores professores do mundo. Ninguém aqui o está acusando de não saber o que "*essai*" queria dizer em francês. O problema é que queria dizer muitas coisas – em francês e, já na época, em inglês também –, mas o rei parece ter insistido em enfatizar um sentido em detrimento de todos os outros quando escolheu a palavra como título, recorrendo a um uso ligeiramente diferente daquele pretendido por Montaigne. Essa escolha, como se sabe, teve um efeito invisível, porém crucial, no desenvolvimento da concepção inglesa do ensaio.

Há meio milênio, *scholars* franceses têm debatido o que Montaigne pretendia dizer exatamente com "*essai*" e não me sinto qualificado a me meter nessa discussão. Li um bocado a respeito, mas como um interessado e enviesado praticante, não como linguista. É certo que quando os franceses nos veem na frente de uma turma dando a conhecida explicação "Um ensaio... que vem do francês, *essai*... significa 'tentativa'" (como já vi professores fazerem, como eu mesmo já fiz diante dos alunos), pode-se ouvir em algum nível uma cruel gargalhada gaulesa.

Você pode ler sobre as raízes latinas da palavra, *exagere*, *exagium*, palavras que vêm do contexto da cunhagem de moedas romanas, que têm a ver com medir e pesar. Uma ideia de "expulsão" ou de "enxame" também está supostamente subentendida em algum ponto (um enxame de pensamentos, como de abelhas, rápido e breve?). Existia aquela expressão "*coup d'essay*", que significa, segundo um dicionário bilíngue contemporâneo, a "obra-prima de um jovem trabalhador". E, sim, havia também, ao mesmo tempo, o sentido em que o rei James a empregou, de "um início, entrada, começo, tentativa... Um florescimento, ou preâmbulo, por meio do qual provamos um pouco de alguma coisa". Sem dúvida esse sentido estava presente, tanto na França de Montaigne quanto em seu título – mas não era sua primeira acepção, nem o que a princípio Montaigne tinha em mente (ou nos ouvidos) quando escolheu esta palavra, *essais*, para descrever sua obra.

Sabemos qual era a principal acepção da palavra não porque é a primeira a aparecer nos dicionários do período (ainda que seja), nem porque era a mais usada na época (ainda que fosse), mas também porque é nesse sentido que o próprio Montaigne, quando usa a palavra além do título – ou seja, em outros momentos de seus livros –, costuma empregá-la, não em todas, mas na grande maioria das vezes. É o sentido de "prova, processo, experimento". Testar alguma coisa – pela pureza, pelo valor (voltando à cunhagem de moedas, o *essayeur* era um "funcionário da casa da moeda que testa todos os tipos de novas moedas antes que entrem em circulação"). Havia também o *essay de bled*, a "prova do trigo",

**Gustave Courbet**
*The Wave*, 1870
Berlim, Nationalgalerie, Staatliche Museen zu Berlin. Foto: Joerg P. Anders
© 2014, Photo Scala, Florença/BPK, Bildagentur für Kunst, Kultur und Geschichte, Berlim

[3]. Esta é a versão de Sérgio Milliet para o ensaio XIX, "Somente depois da morte podemos julgar se fomos felizes ou infelizes em vida", *Ensaios*, volume I. Brasília: UnB/Hucitec, 1987. [N. do E.]

quando os grãos eram cuidadosamente pesados, costume que Montaigne podia ter em mente quando escreveu: "*Je remets à la mort l'essay du fruict de mes estudes*" ["Deixo que a morte se pronuncie sobre minhas ações"].[3] E.V. Telle, estudioso de Rabelais, em um ensaio de 1968 intitulado, com deliciosa transparência, "À propos du mot 'essai' chez Montaigne" [A propósito da palavra "ensaio" em Montaigne], mostrou que o sentido mais imediatamente associado pelos leitores de Montaigne viria do contexto universitário, quando, diante do candidato examinado para determinado título, seriam colocadas placas com os dizeres ESSAI DE JEAN MARIN ou seja lá quem fosse o candidato. Os alunos eram testados, examinados, provados, *ensaiados*, para se descobrir se realmente entendiam aquela porcaria toda. Montaigne também estava brincando com essa acepção – ele se poria à prova, a si mesmo e a seu próprio "julgamento" (como repetidamente escreveu); ele se tornaria seu próprio ensaísta. Não foi essa sua grande pergunta orientadora, "*Que say-je?*", que sei eu?, que para ele deveria ter um sentido tanto literal quanto de uma expressão idiomática ("Você realmente acha que eu vou morrer? Acho que sim, mas o que sei eu?")?

A questão não é afirmar que Montaigne quis dizer isso e não aquilo com *Essais*, mas entender que a polissemia da palavra, esboçada acima, era precisamente o que ele almejava e o verdadeiro motivo pelo qual ele a escolheu, pois, se um livro é mesmo um espelho, deve sempre refletir de volta na direção em que é olhado. Ele deixará não apenas uma, mas muitas portas abertas a seus leitores. Você pode acessá-lo pelas suas adoráveis tagarelices, sua intimidade confessional, conspiratória (ele continua sendo até hoje um dos poucos escritores da história que teve coragem de dizer que tinha pênis pequeno), pela sua erudição, pela profundidade psicológica talvez jamais superada, pelo consolo que ele oferece em momentos de tristeza – por onde quer que você chegue, a porta está lá, nos escritos, e no título.

E, se não bastasse, no centro de tudo isso, quando você remove todas as camadas visíveis, lá está a alternância binária, yin/yang, heisenberguiana, entre as duas acepções principais, entre uma definição mais estrita de "ensaio" (a prova, o processo, o exame) e uma mais frouxa (a obra amadora, intempestiva, realizada com desenvoltura, seja-lá-o-que-for). A dualidade foi observada e formulada por um dos primeiros e mais importantes leitores de Montaigne, François Grudé, ou, como ficaria mais conhecido, *sieur* de La Croix du Maine. Em seu influente *Bibliothèques*, uma espécie de seleta literobiográfica, ele incluiu Montaigne, com elogios. Isso em 1584, quando o autor ainda estava vivo e escrevendo (mesmo ano em que saiu o livro do rei James). Grudé tinha lido apenas o primeiro volume de Montaigne, mas foi o suficiente para colocá-lo na companhia de Plutarco. Grudé tem o crédito de ter sido um dos primeiros a se dar conta de que Montaigne era Montaigne. Em 1584, entre os letrados, a opinião dominante sobre o escritor era: ligeiro, tagarela e – o que é interessante para nós – um autor para mulheres.[4] Mas Grudé o reconhece, reconhece que algo de muito sério estava acontecendo nos *Essais*, que ali estava um homem inspecionando a própria mente como *um meio de inspecionar a mente humana*. Para nossa sorte, Grudé aborda o significado da tal palavra, do título, poucos anos depois de Montaigne apresentá-la (a primeira coisa em que eles reparam é na ambiguidade!). Ele escreve:

> Em primeiro lugar, este título ou inscrição é bastante modesto, pois, se alguém toma a palavra "Essay" no espírito de "coup d'Essay", ou aprendizado, soa bastante humilde e autodepreciativo, e não sugere nada de excelência ou arrogância; no entanto, se a palavra for tomada como se significasse, em vez disso, "provas" ou "experimentos", isto é, um discurso que neles se modela, o título permanece bem escolhido.

O que é maravilhoso de se observar é como essa dicotomia original, que estava plenamente clara na mente de Montaigne, entre a acepção mais frouxa e a mais estrita do ensaio – o florescente e o bem-acabado, a tentativa e o processo – foi transposta para a dicotomia entre a França e a Inglaterra. Se, no rastro de Montaigne, o francês iria, em geral, se ressentir das qualidades mais casuais e íntimas do ensaio (e até de seu nome), a Inglaterra as acolheu de braços abertos.[5] Algo na dicção de Montaigne, a textura particular de sua introspecção, abriu uma veia que latejava prestes a estourar. Ben Jonson descreve assim um candidato a escritor da época: "Tudo o que faz na vida é impresso, e seu rosto é todo um volume de ensaios". Repare como desde o início fica claro que a definição de ensaio usada pelo inglês é a mais frouxa, a que tem a ver com aprendizado. Uma nota no mesmo diapasão do rei James. Ou talvez devêssemos dizer que há uma ênfase naquela definição, trocando-a de lugar com o outro sentido, o do ensaio como algo mais sério,

**4.** Entre os primeiros leitores de Montaigne, havia um número aparentemente desproporcional de mulheres, o que fazia dele objeto de zombaria. Diversos de seus ensaios eram dedicados a mulheres, e ele se gabava de conhecer mais sobre aquele sexo do que qualquer outro homem antes dele, pois seu livro se tornaria um minúsculo cavalo de Troia que o levaria até o leito de suas leitoras, até suas *toilettes*. Entre seus primeiros defensores mais apaixonados, e sua primeira editora póstuma, estava a grande Marie le Jars de Gournay, a quem ele chamava de sua *fille d'alliance* (algo entre uma afilhada e aprendiz). Sobre esse assunto, há o ótimo livro de Grace Norton, *Montaigne: His Personal Relations to Some of His Contemporaries, and His Literary Relations to Some Later Writers* [Montaigne: suas relações pessoais com alguns de seus contemporâneos, e suas relações literárias com autores posteriores], que menciona o "peculiar interesse que Montaigne inspirou em todas as gerações de mulheres".

**5.** Sobre isso, ler o estudo de Pierre Villey, *Montaigne en Angleterre*, tanto pelo empenho na abordagem do tema como por um curioso exemplo da atitude francesa a esse respeito, que é (ou foi por um longo tempo) aquilo que nós ingleses recebíamos um pouco em Montaigne. Todos os países gostavam dele, mas a Inglaterra o amava. No século 19 tentamos reivindicá-lo, observa Villey, valendo-nos de uma alegação que Montaigne fez, a certa altura dos *Essais*, de que a família do pai descendia de uma família da Inglaterra e de que ele se lembrava de ter visto, quando menino, relíquias inglesas nas casas da família Eyquem. Foram feitas genealogias, com mais ansiedade que cuidado, remontando *Eyquem* a *Ockham*. Isso explicaria a fixação em Montaigne, nosso impulso de emulá-lo. *Ele era nosso mesmo.*

**J.M.W. Turner**
*The Kent Coast from Folkestone Harbour to Dover, c. 1829*
© Tate, Londres, 2014

e fazendo deste uma espécie de subfrequência. Não se trata de uma definição nacional unificada ou de nada parecido com isso; há muitas definições, assim como havia na França, mas todas no mesmo tom apologético. Na verdade, na primeira tentativa inglesa de classificar o ensaio, essa nova e estranha criatura – William Cornwallis em "Sobre ensaios e livros", que faz parte dos *Discursos sobre Sêneca*, publicado em 1601 (ano em que Robert Johnson define seus próprios *Essais* como "oferendas imperfeitas") –, o autor argumenta, com humor voluntário ou não, que Montaigne tinha na verdade *usado equivocadamente* o termo. Enquanto isso, os ingleses o utilizam corretamente, é claro. "Defendo", ele escreveu, "que nenhuma dessas formas antigas de prosa curta, nem as de Montaigne nem essas mais recentes, possam ser definidas apropriadamente como *ensaios*, pois, embora sejam breves, ainda assim são fortes e capazes de sobreviver ao exame mais minucioso; porém, os meus, sim, são ensaios, afinal não passo de um novato aprendiz".[6]

A partir desses primeiros ensaístas que brotaram na ilha por volta de 1600, a infestação se espalhou. Depois veio a explosão da Grub Street,[7] e o ensaio passou a ser a forma pop do século 18. Há milhares de páginas de gazetas e diários e semanários para demonstrá-lo. A palavra vira um brasão do início do Iluminismo. É a época daqueles que Thackeray definirá como "os ensaístas de periódicos do século 18". A Inglaterra se torna um país de ensaístas, assim como sempre foi de lojistas, e o ensaio vira... qualquer coisa que quisermos. Nas palavras de Hugh Walker – cujo *The English Essay and Essayists* continua sendo o livro mais lúcido sobre o gênero um século depois de sua publicação –, o ensaio se torna o "território comum" da literatura inglesa, "pois assim como antes do cercamento de terras o gado solto ia pastar na terra sem cercas, assim também os esforços desgarrados da literatura tenderam na direção do campo maldefinido do ensaio".

Mas sempre – é isso que estou tentando dizer – com aquela nota original pairando no ar, ao mesmo tempo uma chamada ao ataque e um toque de recuar. Não a nota do rei James, veja bem. Mas a de Montaigne. A singularidade. A palavra em sua ambiguidade mais plena, mais rica, tiresiana, e o exemplo do escritor, em sua coragem e seu rigor, sua insolência. O ensaio moderno não se desenvolve em um país específico, mas em um campo de vibração transnacional que vai além do canal da Mancha. Ele assume muitas formas duplas: processo/tentativa, alto/baixo, literatura/jornalismo, formal/familiar, francês/inglês, Eyquem/

---

[6]. Repare na dupla autonegação em sua sintaxe. Aqueles outros escritos não podiam ser "ensaios" (sentido mais frouxo) porque são fortes, e capazes de resistir ao "exame" mais minucioso (sentido mais estrito). Cornwallis parece piscar para nós aí, mostrando que ele sabe que todo o problema da palavra é um ouróboro linguístico. E, o mais importante, 1601 já tinha o ensaio irônico sobre ensaios.

[7]. Grub Street era uma rua em Londres conhecida por ser o reduto de aspirantes a escritores, poetas e editores até o começo do século 19. [N. do E.]

Ockham. O vital é que a vibração esteja lá. Sem ela, não existiriam "ensaios", apenas os *Essais*.

James estava sentado ali. Era janeiro de 1610. Donne e Bacon e Joseph Hall e o restante da gangue também estavam na plateia – eles podiam ter estado, então digamos que estiveram. E os meninos estavam representando *Epicœne*, de Jonson. É um rapaz quem faz o papel, pela primeira vez, de sir John Daw, um cavaleiro. John Daw = Jack Daw = *jackdaw*, uma espécie de gralha que, como uma pega, gosta de bicar e colecionar coisas brilhantes, como citações clássicas. Jack Daw pode ser uma representação satírica do próprio Bacon – como mais de um especialista suspeitou. Na história, ele é forçado (não foi preciso muito esforço) a recitar um trecho de sua lavra. A obra é ridícula. Mas seus ouvintes, querendo lisonjeá-lo para que fizesse mais palhaçadas, dizem que o texto tem "algo em si de raro engenho e razão". De fato, eles dizem – soando como nós, quando começamos a falar sobre a origem do ensaio – "é um Sêneca... é um Plutarco".

Jack Daw, na tolice de sua vaidade, toma a comparação como um insulto. "Tenho minhas dúvidas", ele diz, "se aqueles sujeitos têm algum crédito entre cavalheiros!"

"São autores sérios", a pequena plateia lhe garante.

"Asnos sérios, isso sim!", ele diz. "Meros ensaístas, de umas poucas frases soltas e só."

Ensaístas: foi aí que a palavra veio ao mundo, com essa frase. A primeira coisa que notamos: que a palavra é usada com escárnio e desdém. Ainda que o personagem que a pronuncia seja alguém em relação a quem devemos sentir escárnio e desdém. Um asno pretensioso. Que pode ter sido jocosamente baseado no inventor do ensaio, Francis Bacon. Para coroar isso tudo, o momento se passa diante dos olhos do mesmo monarca que primeiro importou a palavra, dando início a esse longo diálogo, e que está ele mesmo irrevogável e indubitavelmente implicado de alguma forma na boneca dentro da boneca da inteligência de Jonson.

Como podemos acreditar em uma criatura que vem ao mundo coberta com a placenta da ambiguidade? Esses são os "ensaístas". Quatrocentos e quatro anos depois, eles continuam a florescer.

---

**JOHN JEREMIAH SULLIVAN** (1974) é hoje um dos principais nomes do ensaísmo americano. Alguns dos melhores exemplos de sua originalidade ao unir reportagem, história e literatura estão em *Pulphead – O outro lado da América*, coletânea lançada em 2013 pela Companhia das Letras. Dele, a **serrote** publicou, no número 11, "Michael", um perfil do cantor e compositor de "Thriller". Este texto, inédito em português, é a introdução à edição de 2014 da prestigiada série *The Best American Essays*, que teve Sullivan como editor convidado.
Tradução de **ALEXANDRE BARBOSA DE SOUZA**

Decisivos em mudanças fundamentais na forma de retratar a paisagem na arte ocidental, o inglês **J.M.W. TURNER** (1775-1851) e o francês **GUSTAVE COURBET** (1819-1877) dedicaram-se, cada um em seu tempo, a retratar de forma marcante o canal da Mancha, lugar icônico na definição de correspondências e oposições culturais entre seus países.

**Gustave Courbet**
*The Beach at Trouville*, 1865
Coleção particular
© 2014, Christie's Images, Londres/Scala, Florença

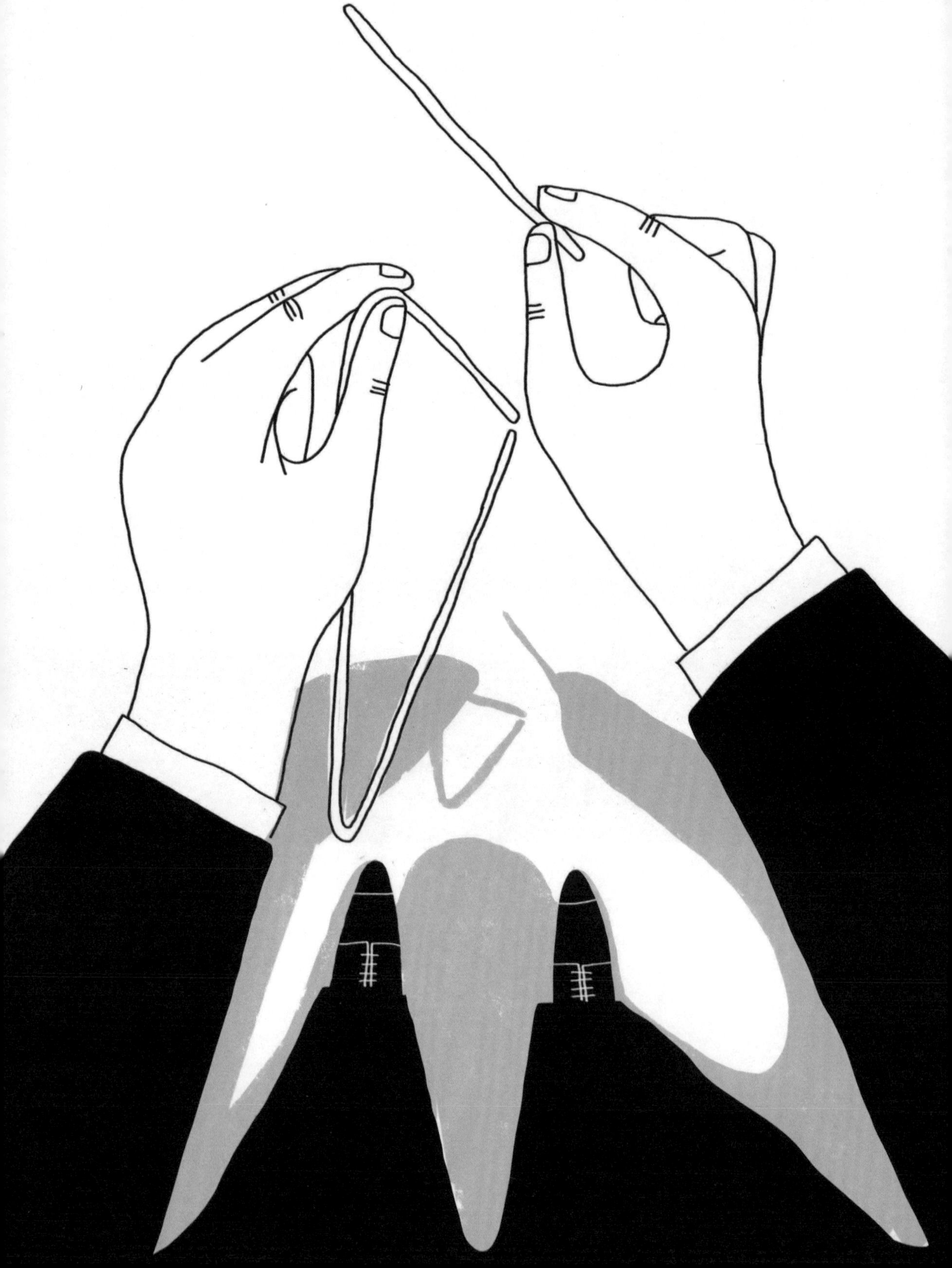

JORNALISMO PARTICIPATIVO Acostumado à arte do erro própria do esporte, o repórter descobre, aterrorizado, que na música uma falha pode ser fatal

# Na Filarmônica

GEORGE PLIMPTON

Veridiana Scarpelli, 2015

Já me perguntaram muitas vezes qual foi o exercício participativo mais assustador em que me meti. As pessoas sempre se surpreendem quando digo que o que mais me assustou não foi jogar futebol americano, basquete ou lutar boxe com profissionais, mas tocar na Filarmônica de Nova York.

Toquei triângulo. E alguns outros instrumentos de percussão.

Uma razão para a experiência ter sido tão assustadora é que na música você não pode cometer nenhum erro. Quase todos os esportes partem do princípio de que o erro é um dos fatores que determinam o resultado: no tênis, você lança a bola na esperança de que o seu adversário erre; no boxe, você distrai o outro e espera que ele baixe a guarda para você acertá-lo; o futebol americano é um imenso exercício de tentar fazer os outros errarem – não estar onde deveriam estar.

Mas na música você não pode errar. Isso não faz parte do *Zeitgeist*. Se você comete um erro, um erro grande, você destrói uma obra de arte. Essa ideia fica martelando na consciência de todos os músicos, mesmo na dos muito bons. Nas salas de ensaio das grandes salas de concerto, enquanto se preparam para uma apresentação importante, os músicos têm a mesma expressão vidrada que vi nos jogadores profissionais prestes a enfrentar o Chicago Bears. Aliás, cheguei a conhecer um violinista da Filarmônica que me contou ter tanto medo de errar – especialmente nos ensaios, quando o maestro pode parar tudo, fuzilar você com os olhos e dizer que a nota é si bemol e não si – que fantasiava passar sabão nas cordas do violino para que, ao tocá-lo, praticamente nenhum som saísse dele. A ideia era fazer isso até ficar mais seguro de onde estava indo – ficar mais confiante.

Bem, vocês podem imaginar como fiquei *tranquilo* depois de saber de tudo isso! Meu conhecimento de música é minúsculo. Eu tinha falado com Leonard Bernstein, o grande maestro, e perguntei se poderia acompanhar a Filarmônica em sua próxima turnê de um mês no Canadá... para poder ver como funcionava uma das melhores orquestras do mundo. O sr. Bernstein conhecia o meu trabalho. Ele tinha lido alguns textos meus, acho, e costumava me chamar de "amador profissional". Naquele momento, ele me fez uma pergunta bem óbvia: o que eu sabia tocar?

Aqui é preciso fazer um parêntese. Eu toco piano muito mais ou menos. Fui obrigado a ter aulas de música por muitos anos. Algumas coisas ficaram... alguns compassos de um estudo de Chopin, a escala de abertura de *Rhapsody in Blue*, a marcha de *Aida*. Alguns motivos de Wagner (tocados com uma mão só). Meus dois melhores números são "Deep Purple" e "Tea for Two". Mesmo nessas músicas, tenho que parar nas partes mais difíceis e forçar os dedos, enferrujados pela falta de contato com as teclas, percorrendo as partes mais obscuras, na miserável esperança de que eles vão para o lugar certo.

Tocar uma partitura de primeira está além das minhas possibilidades – até hoje leio uma partitura como um daqueles primeiros arqueólogos que decifraram os hieróglifos na pedra de Roseta. No Natal, a minha família vai mais devagar no que está cantando enquanto eu procuro o acorde seguinte. Falei com Bernstein sobre "Deep Purple" e "Tea for Two".

Ele disse: "Bem, a gente não precisa muito dessas coisas por aqui". E me mandou aprender percussão – ficar com o grupo lá no fundo da orquestra, no lugar que ele chamava de "Cantinho Escuro".

E que time eles formavam! Saul Goodman, primeiro timpanista, que me ensinou a segurar um triângulo e a bater a baqueta no aço para tirar sons diferentes; Buster Bailey, que usava boina e adorava circo: ele se juntava às bandas de circo quando elas vinham à cidade para fazer o longo rufar dos tambores na hora em que o trapezista estava prestes a dar o salto mortal triplo; Walter Rosenberg, fã de beisebol, que ouvia os jogos com um fone de ouvido durante os ensaios. Ele era *manager* e técnico do time de beisebol da Filarmônica, que, muito apropriadamente, se chamava Pinguins. Eles jogavam na Theater League. Nos jogos, era fácil adivinhar quem eram os violinistas. Eles tinham que se preocupar com os dedos, e, por isso, quando a bola era arremessada em sua direção, corriam dela até que perdesse a força; então eles a pegavam rapidamente e a jogavam para a segunda base. Os violinistas sempre jogavam a bola para a segunda base.

Ali atrás, no Cantinho Escuro, eles me ajudavam o máximo que podiam. Durante os ensaios, um deles se inclinava e apontava onde estávamos na partitura, ou então sussurrava quantos compassos faltavam até chegar a minha vez de entrar. Eles se inclinavam na minha direção no momento específico, como se quisessem pegar fisicamente a deixa do maestro e tocar de modo correto. Eu encarava desolado Bernstein por cima do meu triângulo, segurando firme minha baqueta de metal, e esperava um leve movimento dos seus olhos, ou algum gesto insignificante em meio a seu turbilhão de movimentos que sugerisse que a minha hora realmente tinha chegado. E aí, "ping"!

Bernstein brandia a batuta de um lado a outro para mostrar que queria parar e repassar tudo – primeiro os violinos, atenção ao arco naquela hora, depois as madeiras, um ajustezinho aqui, por favor, alguma coisa do fraseado, talvez uma piada com Harold Gomberg, o grande oboísta, uma cantarolada para explicar como ele queria que os metais soassem – "Vaa-*ruuum*!" ou sei lá – e então, dali do pódio, passando por todas aquelas cabeças, ele olhava para mim.

– George, agora.

Isso normalmente era seguido pelo som das cadeiras se mexendo de leve, os músicos se virando, porque sabiam que Lenny, como todo mundo o chamava, ia se divertir um pouco.

– George, toca aquela nota de novo pra gente.

Eu pegava o triângulo. "Ping!"

– De novo, por favor.

"Ping!"

– Outra vez, por favor – colocando a mão em concha atrás da orelha.

"Ping!"

Uma pausa dramática.

– Agora, qual delas vocês quis tocar? – perguntava. – São todas diferentes.

Gargalhadas.

– Ensaiar, ensaiar, ensaiar – dizia Bernstein em alto e bom som, e depois se voltava para a partitura.

Nunca me atrevi a entrar na brincadeira ("Escolha você a nota que prefere, Lenny") nem nada parecido. Eu ficava branco, com o coração acelerado, e pensava nos meus amigos sentados em suas mesas nas editoras e nas redações de revistas, sem que nada os perturbasse, exceto a dúvida sobre onde almoçar.

Às vezes eu recebia alguma indicação de que tinha tocado bem a minha parte. Os músicos têm seu jeito de aplaudir uns aos outros enquanto a música ainda está sendo tocada – um rápido raspar de pé no chão do palco. É assim que eles reconhecem a excelência um do outro. Harold Gomberg,

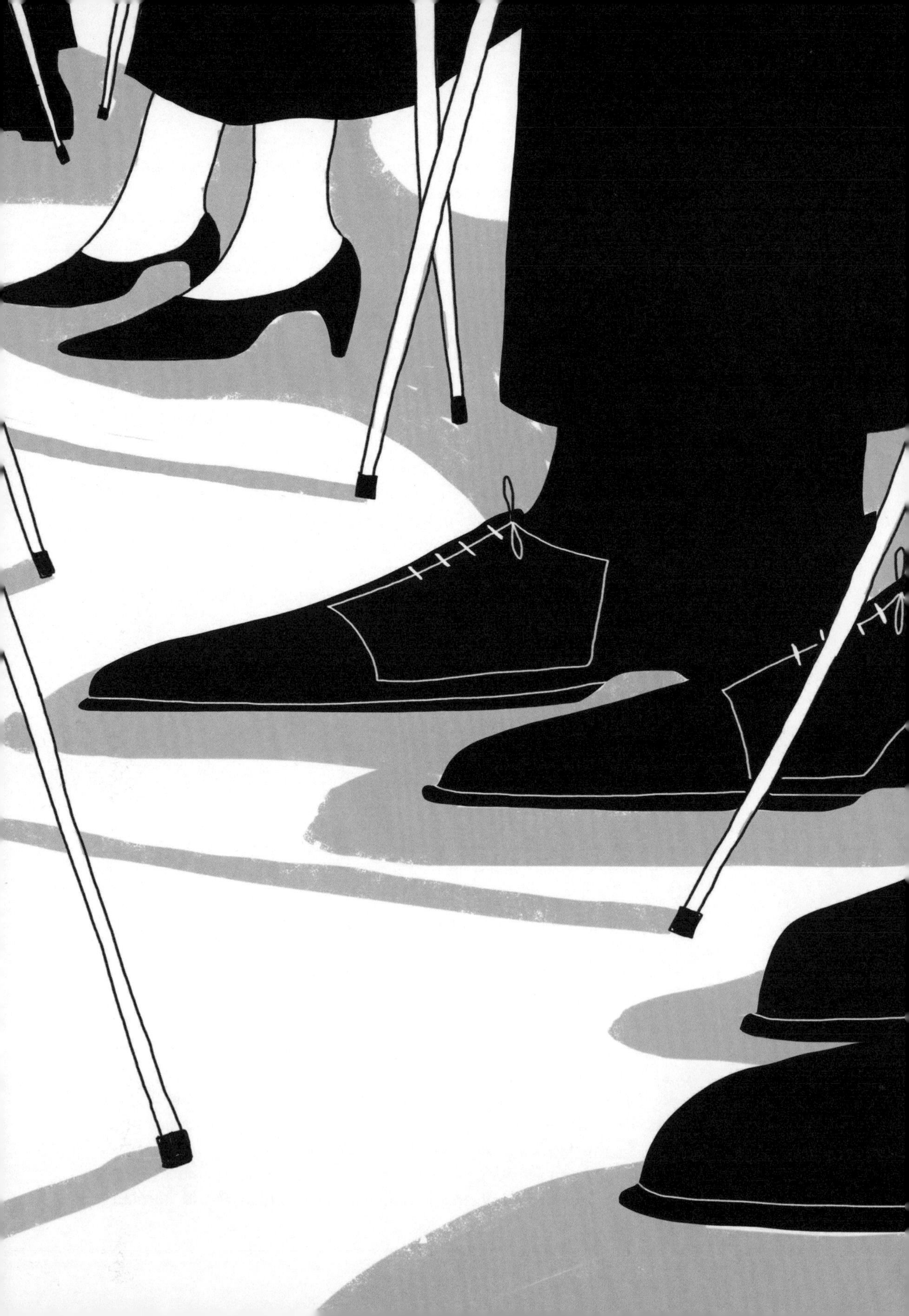

por exemplo, após concluir um trecho extremamente difícil e virtuosístico, coloca o oboé no joelho enquanto à sua volta os pés raspam o piso – são os seus companheiros músicos saudando sua arte. Quando eu passava das minhas entradas sem errar, pés raspavam o chão em toda a orquestra, muito provavelmente em sinal de alívio. Que visão mais esquisita para a plateia – ela deve ficar perplexa vendo uma repentina convulsão de sapatos raspando o piso como se um exército de saúvas, obedecendo ao sinal de um minúsculo maestro, atacasse todos os músicos na altura do tornozelo ao mesmo tempo!

Bem, lá fomos nós em turnê pelo Canadá. Chegamos à cidade de Londres, Ontário, onde iríamos tocar a *Quarta sinfonia* de Mahler. Essa sinfonia começa com 18 chacoalhadas dos guizos – um instrumento cujos formato e tamanho lembram uma grande espiga de milho, com os sinos (como aqueles dos arreios de um cavalo) em fileiras ao longo de um eixo central. O músico segura o instrumento pelo cabo (o do meu era vermelho forte) e bate nele ou o sacode. A partitura de Mahler pede que o percussionista bata nos guizos com as pontas dos dedos uma quantidade de vezes específica, *diminuendo*. As notas são importantíssimas, porque são as primeiras que se ouvem na sala de concertos – cristalinas, reluzentes, rítmicas, esvanecendo ao final, enquanto entram as madeiras.

Eu era responsável pelos guizos.

Alguma coisa aconteceu em Londres, Ontário. Até hoje nunca entendi bem o quê. O sr. Bernstein entrou no palco, recebido por grandes louvores da plateia; fez uma mesura; voltou-se para a orquestra, acenou com a cabeça para os músicos, e então olhou por cima de todas aquelas cabeças até chegar a mim, aprumado no Cantinho Escuro, segurando os sinos à minha frente, pronto para bater neles e dar início aos trabalhos. Eu estava petrificado.

Uma expressão curiosa passou por seu rosto. Nunca mais deixei de pensar nisso – ligeiramente desamparado, melancólico, talvez suplicante, como se esperasse, contra toda esperança, que as coisas dessem certo. Ele ergueu a batuta. O branco de seus olhos brilhou no instante em que ele olhou para o teto. Sua boca abriu-se um pouco.

Comecei a bater nos guizos. Devo ter batido no instrumento umas 23 vezes, levado pelo terror. Ou então não bati o suficiente. Ou bati destrambelhadamente. De qualquer jeito, eu sabia que alguma coisa tinha dado errado. Primeiro, ninguém raspou o pé. Ninguém. Eu olhei. E não era só isso, os ombros dos músicos logo à minha frente estavam meio que curvados. Não era bom sinal. Meus companheiros de percussão olhavam direto para a frente. Durante a sinfonia, em mais de uma ocasião o sr. Bernstein voltou-me os olhos – com uma expressão tensa e exasperada, quase acusatória, como se eu o tivesse envolvido numa pegadinha monstruosa da qual ele não estava gostando nem um pouco. De fato, após a sinfonia terminar, ele apareceu nos bastidores, procurando por mim. Quase gritando, ele me disse que eu tinha "destruído" a *Quarta* de Mahler, que ele nunca mais queria ouvir um som tão horrendo do fundo de sua orquestra de novo, e que por ele eu podia ir embora, *já chega!* E com essas palavras esse homem atormentado virou-se e sumiu na noite do Canadá. Fiquei ali parado, olhando ele ir embora, em choque.

Vocês podem imaginar como eu me senti naquele momento... depois de ouvir que eu tinha destruído uma sinfonia, humilhado a orquestra: expulso do Cantinho Escuro para os confins de Ontário, em algum lugar ao norte da fronteira canadense.

A turma da percussão apareceu. Juntaram-se à minha volta. Garantiram-me que eu não tinha que me preocupar com nada. "Típica pirraça de maestro", disse um deles. "Amanhã você vai estar de volta à orquestra."

Eles me levaram para o centro da Londres canadense para me ajudar a esquecer. Fomos a algumas tabernas. Eles me contaram histórias de músicos, quase todos percussionistas, que tinham – nas palavras deles – "errado". Achavam que assim eu ia me sentir melhor. Contaram uma que envolvia o som mais alto da música – aparentemente, o tiro de canhão na Abertura *1812* de Tchaikovsky. Ao ar livre, ela é tocada com um canhão de verdade, fogos de artifício e tudo o mais. Em espaços fechados, o percussionista fica nos bastidores, olhando por um buraquinho no pano de fundo, e, quando ele recebe a deixa do maestro, dá um tiro com uma espécie de revólver dentro de um barril – o que produz o som reverberante dos tiros de canhão que a partitura pede. Na história que me contaram, época dos velhos dias da Filarmônica no Carnegie Hall, o percussionista (talvez porque seu dedo tivesse apertado involuntariamente o gatilho) disparou esse instrumento 60 compassos antes da hora. Alguns músicos da frente acharam que um suicídio tinha acontecido lá atrás!

Havia outras histórias. Eles contaram como um tocador de címbalo um dia percutiu o instrumento durante um enorme clímax orquestral e derrubou um dos címbalos entre as cadeiras dos músicos, que saiu rolando como uma calota no meio do asfalto. Falaram de um que tocava carrilhão – aqueles cilindros pendurados numa moldura de ferro – e que, em vez de acertar o cilindro mais longo, o que fica pendurado bem do lado da moldura, ficou olhando para o maestro, esperando a deixa, e aí, com o martelo, bateu *na moldura*, acertou o ferro, *bonc!* "Abertura de *Romeu e Julieta*", disse um deles. "A plateia foi abaixo!" Lembraram uma pianista da Sinfônica Nacional da Suíça que entrou no palco, sentou-se ao piano à frente da orquestra, ajustou os dois lados do assento para ficar confortável, fez um gesto com a cabeça para o maestro sinalizando que estava pronta, e então largou as mãos num acorde de abertura tão imensamente violento que de algum modo tirou o piano dos calços e fez com que ele começasse a andar;

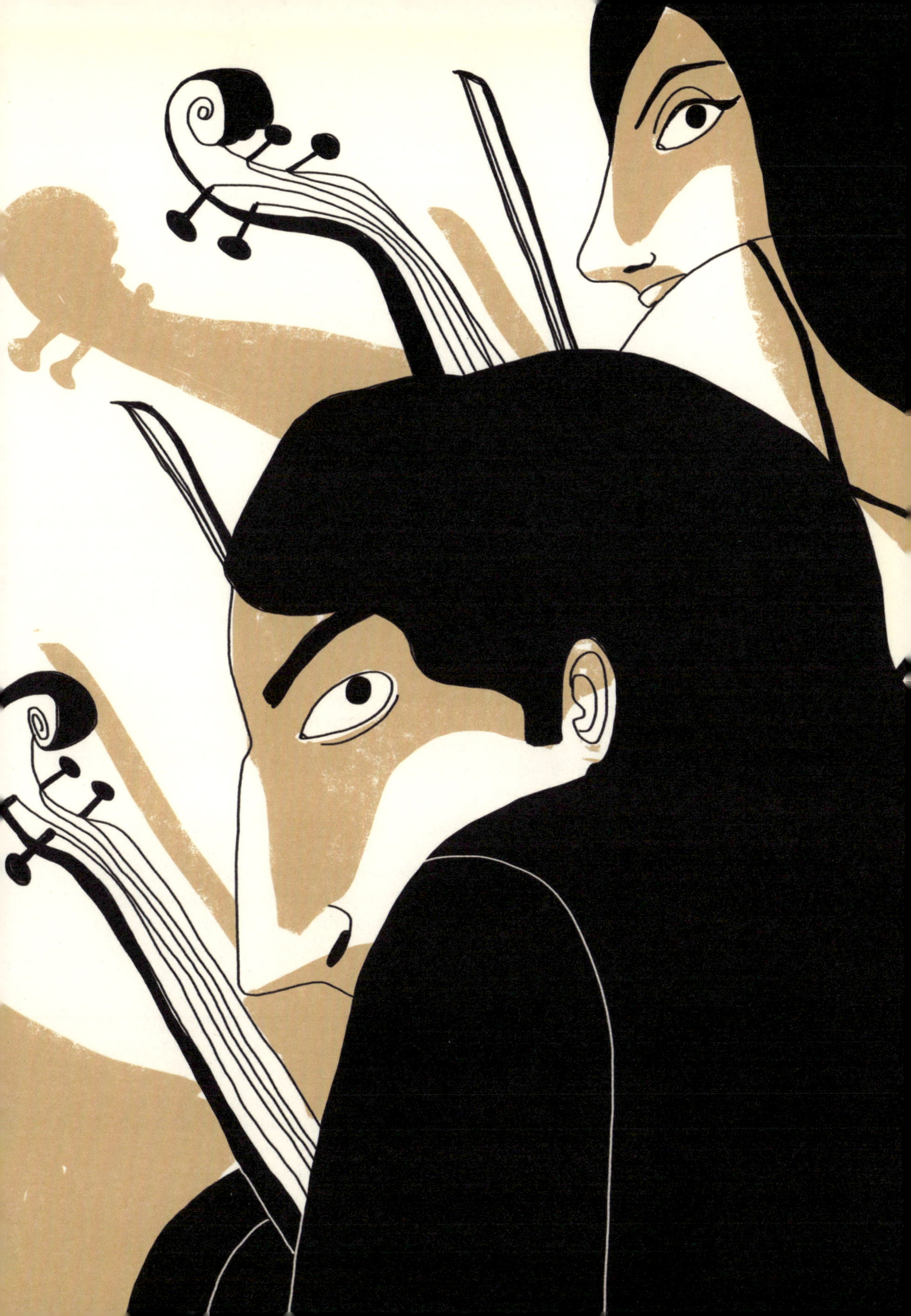

e ele foi ganhando velocidade, indo em direção à ribalta. Contaram que ela se curvou atrás dele, tentando fazer o melhor que podia, em condições muito adversas.

Não tenho dúvidas de que algumas dessas histórias eram apócrifas, especialmente a da pianista. Eles estavam fazendo o que podiam para melhorar meu astral. Mas a minha cabeça não parava de pensar no que tinha acontecido naquela noite... o olhar suplicante de Bernstein, o som dos guizos, *clinc clinc clinc*, assustadoramente alto no silêncio daquele enorme auditório, as fileiras de gente se esticando para trás... o desespero dele...

Então um dos músicos – acho que foi Walter Rosenberg – lembrou que dali a algumas noites, em Winnipeg, a orquestra tocaria a *Segunda sinfonia* de Tchaikovsky, a *Pequena russa*. No final, disse ele, havia um fortíssimo som de explosão no gongo.

– É um grande momento – continuou. – Bem no final; ele vem como um ponto de exclamação! Aí os violinos tocam alguns compassos e acaba tudo.

Os outros músicos se manifestaram. Falaríamos com o maestro, o sr. Bernstein, para ver se ele me deixava tocar o gongo em Winnipeg. Seria exatamente a terapia necessária para resolver o problema com os guizos.

– Você caiu do cavalo – disse um deles. – Hora de montar de novo.

– Espera aí – eu disse. – Não estou lá muito certo disso, não.

Comecei a explicar que eu não sabia nada da *Segunda sinfonia* de Tchaikovsky, que eu não conseguiria reconhecê-la se a ouvisse, nem se me dessem 20 chances para adivinhar. E o mais importante, eu nunca tinha tocado gongo, e se um erro com os guizos ou com o triângulo já tinha sido sério daquele jeito, com um gongo era outra história.

– Ficariam sabendo disso em Massachusetts – falei.

Eles insistiam. Murmuravam entre si como conspiradores. Na manhã seguinte, me tiraram da cama e fomos ver o sr. Bernstein. Eu estava muito relutante. Se me lembro bem, o sr. Bernstein usava um roupão felpudo. Sequer olhava para mim. Os percussionistas meio que me deixaram apoiado em uma parede. Imploraram ao maestro. Disseram que seria muito ruim para meu bem-estar psicológico se eu não tivesse uma nova chance. Disseram que iam me preparar. Falaram e falaram.

Enfim, o sr. Bernstein olhou para mim.

– Tudo bem – disse ele. – Você pode tocar o gongo em Winnipeg, mas nas seguintes condições – a voz dele estava absolutamente severa. – Primeiro, quero que você olhe para mim durante toda a sinfonia. Nada de olhar para a partitura. Todo mundo aqui sabe que você não lê partitura. Você não engana ninguém quando vira as páginas. É desconcertante, aquele farfalhar todo lá atrás. Então olhe para mim. Uns nove minutos depois do começo do último movimento, vou te dar uma deixa que músico nenhum jamais teve. Nessa hora – disse o sr. Bernstein perfurando-me com o olhar –, você manda ver!

Assim, mais ou menos um dia depois, eu estava em Winnipeg, de volta ao Cantinho Escuro, com a minha gravata branca e meu fraque, atrás do gongo monstruosamente pendurado nas correntes. A sala estava lotada – os amantes da música aglomerados para ouvir a maior orquestra do mundo... sem saber que um de seus músicos mal conseguia tocar "Tea for Two" e "Deep Purple" até o fim.

O sr. Bernstein saiu dos bastidores. Aplausos prolongados. Virou-se de frente para nós e a sinfonia começou.

Um dos terrores da música de orquestra é que uma vez que ela começa não há nada nesse mundo que a faça parar. É totalmente diferente do esporte, em que, se você pensar bem, o atleta tem uma capacidade quase divina de fazer o tempo parar. O *quarterback* faz um sinal de x para pedir tempo, e tudo para. Uma mergulhadora olímpica, aprumada no trampolim, pode se demorar, mexer os dedos até se sentir pronta para saltar.

Mas na música, assim que o maestro mexe a batuta, você é imediatamente colocado numa esteira que o leva inexoravelmente ao momento decisivo, e não há nada que se possa fazer sobre isso.

Enfim, chegamos ao quarto movimento. Peguei a enorme baqueta assim que o movimento começou – só para garantir, e para deixar claro ao sr. Bernstein que ele não me pegaria dormindo em serviço.

Alguns percussionistas – foi o que explicaram na minha preparação – gostam de fazer o gongo vibrar bem de leve logo antes de bater. O som produzido é mais aveludado. Para fazer o gongo tremer, é só encostar a baqueta nele, um leve roçar é mais que suficiente. Nem me dei ao trabalho. Eu não ia correr nenhum risco mexendo naquele gongo, assim como não brincaria com um garrafão de nitroglicerina. Lá estava ele, pendurado, imóvel.

Assim que começamos o quarto movimento, fiquei com a impressão de que de vez em quando o sr. Bernstein me dava olhadelas bem rápidas – talvez na esperança de que seu nêmesis desaparecesse e no lugar surgisse a presença mais tranquilizadora de um dos profissionais do Cantinho Escuro. Ai, ai!

A música corria. Ela soava ligeiramente familiar porque eu tinha ouvido uma fita com a *Segunda* de Tchaikovsky o tempo todo no meu quarto de hotel, com Walter Rosenberg do meu lado me guiando e contando os compassos, fingindo ser o sr. Bernstein, e quando ele me dava a deixa eu batia num travesseiro com um jornal enrolado. Acertei praticamente 3/4 das vezes.

Dessa vez, de volta ao Cantinho Escuro na sala de concertos de Winnipeg, Walter não estava lá para me ajudar. Ele tinha os seus afazeres. Eu encarava o sr. Bernstein. Subitamente, em um turbilhão de movimentos, ele olhou para mim; olhos tão arregalados que era possível distinguir de modo alarmante o branco deles, sua boca escancarada, a batuta apontada para mim, e eu joguei o corpo para trás e acertei o gongo com muito mais força do que pretendia. Bati com toda a energia, a emoção e o medo acumulados, soltos ali... Bati tão

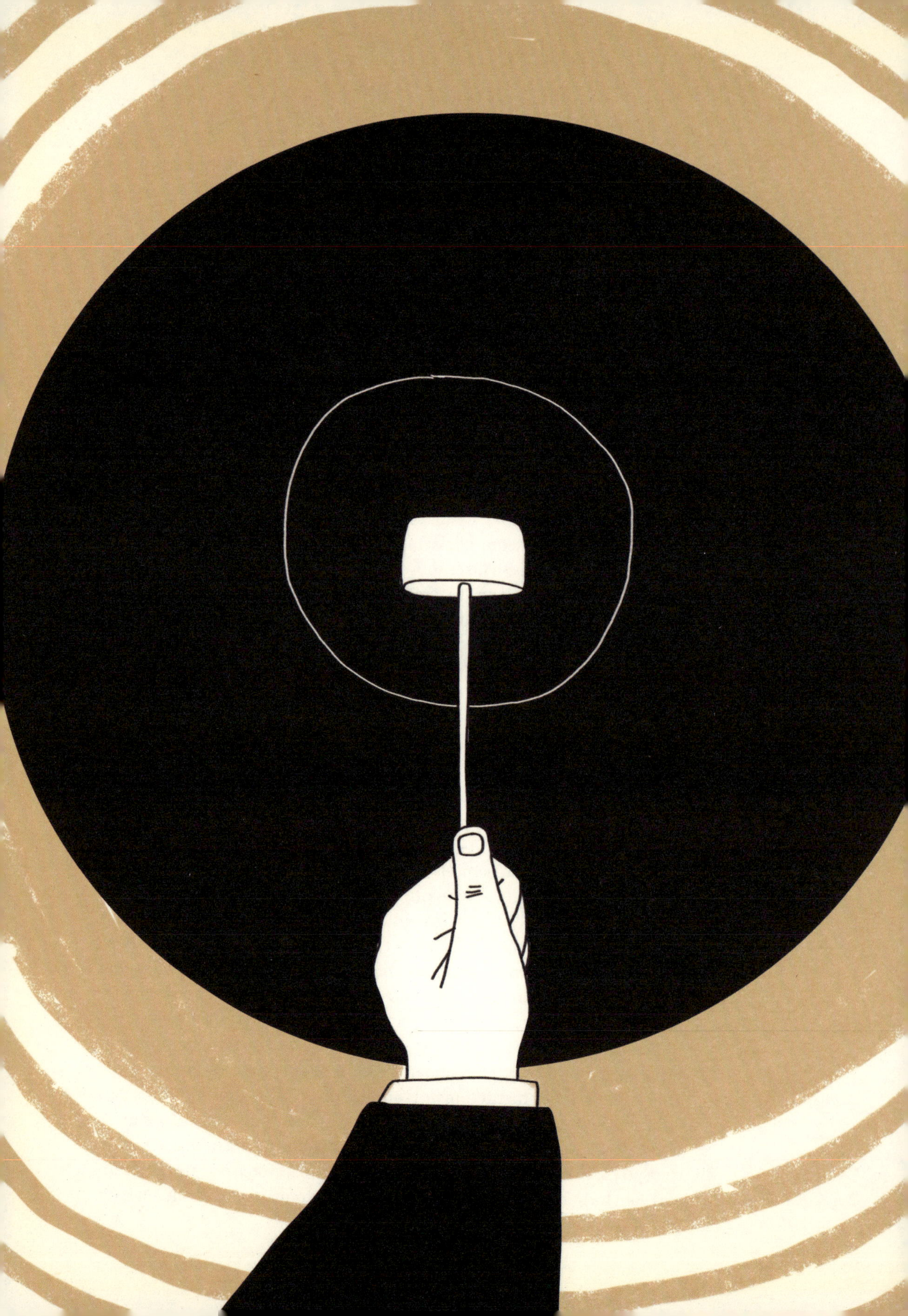

forte que uma enorme onda sonora subiu e percorreu a cabeça dos músicos – boa parte deles meio que virou nas cadeiras para ver o que tinha acontecido lá atrás –, e passou pelo sr. Bernstein, cujos olhos se arregalaram ainda mais nesse momento, e chegou ao auditório, onde lentamente foi se dissipando com a entrada dos violinos.

Fiquei parado, em pânico. Meu Deus, pensei, fiz de novo! Destruí mais uma sinfonia, e dessa vez foi pra valer.

Mas então, enquanto os violinos serravam o caminho até o final, *os pés começaram a raspar o piso*, e no palco inteiro se ouvia o farfalhar de louvor. A ficha demorou um pouco para cair. Aparentemente, estava tudo certo. A sinfonia acabou. Alguns músicos se viraram e sorriram enquanto o sr. Bernstein fazia mesuras para a plateia. Eu estava radiante. Agitei minha baqueta no ar. Walter encostou no meu braço.

– Você acertou em cheio!

– Foi moleza – disse eu.

Nos bastidores, o sr. Bernstein veio falar comigo. Estava com uma toalha em volta do pescoço.

– Ninguém nunca acertou um gongo com tanta força – disse. Ele sorria tanto que seu rosto estava contraído. – Se Tchaikovsky *tiver ouvido* aquilo, e tenho certeza de que *ouviu*, bem, tenho certeza de que adorou!

Os músicos da Filarmônica ainda fazem piada com o enorme barulho que fiz. Eles o chamam de o "Som de Winnipeg". Quando o sr. Bernstein quer um *fortissimo* realmente alto num ensaio, ele brada:

– Certo, me dê um Som de Winnipeg, por favor!

Alguém do escritório deles me ligou outro dia, falando que a Filarmônica planejava gravar a *Pequena russa*. Eles gostariam que eu fosse até o estúdio de gravação e (em suas palavras) "soltasse o Som de Winnipeg".

Foi o que fiz. Fui lá e bati de novo. Me fizeram abrandar um pouco. Mas só um pouco. Quem sabe não vão colocar meu nome na contracapa, como solista: *Gongo – Plimpton*? Seria legal, não seria? Isso mostraria que, ao menos uma vez, no perigoso mundo do jornalismo participativo, pude desfrutar de um pequeno sucesso.

Só por ter fundado a *Paris Review*, que dirigiu até morrer, GEORGE PLIMPTON (1927-2003) teria garantido um lugar na história. Mas sua obsessão com as reportagens participativas, que uniam o espírito de aventura a um estilo de rara elegância, resultou em algumas páginas memoráveis do jornalismo americano do século 20. Entre seus livros mais importantes, estão *Out of My League* (1961) e *Paper Lion* (1966), resultados de sua vivência no beisebol e no futebol americano. Sua obra continua inédita no Brasil.
Tradução de PEDRO SETTE-CÂMARA

VERIDIANA SCARPELLI (1978) é ilustradora, colaboradora da **serrote** e da *Folha de S. Paulo*. É autora do infantil *O sonho de Vitório* (2012) e ilustrou *A menina do mar* (2014), de Sophia de Mello Breyner Andresen, ambos publicados pela Cosac Naify.

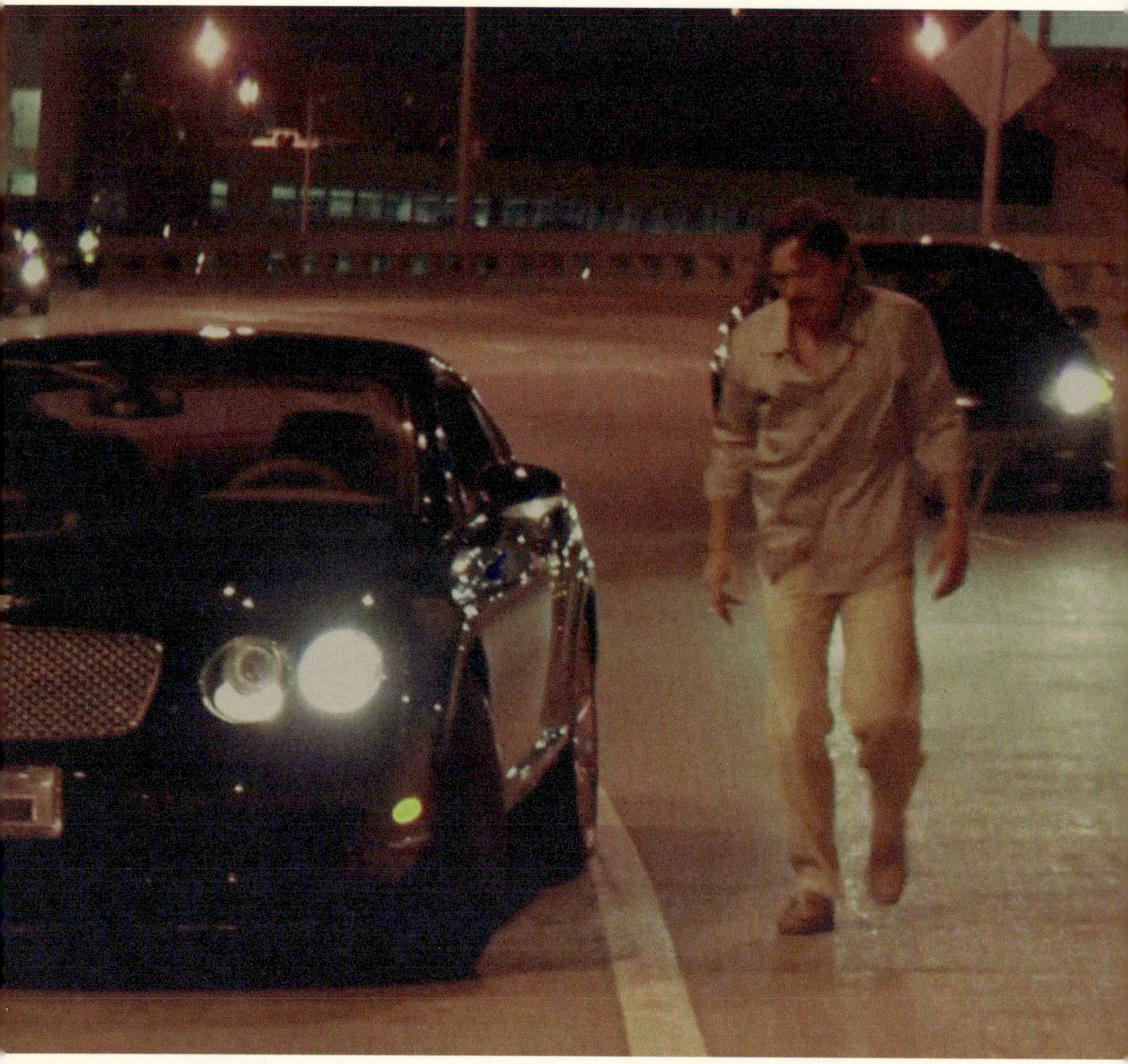

FETICHE  Michael Mann transformou a série icônica dos anos 1980 no melhor exemplo do gênero que inventou, o filme de ação para pessoas pensantes

# A metafísica de *Miami Vice*

ANTÔNIO XERXENESKY

*Frames* do filme
*Miami Vice*, 2006

"*But though I've tried so hard
I couldn't keep the night from coming in*"
JOANNA NEWSOM – *Cosmia*

**INVESTIGAÇÕES ESTÉTICAS A PARTIR DE IMPACTOS PESSOAIS**
Quando estreou no cinema, em 2006, *Miami Vice* foi um sucesso moderado de público e um fracasso considerável de crítica, principalmente se levarmos em conta as outras obras de Michael Mann. O Metacritic e o Rotten Tomatoes, dois dos principais sites que calculam a média das notas que um filme recebe dos críticos, apontam o nono filme do cineasta americano como a pior realização de sua carreira (excetuando *A fortaleza infernal*, um desastre de 1983 que muitos cinéfilos preferem esquecer que tenha existido). Lendo a maioria das críticas da época – dos Estados Unidos, do Brasil, da França –, é possível observar que *Miami Vice* foi julgado com base na maneira como atualizava a série de TV de mesmo nome, marco dos anos 1980 produzida pelo próprio Mann. Para seus defensores, o longa é um "ótimo entretenimento", ainda que tenha "mais estilo que substância"; já os críticos acham que o filme não passa de uma demonstração fetichista de lanchas e carros velozes com atuações constrangedoras dos protagonistas, um Colin Farrell de bigode anacrônico e um Jamie Foxx muito aquém de suas performances premiadas.

Em agosto de 2006, logo após a estreia de *Miami Vice* no Brasil, troquei uma aula de crítica literária por uma sessão do filme. Eu gostava das aulas e do professor, mas naquele dia estava mais para tiroteio que para estruturalismo. Duas horas e catorze minutos depois, saí do cinema com as pernas bambas, sem acreditar no que meus olhos tinham presenciado. O shopping e suas luzes brancas fluorescentes pareciam outras. Meu corpo tremia, como se eu tivesse passado por uma situação traumática que ainda não era capaz de compreender. Tentei falar com minha então namorada, que também tinha matado a aula de crítica literária para ir ao cinema comigo: "Você viu aquela cena em que...", e ela respondia com um "e no momento em que...", e eu engatava um "você notou que...?" e ela respondia que sim, e apontava mais um detalhe, mais uma oscilação de foco, um *frame* sutil que poderia ter passado despercebido. Estávamos deslumbrados. Voltamos para minha casa em silêncio, com a sensação de que tínhamos assistido ao *8 1/2* de nossa época.

**SER A PONTE**
Das muitas razões para se admirar um filme de Michael Mann, a mais citada entre os cinéfilos há de ser a seguinte: Mann faz filmes de ação inteligentes, ou, usando uma expressão bastante comum entre a crítica americana, *the thinking man's action movies*, ação para espectadores pensantes, uma maneira de diferenciar filmes como *Fogo contra fogo* (1995) e *Colateral* (2004) de obras produzidas em massa por Hollywood. Dito de outra forma: Michael Mann concretiza o sonho pós-modernista de construir uma ponte sólida entre a alta e a baixa cultura. Há ação, tiroteio, policiais e bandidos, mas também dramas morais e um visual estilizado. Mas este conceito – o de aliar cultura de massa a um formalismo que pode ou não ser considerado erudito –, de tão repetido, parece ter perdido a força. Criar essa ponte, *ser* essa ponte, não é mais um valor em si. Apenas um indício de que, ao menos, você está afinado com a cultura de seu tempo.

Com o advento da chamada "teoria crítica", isto é, do conjunto de ideias desenvolvidas pela legião de filósofos pós-estruturalistas e devidamente assimiladas por acadêmicos de toda a parte do globo, quase qualquer obra pode ser analisada e dissecada aos últimos detalhes com base na filosofia e na psicanálise. Slavoj Žižek pode usar Lacan ou Derrida para refletir sobre *Procurando Nemo* e usar *Procurando Nemo* para explicar Lacan ou Derrida. De alguma forma, juízos de valor rigorosos como os que marcaram a Escola de Frankfurt em geral e Theodor Adorno em particular foram escanteados em uma inédita valorização da cultura de massa. E, como *Miami Vice* agora pode ser estudado com o mesmo detalhamento que *Persona*, de Bergman, ou o último *Transformers*, de Michael Bay, um acadêmico chega a sentir receio em atribuir juízos de valor. A pergunta a se fazer, portanto, é: "Sim, é possível escrever uma tese sobre a última produção anódina hollywoodiana, mas vale a pena?".

## FAZENDO GÊNERO

Desde o início de sua carreira, Mann mergulhou fundo no cinema de gênero. Seu primeiro longa, *Profissão: ladrão*, é um *thriller* sobre um ladrão que pretende abandonar a vida do crime, mas antes resolve fazer um trabalho para a máfia. O eterno clichê do "último trabalho arriscado" que aparece ainda hoje em filmes como *Drive*. Mann ensaia alguns dos truques que aperfeiçoaria nos filmes seguintes, mas seu estilo ainda é embrionário. Não é um filme violentamente autoral, no sentido de que pode ser confundido com outros bons policiais da década de 1970 que apresentavam anti-heróis por quem o público torcia (*Bullitt*, 1968, *Caçador de morte* [*The Driver*], 1978, *Operação França*, 1971...).

Na década de 1980, Mann produziu dois seriados televisivos que também se enquadram no gênero policial: *Crime Story* (1986-1988) e o muito mais conhecido *Miami Vice* (1984-1990). Este dominou a cultura pop oitentista a ponto de ditar moda. O figurino dos protagonistas foi imensamente copiado, sinônimo do que na época era elegante e cool entre homens na faixa dos 30 – a *Miami Vice* é inclusive atribuído o sucesso dos estilistas italianos (especialmente Armani) nos EUA. O seriado, que começou com uma Miami ensolarada por onde circulavam policiais trajando blazers cintilantes com ombreiras, logo foi ganhando contornos sombrios, e a diversão foi aos poucos manchada pela violência e por certo niilismo.

*Miami Vice* não era, no entanto, um caso isolado. Na música, a cultura oitentista está repleta de bandas que combinavam uma fachada alegre, reluzente até em sua estética néon, com um fundo ameaçador, obscuro. Era assim com New Order, Duran Duran, The Cure, Human League, Soft Cell, OMD e uma infinidade de bandas pop com teclados e sintetizadores. O seriado também sintonizou suas antenas neste *Zeitgeist*, e foi capaz de mostrar uma perseguição de Lamborghini e uma dúzia de tiroteios de forma seca e melancólica. A música, aliás, é outro elemento essencial do seriado. A trilha alterna sucessos pop da época (incluindo várias bandas mencionadas neste parágrafo) e composições de Jan Hammer criadas no sintetizador. A música-tema e "Crockett's Theme" viraram sucessos por conta própria, e o disco da trilha sonora ficou entre os mais vendidos na época. Reza a lenda que o seriado surgiu em uma reunião com produtores em que duas palavras deram início a tudo: "MTV *cops*", "tiras MTV". Ou seja, uma forma de vender o gênero policial a uma geração mais nova, viciada na sintaxe peculiar dos videoclipes, antenada nas novas bandas que integravam elementos eletrônicos às suas músicas.

É difícil precisar a participação de Michael Mann no seriado, quão forte foi sua marca como produtor, o grau de seu controle. O fato é que a série antecipa um grande número de marcas estilísticas que ele retomaria em sua carreira de diretor – especialmente no filme que surgiria 20 anos mais tarde, inspirado pelo seriado.

Desde o primeiro filme que dirigiu, passando pelas décadas de 1980 e 1990 – incluindo seu flerte com o fantástico em *A fortaleza infernal* (1983), com o suspense em *Manhunter* (1986) e com o épico em *O último dos moicanos* (1992) –,

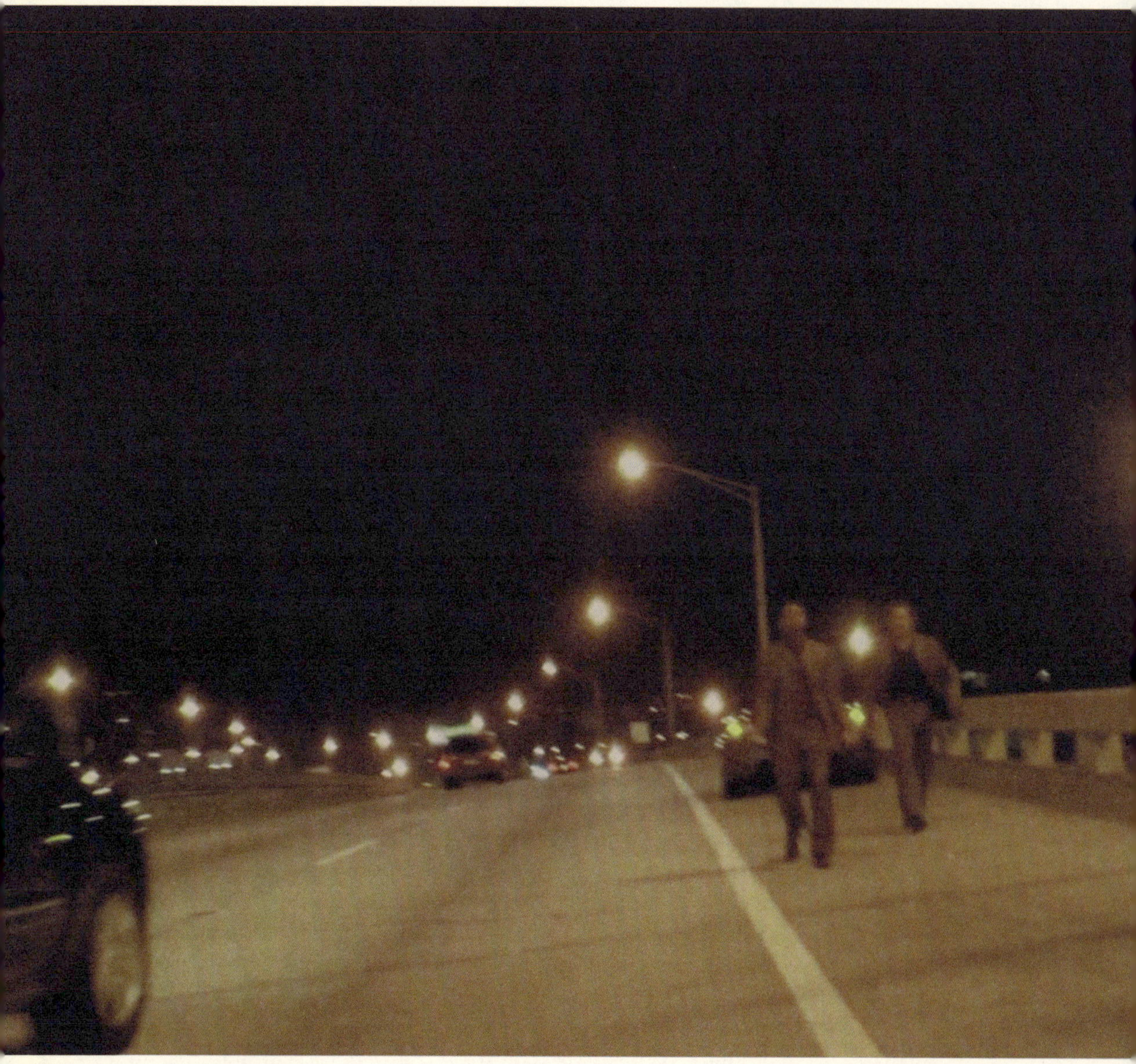

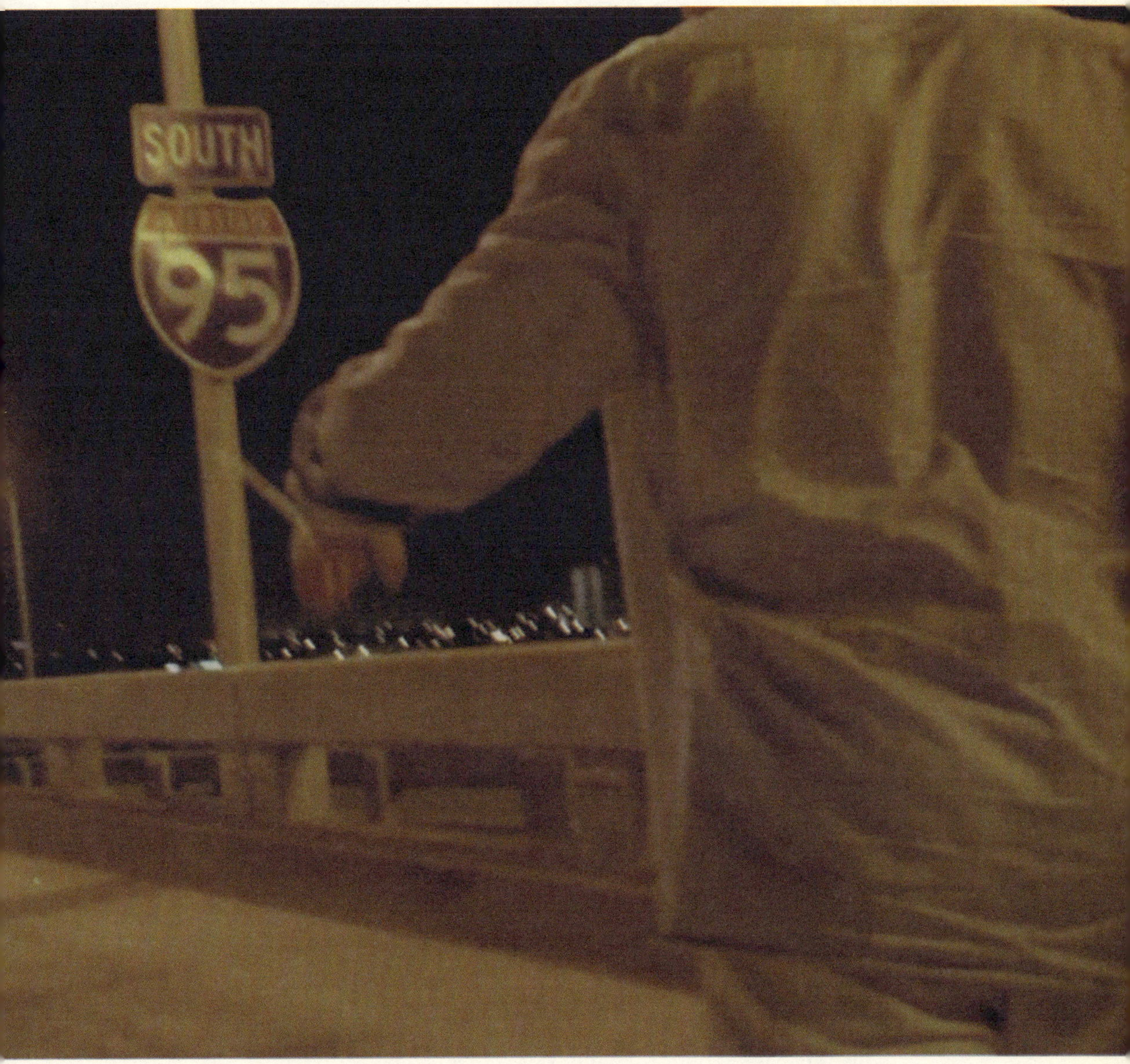
SOUTH
95

Michael Mann sempre trabalhou com cenas de ação. Com morte, violência, tiros (ou golpes de machadinha), correria, mocinho e vilão – ainda que essas posições sempre pudessem ser questionadas.

A ação na tela podia ser intensa, mas nunca sobrecarregada, nunca resumida a explosões atrás de explosões, a cenas cheias de cortes relâmpagos, a exemplo daquelas em que o editor trata a película como um presunto cru, valorizando cortes muito finos. O estilo de Mann se opõe ao da ação barulhenta e excessiva consagrado por Michael Bay em *Bad Boys* (1995) e *Transformers* (2007) e imitadíssimo por dezenas de seguidores, que apresenta cenas confusas e difíceis de acompanhar por não desenvolver e estruturar uma geografia clara do campo de batalha. Na rapidez da sucessão de cortes, o espectador se orienta mais pelo desenho de som (ruídos de arranhões e batidas e tiros e explosões) e pelas cores saturadas. O azul e o laranja, cores complementares e opostas no chamado "círculo de cores", são realçados digitalmente em quase qualquer filme de ação de hoje, em que certos elementos parecem saltar da tela. O desdobramento disso é que quase todos os filmes de ação atuais são idênticos, peças publicitárias de duas horas de duração.

Mann fugiria disso ao realizar os tais filmes de ação para os chamados "espectadores inteligentes", hipótese que tem seu exemplo máximo em *Fogo contra fogo*. No filme, dois dos atores mais icônicos e respeitados do cinema americano contracenam pela primeira vez: Robert De Niro e Al Pacino. Pacino é policial, De Niro, ladrão. Polícia e ladrão: nada seria mais óbvio. O que não é óbvio é o roteiro de Mann. No filme de três horas, conhecemos a fundo a vida pessoal dos antagonistas: Pacino vive Vincent Hanna, tira que não consegue ser um homem de família completo, pois é totalmente dedicado ao trabalho; o personagem de De Niro, por sua vez, é um exímio criminoso que não tem laços com ninguém – não tem amigos, apenas parceiros de crime. Os dois passam o tempo todo isolados e só contracenam em uma antológica cena bem no meio das três horas de filme: encontram-se para um cafezinho. É nesse momento que cada um expõe ao outro sua filosofia de vida, e eles descobrem seus pontos em comum. Essa simetria entre os antagonistas é reforçada pela maneira como os dois personagens são igualmente enquadrados na cena.

O personagem de Pacino insiste, teimoso, em ter uma vida normal; o de De Niro aceitou que "não pode se apegar a nada que não esteja disposto a abandonar em 30 segundos". E, no entanto, os dois juram que, se um deles aparecer no caminho do outro, haverá sangue. São homens similares em lados opostos de uma guerra. O confronto inevitável ocorre à noite, no aeroporto, no final do filme. A icônica imagem do fim mostra bandido e polícia de mãos dadas, aceitando o elo entre eles, sob um céu escuro, sem estrelas, iluminado apenas pelas luzes do aeroporto e as da cidade de Los Angeles.

*Fogo contra fogo* é um filme profissional, radicalmente profissional. Simétrico (também nos enquadramentos) e bem estruturado. As cenas de ação intensas são intercaladas com o demorado desenvolvimento dos personagens. Tudo está no seu lugar. Não há atuações exageradas, mesmo Pacino está estranhamente contido. A violência aparece de maneira realista, sem glamour. No IMDB, um bom termômetro da opinião pública, é o filme mais bem cotado do cineasta, com uma nota média de 8,3, acima até de *O informante* (1999), filme indicado a vários Oscar, também estrelado por Al Pacino.

Os cinéfilos ainda mais dedicados observarão que *Fogo contra fogo* dá continuidade ao uso simbólico de cores feito pelo diretor em *Manhunter* (1986): o azul representando a segurança, o vermelho indicando o risco. Essa é uma generalização, claro. Em *Fogo contra fogo*, há em quase todos os planos ao menos um elemento azul: um telefone, uma lasca na pintura da parede. Mas é somente quando um dos protagonistas chega em casa e se recolhe na tranquilidade da vida familiar (ou da solidão) que ele é banhado por uma luz azul. Durante todo o filme, tanto o personagem de De Niro como o de Pacino constantemente se afastam do espaço azul ou se isolam nele. Há uma emblemática cena na qual a única coisa azul na complicada residência do policial Vincent Hanna é a imagem na televisão.

O uso simbólico das cores é uma construção expressionista que se repete pela obra de Michael Mann, mas nunca de forma estanque. Parece que a cada filme Mann desenvolve seu simbolismo, ou trata de confundi-lo, como na divisão radical entre azul e verde em *O informante*, seu filme seguinte.

*O informante* é um drama político-jornalístico com Al Pacino e Russell Crowe que ajudou a cimentar a imagem de um diretor "de bom gosto". Crowe oferece aquela que pode muito bem ter sido a atuação de sua vida: está mais gordo e velho, e constrói de forma sutil a figura do "homem comum" que, por trás de um permanente estado de timidez e introversão, esconde a possibilidade de perder o controle a qualquer momento. Sua atuação é detalhista, repleta de pequenos tiques, nos olhos, na boca. Uma veia que pulsa no pescoço. O tipo de atuação que alçou Pacino à fama – basta se lembrar da cena do primeiro assassinato perpetrado por seu personagem em *O poderoso chefão* (1972).

Por vezes, *O informante* parece ser uma versão atualizada (isto é, mais cínica e menos idealista) de *Todos os homens do presidente* (1976). É um *thriller* de investigação jornalística, escândalo corporativo, discussões sobre ética, conduzido de forma tensa, que mantém o suspense intacto pelas duas horas e 37 minutos de duração. Baseado em uma história real, nesse filme não há muita "ação", e Mann (que também é um dos roteiristas) não adicionou nele perseguições ou cenas desnecessárias. Pelo contrário, focou no relato do verdadeiro Jeffrey Wigand, peça-chave no escândalo ético da indústria tabagista, e persuadiu o espectador da gravidade do drama desse homem usando a edição, que faz de uma singela troca de faxes um clímax.

Os arroubos visuais de Mann aparecem espalhados pelo filme, em meio à linguagem mais comum do cinema americano. Há o impressionante plano inicial de 20 segundos assumindo o ponto de vista do personagem de Al Pacino, que está vendado ao encontrar o líder do Hezbollah. Outro recurso muito recorrente em *O informante* é o de filmar a ação por trás da cabeça do personagem, que ocupa (e oculta) boa parte da cena, o que dá a sensação de que seguimos de perto Jeffrey Wigand, de que estamos literalmente sobre seus ombros.

Por fim, há o controverso uso de computação gráfica na cena em que, num quarto de hotel, Wigand cogita o suicídio (o que se nota pelas cartas que jazem na cama) depois de perder tudo que lhe é caro – isto é, a família, como em quase todos os filmes de Mann. Em uma das paredes do quarto há uma pintura de um homem que cavalga em direção a um local distante, aparentemente inalcançável. A imaginação de Wigand faz a pintura se dissolver e se transformar em suas filhas, alegres, brincando no pátio. É, ao mesmo tempo, algo que ele perdeu e que continuará existindo mesmo se ele decidir se matar naquela noite. Essa cena, central no filme, é uma pequena quebra no realismo duro de *O informante*. Assim como *Fogo contra fogo*, *O informante* é regido por uma política de contenção.

*Ali* (2001), a cinebiografia do pugilista Muhammad Ali, é exatamente isso, uma cinebiografia de um pugilista, que segue à risca tudo o que se espera desse tipo de filme tão típico do cinema americano. O que vale destacar aqui é que, neste longa, Mann começou a experimentar com câmeras digitais, mesclando cenas em 35 mm às filmadas digitalmente. O uso simbólico de cores ainda está ali, e as cenas iniciais apresentam uma sofisticação formal intrigante, alternando dois eixos narrativos: um em que o personagem de Will Smith treina, golpeando um saco de areia, e outro em que se conta "a história até então".

Após *Ali*, algo aconteceu. Um aforismo de Jean Baudrillard sugere que a radicalidade é um privilégio do fim de carreira. Mann estava longe do fim de carreira após tanta aclamação crítica, mas gosto de pensar que, após se ver no topo da lista de Hollywood, ele tenha resolvido mandar as regras para o inferno e se divertir um pouco.

**UM COIOTE EM LOS ANGELES**
Em *Colateral* (2004), Mann retoma o tal filme de ação inteligente que o consagrou. Depois de um drama jornalístico sério e uma cinebiografia, mais uma vez o *thriller*. Olhando com distanciamento, é até possível pensar nos três filmes que se seguem a *Ali* como uma trilogia: *Colateral*, *Miami Vice* e *Inimigos públicos* (2009). Trilogia policial? Trilogia de cinema digital? O que, afinal, faz deles um trio? Talvez seu elemento dominante, a noite.

Em *Colateral*, o céu é escuro, sem estrelas, ocasionalmente arroxeado. Como no desfecho de *Fogo contra fogo*, a única luz é a de Los Angeles. O filme se passa em uma noite só, começando no fim de tarde, quando o taxista interpretado por Jamie Foxx entra em seu veículo. O ruído da oficina mecânica contrasta com o silêncio dentro do carro. A rotina do protagonista é esta: singrar as ruas de Los Angeles em meio à escuridão, sonhando em se tornar dono de uma empresa de limusines, futuro que provavelmente nunca chegará. Los Angeles, a cidade de "17 milhões de habitantes", na qual ninguém se conhece. A rotina é

**1.** Pode ser visto como um truque barato do diretor este de escolher um ator galã (Russell Crowe, Tom Cruise) e deixá-lo gordo e grisalho, como se sua atuação melhorasse apenas porque o foco foi desviado de sua aparência.

rompida quando o assassino de aluguel interpretado por um Tom Cruise envelhecido[1] decide que o taxista o conduzirá numa noite de matança.

Várias marcas registradas de Mann estão presentes: o azul que banha o clube de jazz sinalizando um momento de pausa e segurança, a filmagem por trás da cabeça dos personagens, os rostos contra o fundo do céu. Mas *Colateral* é de certo modo uma introdução ao estilo que seria plenamente desenvolvido em *Miami Vice*: a câmera na mão usada até mesmo em um plano estático. Pois nada na trilogia da noite é estático, tudo é irregular, provisório. O jazz é proeminente em *Colateral*, e os personagens discutem a valorização do improviso na música, metáfora de como as pessoas precisam se adaptar às situações mais diversas. *Colateral* não é feito de muitos improvisos – Mann é calculista demais para isso –, mas tem um ar improvisado. As filmagens noturnas são realizadas com pouca luz, e a exposição é aumentada posteriormente, deixando as imagens granuladas, como as de um filme caseiro feito sem iluminação adequada que se tenta resgatar.

Esse estilo destaca dois personagens que se contrapõem aos protagonistas: a cidade de Los Angeles e a noite.

*Colateral* é um *road movie* que não sai da cidade. E a noite? Só no final temos a sensação de que ela enfim vai terminar. Há uma cena brevíssima em que os quatro personagens – o taxista, o assassino, a noite e a cidade – convergem. O carro freia bruscamente e um coiote passa pela rua, caminhando tranquilo, os olhos ofuscados pelo farol reluzindo. Ele não está nem aí: domina a cidade. Os dois no carro não trocam uma palavra. Não há o que dizer. Tudo pode acontecer em Los Angeles, a cidade onde ninguém se conhece. Tudo pode acontecer na noite.

Nessa cena curta, porém marcante, Michael Mann rompe com o realismo que predominava até então. O onírico penetra o universo fechado, ignora as convenções de gênero do filme de ação, do suspense elegante. Um coiote atravessa a rua. Aparece sem explicação e desaparece sem explicação.[2] Uma maneira de pensar *Miami Vice* é imaginá-lo como um filme composto de cenas como a do coiote; um filme caótico cujo realismo duro é constantemente interrompido pelo onírico; um filme cuja narrativa segue uma lógica poética. Mas *Miami Vice* não é um filme independente feito por um casal de artistas da Bósnia, mas um *blockbuster* que todos apostavam que faturaria centenas de milhões em bilheteria.

**2.** Em entrevista, Tom Cruise diz que, quando leu o roteiro e se deparou com a parte do coiote – uma única frase –, se perguntou o que diabos Mann faria com aquilo. Ao ver o resultado final, comenta que há muita poesia na cena, é um momento dotado de certa "qualidade hipnótica".

## OBSESSÃO E OBSESSÕES

Michael Mann é obsessivo. É o que dizem todos os atores que já trabalharam com ele, é o que afirma F.X. Feeney no livro dedicado ao cineasta (2006), uma edição da Taschen em que as imagens são mais importantes do que o texto, o que parece muito adequado nesse caso. Consta que, durante a filmagem de *Manhunter*, Michael Mann passou tanto tempo desenhando a mancha de sangue que circundava um corpo caído no chão que o operador de câmera caiu no sono.

No *making of* de seus filmes, vemos um cineasta que vaga pelas locações com uma câmera na mão, que vai fotografar uma parede esverdeada para afirmar que deseja capturar exatamente aquela tonalidade de verde. A imagem de Mann segurando uma câmera fotográfica talvez seja essencial para se compreender sua obra: ele é, antes de tudo, um fotógrafo que filma. Os planos de seus filmes sempre são meticulosamente enquadrados, e não são raros os *frames* que lidam com focos bem marcados (uma cabeça diante de um cenário desfocado, um braço, uma mão).

São várias as anedotas contadas pelas equipes. Mann vê um carro na rua e decide que precisa *daquele* carro; não pode ser um carro parecido, não serve o mesmo modelo, o mesmo ano: precisa ser *aquele*. Toda obsessão tem, no entanto, seu preço. Assistindo às cenas por trás das câmeras de *Miami Vice*, vemos um diretor mais preocupado com o azulejo de um banheiro que com a atuação dos protagonistas. A sorte de Mann é ter trabalhado com grandes atores, pois, quando dirige alguém inferior a Al Pacino ou Robert De Niro, o resultado é notavelmente ruim. A atuação de Colin Farrell em *Miami Vice* tende ao constrangedor – é uma performance reminiscente da que teve em *O novo mundo* (2005), filme de outro cineasta obsessivo, Terrence Malick, em que sua função primordial é olhar para o mundo com a tristeza de um cachorro faminto. Jamie Foxx também está muito pior em *Miami Vice* que em *Colateral*, em que demonstra apenas uma expressão: a do homem com o cenho franzido.

A obsessão que domina Mann trouxe resultados ainda mais nefastos em relação a *Miami Vice*. Dois meses após a estreia, o diretor decidiu alterar o corte do filme, produzindo o chamado "*unrated director's cut*", que aparece em algumas versões em blu-ray e *streaming*. As mudanças são pequenas, mas de grande impacto – negativo, a meu ver. A primeira é que Mann decide começar o longa com uma bem filmada, porém insípida, corrida de lanchas, em vez de jogar o espectador diretamente na ação.[3]

---

[3]. Na faixa de comentário em áudio na edição americana do blu-ray, Mann afirma que queria lançar a plateia do cinema "diretamente na ação", mas que isso não seria necessário para quem assistisse ao filme em casa.

A segunda é que, antes do clímax do filme, o tiroteio que decidirá tudo, escuta-se, na versão do diretor, um *cover* tenebroso de "In the Air Tonight", canção de Phil Collins que definiu o seriado. Enquanto a versão dos anos 1980 da música era sombria, lenta e na veia do rock "cerebral" do Genesis, o *cover* é um metal farofa que aniquila qualquer possibilidade de criação de suspense, e transforma clímax em anticlímax.

### IN MEDIA RES

Na primeira cena do filme que vi e até hoje persigo, um corpo dança frente a uma tela luminosa e colorida. Estamos em uma boate e a imersão é total. As luzes ofuscam, a música é alta demais, tudo que se entende é que há corpos em movimento por todos os lados fazendo algo que poderia ser chamado de dança. Os protagonistas estão em uma missão que não conhecemos. Eles não são apresentados ao espectador, apenas estão lá, na festa, junto conosco. Mais tarde, é possível compreender que o objetivo deles é desarticular uma rede de prostituição. Uma pancadaria discreta (pois ninguém na festa percebe) e artificial (pois, do nada, Jamie Foxx executa golpes complexos) ocorre, e a impressão é de que logo teremos uma estonteante cena de ação.

Corta para um personagem que ainda não conhecemos e que não está na festa. De uma varanda, ele opera equipamentos tecnológicos. Ele (e nós) é jogado contra a noite. Não é uma noite comum, não é aquela a que estamos acostumados a ver no cinema: ela é púrpura e cheia de nuvens.

O *Cahiers du Cinéma* de julho de 2014 é uma edição especial dedicada à direção de fotografia. Entre as principais matérias, há uma entrevista com Dion Beebe, que fotografou boa parte dos filmes de Michael Mann. O título é mais que adequado: "A noite que irradia" [*"La Nuit rayonne"*]. Beebe discute *Colateral*, que apresenta "a noite de Los Angeles como personagem principal", em que "o céu não é mais aquela coisa claustrofóbica que estamos acostumados a ver, mas um espaço imenso e aterrorizante que nos engloba para além dos limites do olhar". Segundo Beebe, o desafio de *Miami Vice*, que o *Cahiers* anuncia como "muito mais vanguardista que *Colateral*", foi equilibrar exteriores e interiores, entre a luminosidade fortíssima do mar e do céu e as partes escuras. Um processo totalmente orgânico graças às câmeras em HD, que permitem explorar e inventar soluções criativas durante a filmagem, sem planejamento prévio.[4]

---

**4.** Curiosamente, a entrevista com Beebe é precedida na edição por uma entrevista com Janusz Kaminski, o premiado diretor de fotografia responsável, entre outros, por *A lista de Schindler* (1993). Uma das perguntas é: "O que você acha dos filmes de Michael Mann filmados em HD?", e a sua resposta direta é: "*Miami Vice* é um filme terrível. É monstruoso. Michael Mann é um grande narrador visual, mas comete erros de vez em quando."

**5.** Em 20 minutos de filme, o espectador foi exposto a três "vilões": prostituição, drogas e, agora, neonazistas.

Quando o entrevistador do *Cahiers* sugere que *Miami Vice* está muito mais próximo de um ensaio visual do que de uma superprodução, Beebe admite que, ainda que essa seja uma maneira de vê-lo, o filme é sobretudo uma história de amor, é assim que ele pode ser resumido. Enquanto *Colateral* responde bem ao programa hollywoodiano, *Miami Vice* é uma viagem visual por um grande número de paisagens e universos diferentes, com uma narrativa mais frouxa.

O que nos traz de volta ao início do filme: a sequência na boate é interrompida por um telefonema – antes mesmo de a missão começar a fazer sentido para o espectador. Esse telefonema arremessa repentinamente os protagonistas em outra trama, como se, numa mudança de canal, eles fossem parar em um episódio diferente do mesmo seriado.

A mulher de Alonzo, um agente que trabalhava para Crockett e Tubbs, foi sequestrada por um grupo neonazista.[5] Os agressores só a libertariam se Alonzo revelasse os segredos da polícia *undercover*, dos agentes infiltrados. Em pânico, ele aceita. Quando telefona para Sonny e Ricardo, Alonzo está dirigindo em alta velocidade para resgatar sua mulher em casa. Pede perdão por ter revelado os segredos. A dupla de policiais decide abandonar a missão na boate e sai em busca de Alonzo. Conseguem pará-lo no meio da estrada.

Essa nova subtrama, por sua vez, também é interrompida por uma cena de negociação de drogas no porto, cuja ligação com as tramas anteriores é tão repentina que mal se consegue assimilá-la. A cena, que reúne personagens não apresentados, logo desencadeia um tiroteio que ocorre, supomos, por causa da delação de Alonzo. A imagem dos corpos sendo alvejados dentro de um carro é de um realismo brutal e sem cores; a violência não tem glamour e a ação não tem ritmo.

Retornando ao eixo narrativo do encontro entre os policiais e Alonzo, o delator em crise, o filme se dirige a uma sequência fundamental (cujos *frames* ilustram este texto) para se compreender o que há de tão único em *Miami Vice*.

Alonzo, desvairado, sai do carro no meio da estrada.

Sonny e Ricardo se aproximam dele.

Alonzo explica melhor a situação. A cidade, no fundo, está completamente desfocada.

Surge uma nova imagem na tela, com uma paleta de cores totalmente diferente. Dois eixos narrativos concomitantes: um é o da equipe policial entrando na casa de Alonzo, o outro é o da estrada.

Ricardo telefona para um dos policiais da cena, unindo os dois eixos.

Voltamos à casa onde entrou a equipe de policias. No canto direito do plano, percebem-se as pernas de um corpo no chão. É uma cena sutil que dura pouco. Por meio dessa imagem, o espectador compreende que a mulher de Alonzo morreu.

Ricardo informa Alonzo que ele não precisa mais voltar para casa. Contraplano de Alonzo recebendo a má notícia.

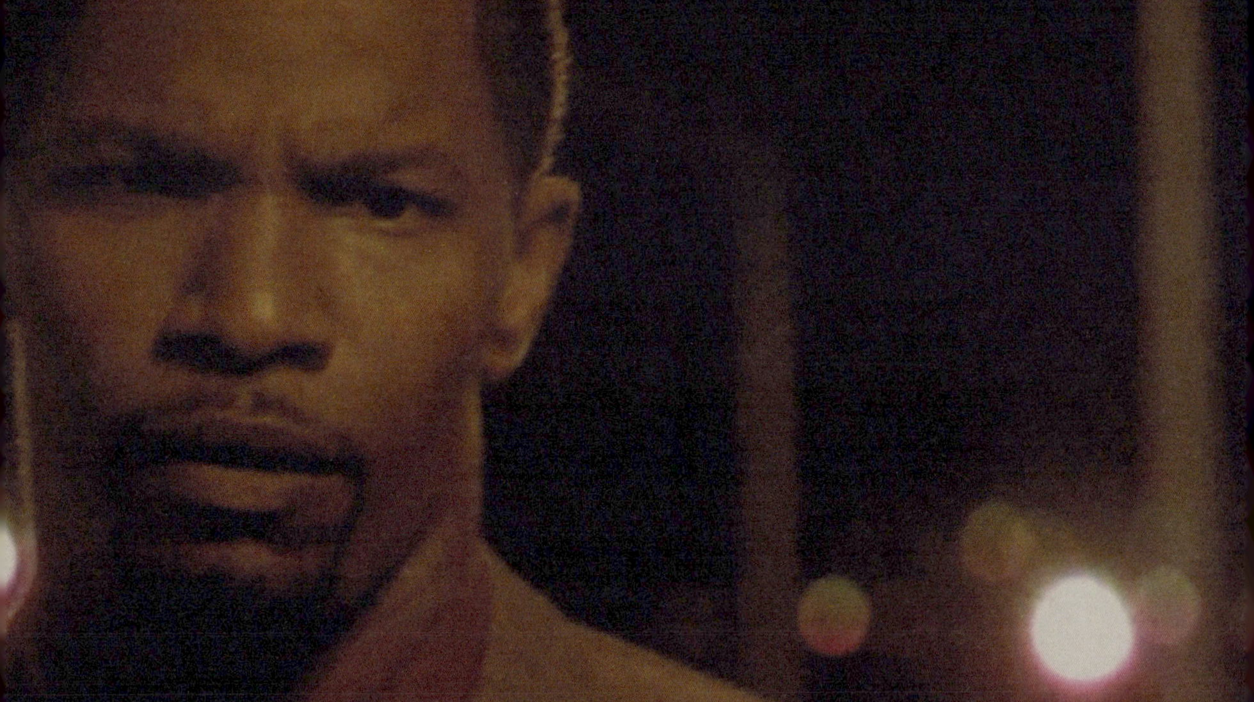

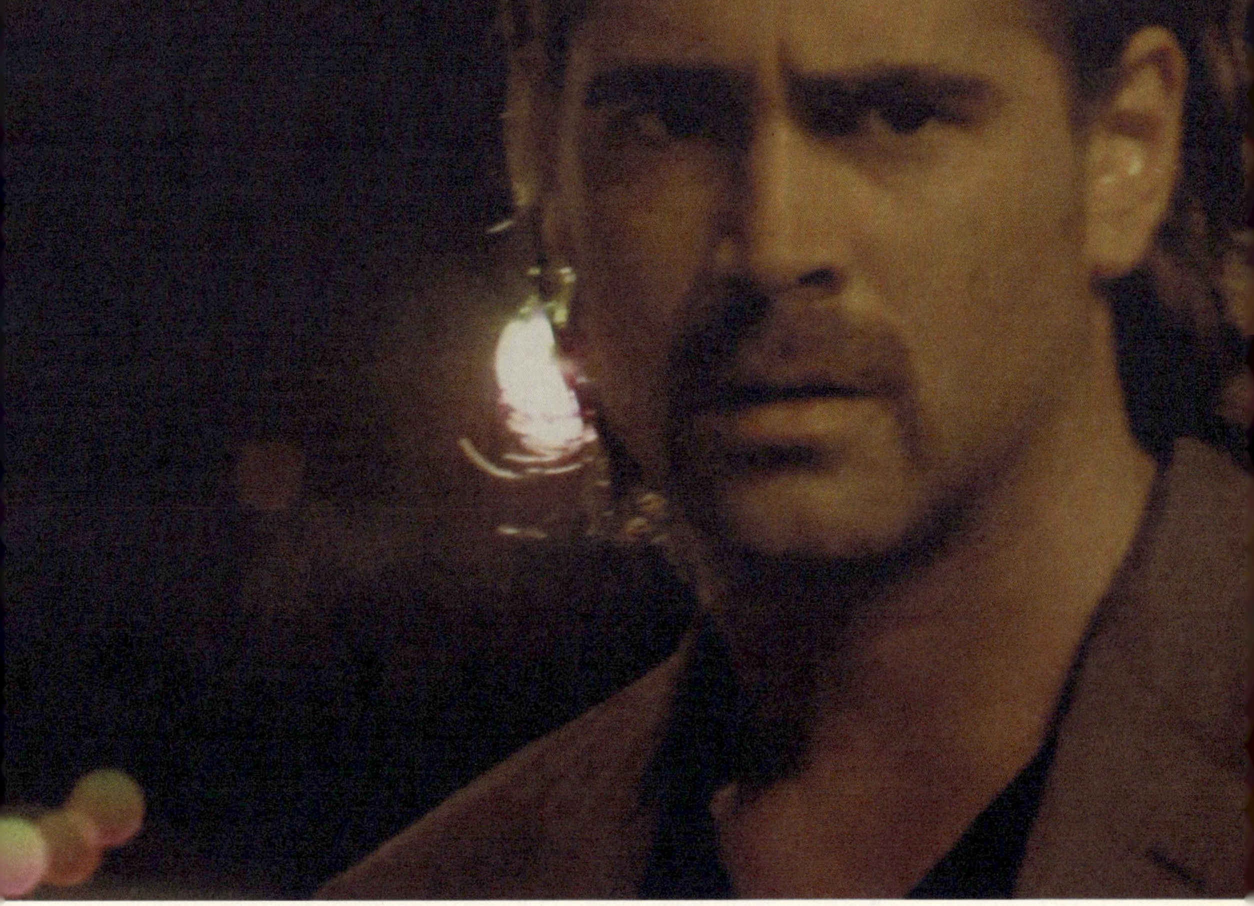

A próxima sequência de imagens representa uma mudança de ponto de vista: em vez de manter a câmera onisciente, o espectador assume a visão de Alonzo, e acompanha seu olhar. A imagem fica borrada, como se enxergássemos através de olhos cheios d'água. Depois, foca-se a estrada, representando o seu raciocínio: a ideia impulsiva de se suicidar. Não há diálogos ou música, exceto um ruído abstrato, uma espécie de textura auditiva.

A sequência é cortada por uma imagem brevíssima de Alonzo em movimento.

No contraplano, passa um caminhão.

A brutalidade do suicídio só é percebida por espectadores muito atentos. Com o passar do caminhão, uma curta faixa de sangue é revelada por pouquíssimos *frames*, no canto direito do plano.

A cena toda durou pouco mais de um minuto. A confusão, nesse ponto, é generalizada: todas as cenas que apareceram no início do filme ficam inconclusas, mal explicadas,[6] como se acontecessem simultaneamente, mas em um filme que não é capaz de dar conta de uma totalidade, revelando-se uma linguagem precária para um mundo em que tudo acontece no mesmo segundo. O único fio amarrado na trama é essa cena com Alonzo, cujo desfecho – o suicídio do personagem – se dá de forma brusca e breve. A cena logo é cortada para outra imagem sem relação com o ocorrido (não se registrando, portanto, como a dupla de policiais reagiu ao suicídio). Estamos em território nebuloso, no qual a causa parece desconectada do efeito.

### CONTROLE E DESCONTROLE (I)

Em meio à má recepção generalizada da imprensa brasileira, o crítico Luiz Carlos Oliveira Jr., sem meias-palavras, definiu *Miami Vice* como "obra-prima singular, efervescente, ao mesmo tempo brutal e sentimental". Em sua análise, publicada na revista *Contracampo*, ele é preciso ao apontar o que torna o filme de Mann tão desnorteante:

> [O cineasta] se entregou a um princípio de desregulação do plano – instabilidade, movimentação errante, composições desequilibradas, fugas do estatuto comum da figuração – e de esfacelamento narrativo. Cortes bruscos transportam o filme de um personagem a outro, de uma situação a outra, de um continente a outro. Uma simples montagem em campo-contracampo, esta antiga e funcional ferramenta de construção dramática no cinema, pode por sua vez ganhar

[6]. Exceto se o espectador assiste à lamentável edição do diretor, que começa com a corrida de lanchas e deixa um pouco mais clara a ação dos policiais na festa. Não à toa, essa cena mais clara e explicativa ocorre em um dia ensolarado.

a forma de sutil agressão estrutural e ilustrar a dialética de uma trajetória (com a lancha em movimento, o filme corta de um personagem para o outro sobre um eixo em 180°, criando um conflito de direção na passagem entre os planos).

É curioso observar como um diretor tão obcecado por controle quanto Michael Mann resolve fazer um filme tão caótico. Cabe lembrar o que o diretor de fotografia disse sobre o seu trabalho em *Miami Vice*: a filmagem digital permitiu o improviso, tudo que *foge* do planejamento antecipado. E o contraste entre planejamento e caos acaba se revelando um dos principais temas não explícitos do filme.

A alternância entre dia e noite é central em *Miami Vice*. Negociações podem acontecer de dia, assim como corridas de lancha e histórias de amor. Tiroteio e morte, nunca; estes estão guardados para as cenas noturnas. O dia é cristalino e parece servir de demonstração das TVs de alta resolução na vitrine de lojas de eletrônicos; a noite, por sua vez, é tão, tão granulada, que a câmera de Mann parece se esforçar para registrar a cena. É a mesma técnica usada em *Colateral*, filmar com pouca luz e aumentar posteriormente a exposição, mas aqui, graças ao contraste com as imagens diurnas, ganha um novo significado.

### UNDERCOVER

Ainda não falei da trama do filme; ela está lá, embora seja tão esquecível que só consegui contar o enredo a alguém poucos dias depois de ter revisto o filme. Após o caos narrativo dos primeiros 20 e poucos minutos, o espectador fica sabendo que todas as operações *undercover* do FBI e de outros grandes grupos policiais foram expostas e escancaradas graças às revelações de Alonzo. Entra em cena a dupla de policiais Crockett-Tubbs, que, por serem meros policiais locais do Miami-Dade, não tiveram suas identidades reveladas. Eles pretendem chegar ao grupo ariano que matou a mulher de Alonzo por meio de José Yero, um traficante anunciado como "de nível médio", mas que se revela muito mais poderoso. Eles precisam oferecer a Yero um método de transporte rápido pelo mar, para carregar drogas. O roteiro segue, então, num modo bastante típico do cinema de ação: policiais disfarçados provando a um criminoso que são confiáveis, realizando uma operação com êxito, sempre um passo à frente dos vilões, correndo o risco de serem descobertos, o que previsivelmente acontece no final. Não bastasse isso, o mocinho se apaixona pela bandida – no caso, a personagem de Gong Li, uma "mulher de negócios" que tem uma relação ambígua com um grande chefe do tráfico, o superior de Yero.

Estamos em território do cinema de gênero e, por se tratar de *Miami Vice*, no da televisão também. Uma quantidade considerável de episódios da série televisiva girava em torno disso: policiais disfarçados ganhando a confiança de criminosos, revelações e, por fim, os tiroteios. Há também uma reviravolta tão recorrente na série que quase deixa de ser reviravolta: um policial que "se aproxima demais do lado escuro" a ponto de "perder noção de qual lado está".

7. Apesar de ter criticado a versão do diretor, devo admitir que o plano que Mann escolheu para abri-la tem sua carga simbólica. Os créditos se dão na escuridão completa, na tela preta; logo o espectador entende que a câmera está debaixo d'água, mas não é capaz de enxergar o que está submerso: não há rastro de luz. Com um movimento vertical, a câmera sobe um pouco além do nível do mar, onde vemos lanchas rapidíssimas disputarem uma corrida, o nome da marca estampado em cores vibrantes nos cascos brancos. Dualidades: o luxo de uma lancha de corrida em uma praia paradisíaca singrando um mar que oculta, abaixo do nível da água, uma escuridão absoluta.

Em resumo, a dualidade central da série e do filme é identitária: quem a pessoa é na vida "séria", "real" (o policial dedicado ao trabalho, sem família, pois os heróis de Mann nunca conseguem manter relações saudáveis e constituir um núcleo familiar), em contraste com o personagem inventado que precisa convencer os criminosos mais desconfiados. A série também fazia questão de exibir os protagonistas sempre com as roupas mais vistosas, os blazers mais modernos, os carros mais velozes e caros (isso não foi enfatizado no filme), mas, com um mínimo de reflexão, nota-se a inverossimilhança disso: Miami é uma cidade litorânea (na série, bastante ironizada como uma "cidade pequena" perto de Nova York) que dificilmente remunerará seus policiais com um salário de CEO de multinacional. Essa celebração da artificialidade, da ostentação, parece ser uma marca do contraste entre o real e o *undercover*, como se o policial, quando disfarçado, pudesse participar de um jogo de máscaras. O longa-metragem, no entanto, quase não mostra o cotidiano dos policiais, e esse jogo – dialético, sem dúvidas – se dá em outros planos.[7]

### "IN THE AIR TONIGHT"

A maior diferença entre o seriado e o longa é o humor. Uma busca simples no Google Imagens já sinaliza essa distinção:

o personagem Sonny Crockett aparece sorrindo na maior parte dos *frames* da série; já o representado por Colin Farrell, nas poucas vezes em que sorri, tem um daqueles sorrisos tristonhos que viraram a marca do ator. Na série, Crockett mora em uma lancha e tem, como animal de estimação e grande companheiro, um crocodilo chamado Elvis. Elvis é o alívio cômico por excelência; o assunto está pesado, lá aparece Elvis mastigando o barco de um vizinho de marina. O filme, por outro lado, é dominado por *gravitas*; tudo é sério, os atores interpretam com uma sisudez de quem adapta Shakespeare. Há poucos *one-liners*, esse recurso de "resposta engraçadinha" que é onipresente no cinema de ação americano, e eles dificilmente arrancarão uma risada do espectador.

A cena mais conhecida do seriado, considerada por muitos críticos um dos melhores momentos da história da televisão, não é nada cômica e está no episódio piloto de uma hora e meia. É uma sequência na qual a dupla de policiais dirige em alta velocidade pelas ruas. Eles estão indo enfrentar o grande vilão Calderone, o clima é tenso, de expectativa. Começa a tocar "In the Air Tonight", de Phil Collins. Quase não há diálogos, e o rosto dos atores denuncia um abatimento, embora seja uma cena, também, de camaradagem masculina (os dois, após brigas e socos, enfim se aliaram para atacar o traficante). O recurso de usar uma música para definir a atmosfera de uma cena era então raríssimo na TV e, a partir dali, virou uma marca do programa, que foi em seguida bastante copiada. A sincronia música-imagem é – digo sem medo de virar motivo de piada – de uma beleza assoberbante. A voz de Phil Collins aparece em um sussurro quando

Ricardo Tubbs começa a carregar a sua espingarda de cano duplo. Sonny pergunta a ele: "Quanto tempo nós temos?". Ricardo olha o relógio e responde, sombrio: "Vinte e cinco minutos". O silêncio volta. Um plano do carro visto de cima, a estrada iluminada pelos faróis. A noite. Sonny para o veículo em frente a um orelhão e telefona para a ex-mulher. É uma cena de quem sente que está condenado, que não sobreviverá àquela noite. "Aquilo foi real?", pergunta Sonny. Ele volta ao carro e dirigem pela escuridão. A música aumenta. É, ao mesmo tempo, uma das cenas que mais representam o *kitsch* dos anos 1980 e uma bela sequência carregada por uma melancolia opressora.[8] Em *Miami Vice*, o longa-metragem, essa cena não é apenas uns quatro minutos no meio de um seriado de várias temporadas. Nele, essa sensação pavorosa é uma constante. A de que a noite é a realidade, e o dia, apenas um alívio ocasional.

**CONTROLE E DESCONTROLE (II)**
Os diálogos do longa seguem, em parte, o padrão de roteiro fraco de ação, com frases como "seu cérebro na parede vai parecer um quadro de Jackson Pollock"; mas muitos deles têm uma peculiaridade: a precisão das informações. Ao se discutir tipos de lancha, velocidade de um jato, ou se informar as horas, são oferecidas siglas, jargão tecnológico, enumeração de modelos, números exatos, medidas precisas. A tecnologia está por toda parte, e os policiais parecem sempre equipados com o que há de mais moderno em termos de telecomunicação.

Ao se atualizar uma trama dos anos 1980 para os dias de hoje, é preciso levar em conta o surgimento dos celulares e da internet. O filme se esforça em mostrar que tudo está conectado – prova disso é a cena inicial, quando três acontecimentos se dão simultaneamente e o espectador tenta acompanhar todos eles. Os personagens estão sempre fazendo isso – tentando controlar a situação, estar a par do que se passa em países distantes, percorrendo milhares de quilômetros de avião, carro esportivo, ou com um pen-drive, uma filmagem de celular.

"Quanto tempo nós temos?", pergunta Sonny na cena mais famosa do seriado. "Vinte e cinco minutos", responde seu parceiro. Essa cena, essa preocupação obsessiva com o tempo, questão de segundos, pontua toda a narrativa. É necessário usar a tecnologia como forma de controle, do contrário as forças do caos, ou seja, da noite, vencerão. "Probabilidade é como a gravidade", Crockett afirma, para lembrar que não se negocia com a

[8]. Recomendo, a quem não conhece a cena, que a assista no YouTube. Basta buscar por "Miami Vice in the Air Tonight Scene".

gravidade. Mas, no filme inteiro, tudo o que a dupla de policiais faz é negociar riscos, discutir estatísticas.

A história de amor, que pode ser considerada o verdadeiro centro da trama, é marcada por isso. Mocinho e bandida têm apenas horas furtivas para se encontrar, um amasso no banco de trás de uma limusine, um único dia idílico de amor em um apartamento em Havana. A frase mais repetida do filme é *"time is luck"*, tempo é sorte. Quando os dois se separam, Sonny comenta: "A sorte acabou". Quase todas as cenas de amor se passam de dia,[9] e nelas fica clara a maneira como Michael Mann lida com o cinema de gênero: a trilha sonora é digna de uma comédia romântica açucarada, os diálogos são no máximo aceitáveis, mas o que a câmera registra são detalhes, não planos gerais: uma lágrima que escorre tenuemente do olho da personagem, as mãos entrelaçadas, uma mão sobre o ombro...[10] E é durante a noite, no tiroteio final, que a identidade de Sonny é revelada, e a criminosa entende que não poderão ficar juntos. Quando o casal é separado, Sonny entra no carro e a personagem de Gong Li embarca na lancha que a levará a um lugar seguro. O céu está mudando de cor, e a próxima imagem (que encerra o filme) mostra que anoiteceu.

O controle da direção meticulosa de Mann e o descontrole do cinema digital, o controle da tecnologia e o descontrole de tudo aquilo que foge da probabilidade, o controle do dia e o caráter indeterminado da noite. Uma história de amor na qual o amor nunca é declarado, mas se mostra num perpétuo jogo de sedução, sedução que sobrevive no terreno da ambiguidade.

### O COLAPSO DAS IDENTIDADES

Antes do tiroteio final, o grupo de policiais discute que chegou a hora de mostrar os distintivos, revelar que são tiras, não criminosos, e aceitar o embate. *"Fabricated identities and what's really up collapses into one frame"*, afirma Ricardo Tubbs. Numa tradução literal, "identidades fabricadas e o que acontece realmente colapsam em um só quadro". Ou seja: os dualismos, a tese e a antítese, entrarão em confronto. No original, é utilizada a palavra *frame*, tão comum no jargão cinematográfico, como se a solução desse jogo dialético ocorresse mesmo nesse plano, o do *frame*, da imagem, do cinema. "Você está pronto para isso?", Tubbs pergunta a Crockett. O filme

---

[9] Os encontros amorosos da subtrama do caso entre Ricardo e uma colega de trabalho também.

[10] Mãos são outra obsessão do cineasta e recebem destaque desmedido em diversos filmes. Apenas para citar dois casos bastante simbólicos: em *Fogo contra fogo*, quando policial e bandido reconhecem sua semelhança no grande esquema das coisas, eles se dão as mãos no plano final do longa; em *Inimigos públicos*, a belíssima cena inicial, na prisão, termina quando o protagonista interpretado por Johnny Depp finalmente aceita que precisará soltar a mão do companheiro baleado, que vinha sendo arrastado pelo carro. É uma cena longa e dolorosa, as mãos ocupam a tela inteira, o plano é cortado por outro que, em novo ângulo, e sob outra luz, mais alaranjada e resignada, foca o momento em que uma mão solta a outra.

todo caminhou em direção a esse momento, da mesma maneira como todo filme de ação ruma ao tiroteio final. Mas no caso de *Miami Vice* a frase ganha contornos metafísicos: você está pronto para o dia fundir-se com a noite, o falso fundir-se com o real, o controle, com a ausência de controle?

O tiroteio acontece, e no primeiro disparo a música cessa, a escuridão da noite é iluminada pelas armas de fogo, e a câmera registra não uma batalha tradicional, com causa e efeito perfeitamente interligados, mas o rosto das pessoas que atiram – expressões não de coragem, mas de medo e de tristeza.

Os policiais se saem melhor na batalha a tiros. Os bons vencem, os vilões são derrotados, receita de um final feliz. Sonny retira a mulher amada da cena e, assim, salva a vida dela. Mas o casal não poderá ficar junto. É o preço a se pagar. É o momento *Casablanca* (1942). Cada um vai para um lado, Sonny em seu carro esportivo, ela em uma lancha que ele chamou por celular; meios de transporte moderníssimos afastando pessoas, não aproximando. No outro eixo narrativo, o parceiro Ricardo aguarda no hospital a mulher que ama despertar de um coma. Ela mexe a mão, está viva, tudo vai ficar bem.

—

Na clássica biografia (1983) de James Joyce, Richard Ellmann conta em detalhes a grande dificuldade que foi escrever *Finnegans Wake* (1939), considerado até hoje um dos romances mais herméticos e experimentais já feitos. Após ter revolucionado a linguagem com *Ulisses* (1922), Joyce queria ir além, queria implodir a língua inglesa. A primeira resposta dos leitores foi desanimadora. Não entendiam aonde Joyce queria chegar com aquilo. O autor irlandês explicou: *Ulisses* se passa durante o dia, *Finnegans Wake*, durante a noite. A linguagem da noite não é a mesma do dia, ela é mais confusa, caótica. Não haveria outra maneira de escrever aquele romance.

  A imagem final de *Miami Vice* é, para qualquer padrão, anticlimática. Sonny Crockett acaba de abandonar a mulher por quem se apaixonou. Anoiteceu. O espectador enxerga o hospital onde está o parceiro Ricardo. Sonny está de costas. Ele caminha em direção a um retângulo branco, uma porta banhada de luz. É aí, entre a noite e a luz branca do hospital, que Michael Mann faz um corte brusco, suspendendo a imagem tão carregada de indeterminação, elegendo-a como plano final, condenando um jovem que assistiu ao filme no cinema por acaso em 2006 a anos de obsessão, e a tela fica preta e aparece pela primeira vez, em azul néon, o título do filme. Sobem os créditos.

Incluído na antologia *Os melhores jovens escritores brasileiros* da revista *Granta*, ANTÔNIO XERXENESKY (1984) é autor de *Areia nos dentes* (2008), *A página assombrada por fantasmas* (2011) e *F* (2014), todos publicados pela Rocco.

30- 8-97 L12H
16:35:1

ESTÉTICA  Na era do HD, a baixa definição serve tanto às linhas de montagem da mídia capitalista quanto às economias audiovisuais alternativas

# Em defesa da imagem ruim

HITO STEYERL

Pinturas de Regina Parra
Detalhe de *Controle (Diana)*, 2008

A imagem ruim é uma cópia em movimento. Sua qualidade é fraca; sua resolução, abaixo do padrão. À medida que acelera, ela vai se deteriorando. É o fantasma de uma imagem, uma pré-imagem, uma miniatura, uma ideia errante, uma imagem itinerante distribuída livremente, espremida em meio a conexões lentas, comprimida, reproduzida, ripada, remixada, e também copiada e colada em outros canais de distribuição.

A imagem ruim é um trapo ou um resto; um arquivo AVI ou JPEG, o lumpemproletariado da sociedade de classes das aparências, classificada e valorizada conforme sua resolução. A imagem ruim foi subida e baixada, compartilhada, reformatada e reeditada. Ela transforma qualidade em acessibilidade, valor de exposição em valor de prestígio cult, filmes em clipes, contemplação em distração. A imagem é liberada dos arquivos e dos cofres das cinematecas e atirada na incerteza digital, às custas de sua própria substância. A imagem ruim tende à abstração: é uma ideia visual em seu próprio devir.

A imagem ruim é a bastarda ilícita de quinta geração da imagem original. Sua genealogia é dúbia. As letras do nome de seus arquivos são deliberadamente trocadas. Muitas vezes, ela desafia patrimônios, culturas nacionais e até direitos autorais. Ela se passa por uma isca, um disfarce, um índice, ou um lembrete de seu ser visual anterior. Zomba das promessas da tecnologia digital. Muitas vezes, não só é degradada a ponto de não passar de um borrão apressado, como chegamos a duvidar de que ela possa sequer ser chamada de imagem. E, diga-se, apenas a tecnologia digital poderia produzir uma imagem assim tão dilapidada.

Imagens ruins são os Condenados da Tela contemporâneos, os destroços da produção audiovisual, o lixo que chega às praias das economias digitais. São testemunhas de deslocamentos violentos, transferências e distribuição de imagens – a aceleração e a circulação nos círculos viciosos do capitalismo audiovisual. Imagens ruins são arrastadas pelo mundo inteiro como mercadorias ou suas efígies, como presentes ou recompensas. Elas disseminam prazer ou ameaças de morte, teorias conspiratórias ou pirataria, resistência e bestificação. Imagens ruins mostram o raro, o óbvio e o inacreditável – isso se ainda conseguirmos decifrá-las.

**BAIXAS RESOLUÇÕES**

Em um filme do Woody Allen, o protagonista está fora de foco.[1] Não se trata de um problema técnico, mas de uma espécie de doença que ele pegou: sua imagem está o tempo todo borrada. Já que o personagem de Allen é ator, isso vira um grande problema: ele não consegue mais trabalhar. Sua falta de definição se torna um problema material. O foco está identificado com a posição de classe, uma posição de facilidades e privilégios, ao passo que estar fora de foco rebaixa o valor da pessoa como imagem. A hierarquia contemporânea das imagens, contudo, não se baseia apenas na acuidade, mas também, e principalmente, na resolução. Basta observar qualquer loja de eletrônicos que esse sistema, descrito por Harun Farocki em uma notável entrevista de 2007, fica logo evidente.[2] Na sociedade de classe das imagens, o cinema assume o papel de loja-conceito, onde os produtos são vendidos em um ambiente sofisticado. Os derivados mais acessíveis das mesmas imagens circulam na forma de DVDs e em programas de televisão, ou na internet, como imagens ruins.

Obviamente, uma imagem em alta resolução parece brilhar mais e impressionar mais, parece mais mimética e mágica, mais assustadora e sedutora que uma imagem ruim. É mais rica, por assim dizer. Hoje, até os formatos

1. *Desconstruindo Harry*, filme de 1997.

2. Ver a conversa entre Harun Farocki e Alexander Horwath: "Wer Gemälde wirklich sehen will, geht ja schließlich auch ins Museum [Quem quer ver pintura, que vá ao museu]", *Frankfurter Allgemeine Zeitung*, 14.06.2007.

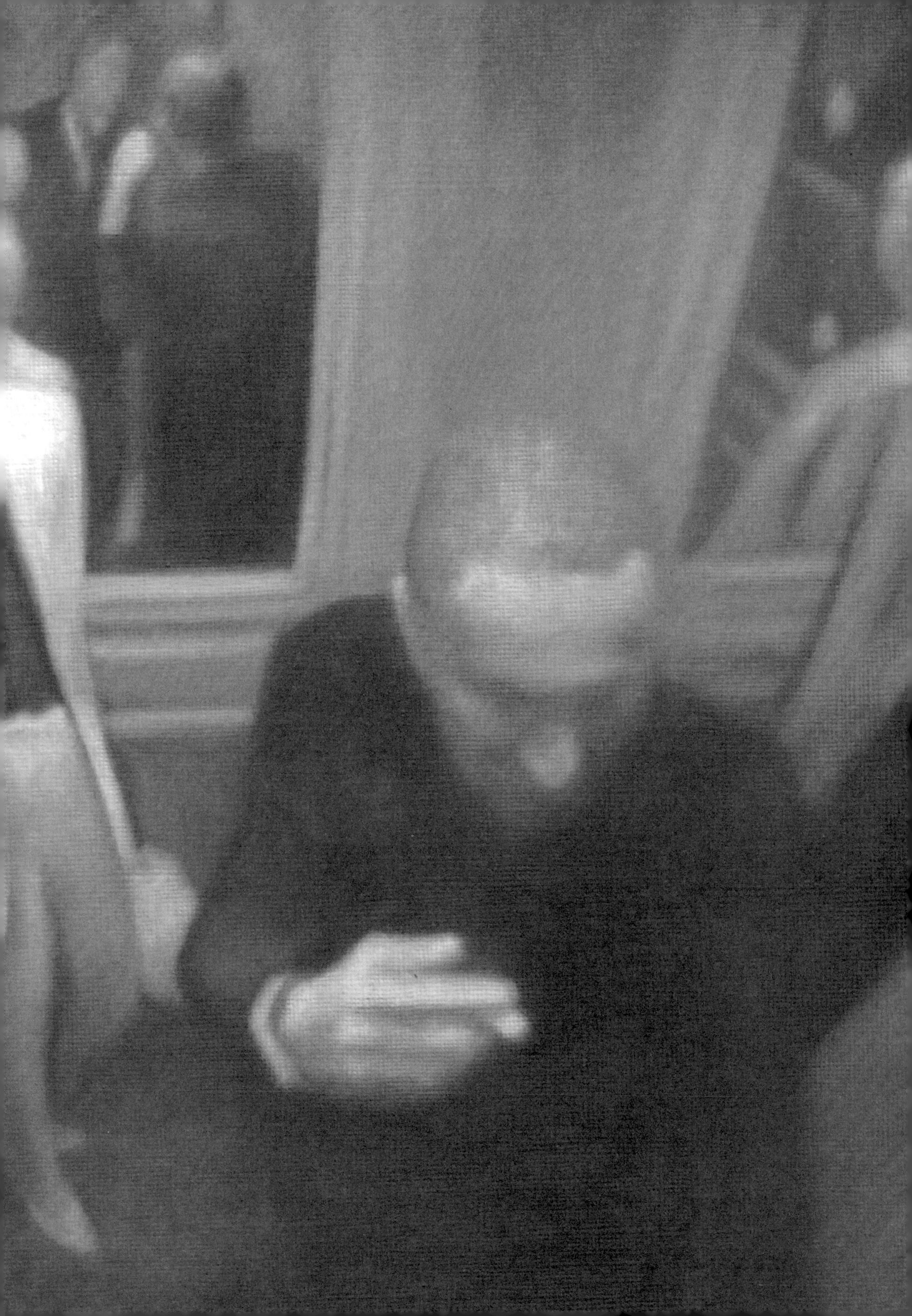

mais consumidos estão cada vez mais adaptados ao gosto de cineastas e estetas, que insistem na película de 35 milímetros como garantia de excelência visual. A insistência no filme analógico como único meio de importância visual influenciou muitos discursos sobre cinema, de quase todas as inflexões ideológicas. Nunca importou o fato de que essas economias afluentes da produção cinematográfica estivessem (e ainda estejam) firmemente ancoradas em sistemas de cultura nacional, em produções de estúdios capitalistas, no culto do gênio quase sempre masculino e na versão original, sendo, por isso, muitas vezes conservadoras em sua própria estrutura. A resolução foi fetichizada a ponto de sua ausência equivaler à castração do autor. O culto da bitola, no cinema, dominou até mesmo as produções de filmes independentes. A imagem boa estabeleceu seu próprio conjunto de hierarquias, com as novas tecnologias oferecendo mais e mais possibilidades de degradá-la criativamente.

### RESSURREIÇÃO (COMO IMAGENS RUINS)
Mas a insistência nas imagens boas também teve consequências mais sérias. Um palestrante, numa recente conferência sobre filmes-ensaio, recusou-se a mostrar trechos de uma obra de Humphrey Jennings porque não havia um projetor apropriado disponível. Embora houvesse à disposição do palestrante um aparelho de DVD e um projetor de vídeo perfeitamente normais, o público precisou imaginar como seriam aquelas imagens.

Nesse caso, a invisibilidade da imagem foi mais ou menos voluntária e decorrente de premissas estéticas. Mas existe uma invisibilidade equivalente muito mais generalizada que se baseia em consequências de políticas neoliberais. Há 20 ou 30 anos, a reestruturação neoliberal da produção midiática começou lentamente a obscurecer o imaginário não comercial, a ponto de deixar o cinema experimental e ensaístico praticamente invisível. Ao mesmo tempo que foi ficando proibitivamente caro mantê-las circulando nos cinemas, essas obras também eram consideradas marginais demais para passar na televisão. Assim, elas lentamente desapareceram, não apenas dos cinemas, mas da esfera pública como um todo. Os vídeos-ensaio e os filmes experimentais não são mais vistos, exceto nas raras exibições em museus ou cinematecas de grandes centros, quando são

**Detalhe de *Rumor* (06h12), 2009**

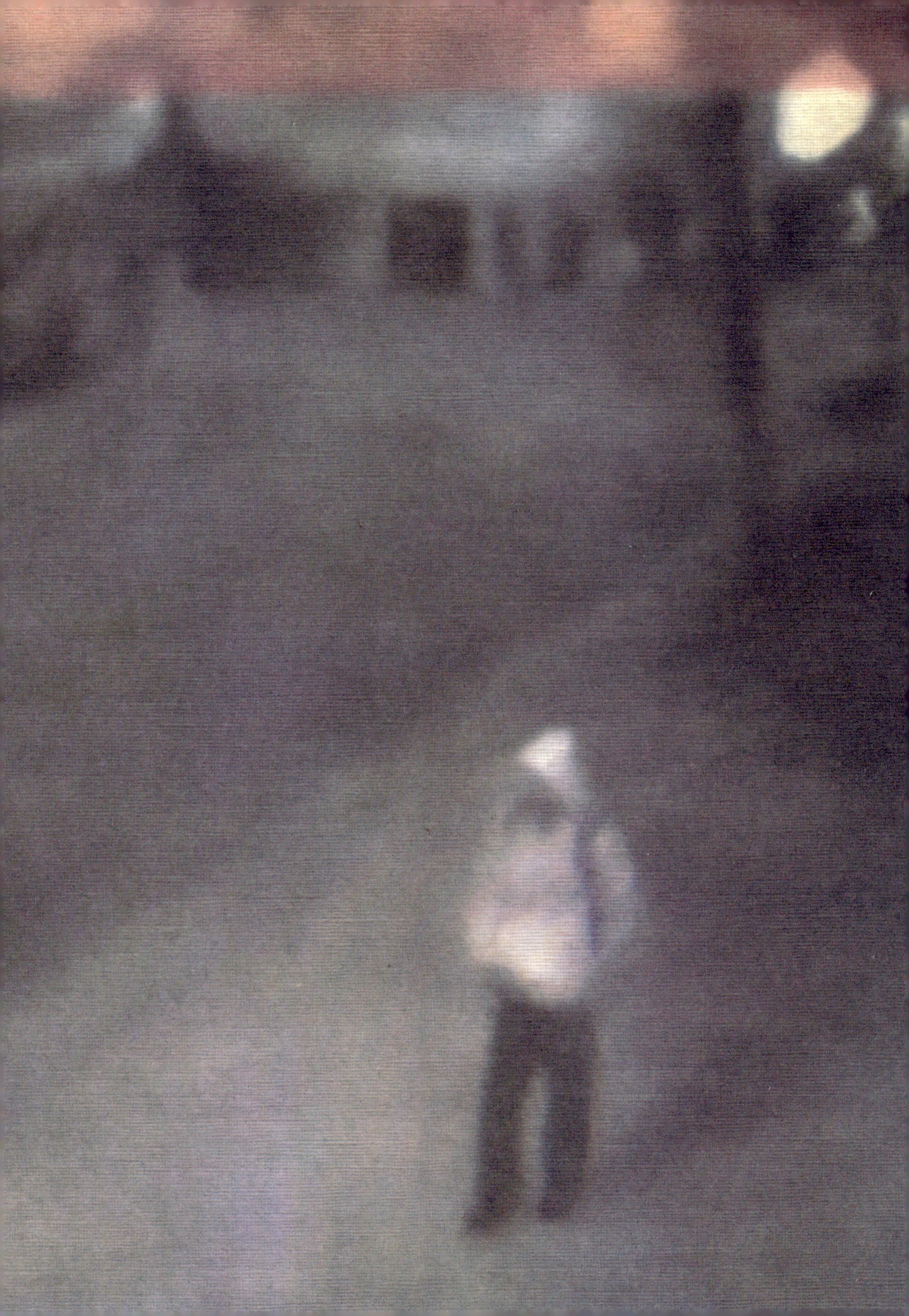

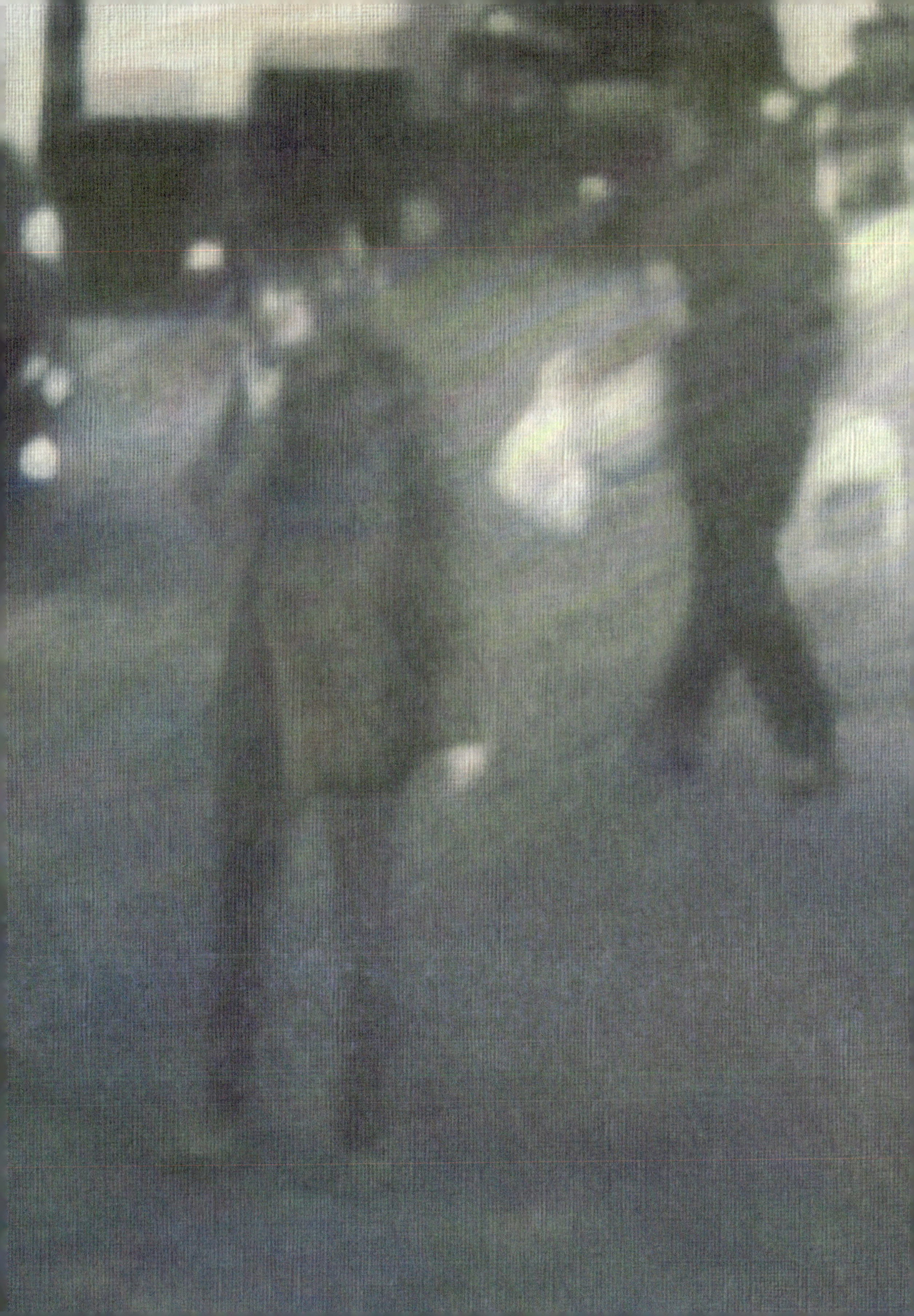

projetados na resolução original antes de desaparecer novamente na escuridão dos arquivos.

Evidentemente, esse desdobramento foi associado à radicalização neoliberal do conceito de cultura como mercadoria, à comercialização do cinema, sua dispersão em multiplex, à marginalização do cinema independente. E ainda à reestruturação da mídia global e ao estabelecimento de monopólios sobre o audiovisual em alguns países ou territórios. Dessa maneira, as questões visuais resistentes ou não conformistas desapareceram da superfície e foram parar no underground, nos subsolos de arquivos alternativos e nas coleções, que só se mantêm graças a uma rede de organizações e indivíduos dedicados, que fazem com que elas circulem por cópias pirateadas de VHS. As fontes para essas fitas eram extremamente raras – fitas que passavam de mão em mão, no boca a boca, em círculos de amigos e colegas. Com a possibilidade de colocar vídeos no ar, essa condição mudou dramaticamente. Um número cada vez maior de materiais raros tem reaparecido em plataformas de acesso público, algumas delas com curadoria cuidadosa (UbuWeb), outras entre um amontoado de coisas (YouTube).

No momento, existem pelo menos 20 *torrents* dos filmes-ensaio de Chris Marker disponíveis na internet. Se você quiser uma retrospectiva, você pode ter. Mas a economia da imagem ruim vai além de apenas baixar os filmes: você pode ficar com os arquivos, guardá-los, assistir de novo e até reeditá-los ou melhorá-los se achar necessário. E então o resultado circula. Arquivos AVI borrados de obras-primas quase esquecidas são trocados nas quase secretas plataformas *peer to peer*. Vídeos clandestinos feitos com celulares escapam dos museus e são transmitidos no YouTube. DVDs de cópias de visualização são barganhados.[3] Muitas obras de vanguarda, ensaísticas, de cinema não comercial, foram ressuscitadas como imagens ruins. Gostem ou não.

## PRIVATIZAÇÃO E PIRATARIA

O fato de cópias raras de obras militantes, experimentais e clássicas do cinema e da videoarte reaparecerem como imagens ruins é significativo ainda por outro motivo. Essa situação revela muito mais do que o conteúdo ou a aparência das imagens em si: revela também as condições de sua marginalização, a constelação das forças sociais que as

[3]. Para esse aspecto das imagens ruins chamou minha atenção este excelente texto: Sven Lütticken, "Viewing Copies: On the Mobility of Moving Images", *e-flux journal*. Nova York, n. 8, maio 2009. Disponível em: www.e-flux.com/journal/viewing-copies-on-the-mobility-of-moving-images.

Detalhe de *Mise en scene I*, 2009

levaram a circular como imagem ruim na internet.[4] Essas imagens são pobres porque nenhum valor é atribuído a elas na sociedade de classe das imagens – o status que as classifica como ilícitas ou degradadas as isenta dos critérios dessa sociedade. Sua falta de resolução é prova de sua apropriação e de seu deslocamento.[5]

Obviamente, essa condição não está associada apenas à reestruturação neoliberal da produção midiática e da tecnologia digital; ela também tem a ver com a reestruturação pós-socialista e pós-colonial dos Estados nacionais, de suas culturas e de seus arquivos. Enquanto alguns Estados nacionais foram desmantelados ou derrubados, novas culturas e tradições foram inventadas e novas histórias foram criadas. É evidente que isso afeta também os arquivos de filmes – em muitos casos, toda uma herança cinematográfica fica sem o apoio do contexto de sua cultura nacional. Como observei certa vez sobre o caso de um museu de cinema de Sarajevo, o arquivo nacional pode renascer na forma de locadora de vídeos.[6] Cópias pirateadas saem desses arquivos graças a privatizações desorganizadas. Por outro lado, até a Biblioteca Britânica vende seu conteúdo na internet por preços astronômicos.

Como Kodwo Eshun comentou, imagens ruins circulam parcialmente no vácuo deixado pelas organizações estatais de cinema, que acham muito difícil operar os arquivos de 16/35 milímetros ou manter uma infraestrutura de distribuição mínima na contemporaneidade.[7] Dessa perspectiva, a imagem ruim revela o declínio e a degradação do filme-ensaio, ou mesmo de todo o cinema experimental ou não comercial, que em muitos lugares se tornou possível porque a produção de cultura era considerada uma tarefa do estado. A privatização da produção midiática aos poucos ficou mais importante que a produção midiática controlada ou patrocinada pelo Estado. Mas, por outro lado, a crescente privatização de conteúdo intelectual, assim como as vendas pela internet e a mercantilização, também propiciou a pirataria e a apropriação; elas deram origem à circulação de imagens ruins.

**CINEMA IMPERFEITO**

A emergência das imagens ruins me lembra um clássico manifesto do Tercer Cine, "Por um cinema imperfeito", de Julio García Espinosa, escrito em Cuba no final dos anos

---

4. Agradeço a Kodwo Eshun por essa observação.

5. Evidentemente, em alguns casos as imagens com baixa resolução também aparecem em ambientes da mídia tradicional (especialmente em noticiários), quando são associadas à urgência, ao imediatismo e à catástrofe – e são extremamente valiosas. Ver: Hito Steyerl, "Documentary Uncertainty". *A Prior*, n. 15, 2007.

6. Ver Hito Steyerl, "Politics of the Archive: Translations in Film". *transversal*, mar. 2008. Disponível em: eipcp.net/transversal/0608/steyerl/en.

7. Em troca de e-mails com a autora.

8. Julio García Espinosa, "For an Imperfect Cinema". Traduzido do espanhol para o inglês por Julianne Burton. *Jump Cut*, n. 20, pp. 24-26, 1979.

1960.[8] Espinosa defende um cinema imperfeito porque, nas palavras dele, "um cinema perfeito – técnica e artisticamente bem-sucedido – é quase sempre um cinema reacionário". O cinema imperfeito é um cinema que luta para superar as divisões do trabalho na sociedade de classes. Ele mistura arte com vida e ciência, borrando as distinções entre consumidor e produtor, público e autor. Ele insiste nas próprias imperfeições, é popular, mas não consumista, comprometido sem se tornar burocrático.

Em seu manifesto, Espinosa também reflete sobre as promessas das novas mídias. Ele claramente prevê que o desenvolvimento da tecnologia do vídeo vai prejudicar a posição elitista dos cineastas tradicionais e propiciar algum tipo de produção cinematográfica em massa: uma arte do povo. Como a economia das imagens ruins, o cinema imperfeito diminui as diferenças entre autor e público e mistura vida e arte. E, sobretudo, sua visualidade é definitivamente comprometida: borrada, amadora e cheia de artefatos.

De alguma forma, a economia das imagens ruins corresponde à descrição do cinema imperfeito, enquanto a descrição do cinema perfeito representa antes a ideia de cinema enquanto loja-conceito. Mas o verdadeiro cinema imperfeito contemporâneo é muito mais ambivalente e afetivo do que aquele imaginado por Espinosa. Por um lado, a economia das imagens ruins, com sua possibilidade imediata de distribuição mundial e sua ética de remix e apropriação, propicia a participação de um número de produtores como jamais houve. Mas isso não significa que essas oportunidades são aproveitadas apenas com fins progressistas. Discursos de ódio, spam e outros lixos também percorrem as conexões digitais. A comunicação digital é hoje um dos mercados mais disputados – uma zona que há muito tempo vem sendo submetida a uma incessante acumulação original e a gigantescas (até certo ponto bem-sucedidas) tentativas de privatização.

Dessa forma, as redes em que circulam as imagens ruins constituem tanto uma plataforma para um novo interesse frágil e comum quanto um campo de batalha de interesses comerciais e nacionais. Elas contêm materiais experimentais e artísticos, mas também incríveis quantidades de pornografia e paranoia. Assim como permite o acesso a imaginários excluídos, o território das imagens ruins é também permeado pelas mais avançadas técnicas de mercantilização. Enquanto propicia a participação ativa do usuário na criação e na distribuição de conteúdo, também o convoca à produção. Usuários viram editores, críticos, tradutores e coautores das imagens ruins.

Imagens ruins são, portanto, imagens populares – imagens que podem ser feitas e vistas por muita gente. Elas expressam todas as contradições da multidão contemporânea: seu oportunismo, seu narcisismo, seu desejo de autonomia e de criação, sua incapacidade de se concentrar ou se decidir, sua constante prontidão para a transgressão e a simultânea submissão.[9] Em última análise, as imagens ruins apresentam um instantâneo da condição afetiva da multidão, sua neurose, sua paranoia, seu medo, assim como seu anseio por intensidade, diversão e distração. A condição das imagens resulta não apenas de inúmeras transferências e reformatações, mas também das inúmeras pessoas que se preocuparam com elas o bastante para convertê-las inúmeras vezes, colocando legendas, reeditando ou tornando-as disponíveis na internet.

Sob essa luz, talvez seja preciso redefinir o valor da imagem, ou, mais precisamente, criar uma nova perspectiva para ela. Além da resolução e do valor de troca, é possível imaginar outra forma de valor definida pela velocidade, pela intensidade e pela difusão. As imagens ruins são ruins porque foram muito comprimidas e viajam mais depressa. Elas perdem matéria e ganham velocidade. Mas também expressam uma condição de desmaterialização, compartilhada não apenas com o legado da arte conceitual, mas principalmente com os modos contemporâneos de produção semiótica.[10] A virada semiótica do capital, tal como descrita por Félix Guattari,[11] joga a favor da criação e da disseminação de pacotes de dados comprimidos e flexíveis, que podem ser integrados em combinações e sequências sempre novas.[12]

O achatamento do conteúdo visual – o devir-conceito das imagens – as posiciona numa virada de informação generalizada, nas economias do conhecimento que arrancam as imagens e suas legendas de contexto, lançando-as no turbilhão da permanente desterritorialização capitalista.[13] A história da arte conceitual descreve essa desmaterialização do objeto de arte antes como um movimento de resistência contra o valor fetichizado da visibilidade. Mas

**9.** Paolo Virno, *A Grammar of the Multitude: For an Analysis of Contemporary Forms of Life*. Tradução para o inglês de Isabella Bertoletti, James Cascaito e Andrea Casson. Los Angeles: Semiotext(e), 2004.

**10.** Ver: Alexander Alberro, *Conceptual Art and the Politics of Publicity*. Cambridge: MIT Press, 2003.
**11.** Félix Guattari, "Capital as the Integral of Power Formations", *in Soft Subversions*. Los Angeles: Semiotext(e), 1996. [No Brasil, incluído em *Revolução molecular: pulsações políticas do desejo*. Tradução de Suely Rolnik. São Paulo: Brasiliense, 1981.]
**12.** Todos esses desdobramentos são discutidos em detalhe em um excelente texto de Simon Sheikh, "Objects of Study or Commodification of Knowledge? Remarks on Artistic Research". *Art & Research*, v. 2, n. 2, primavera de 2009. Disponível em: www.artandresearch.org.uk/v2n2/sheikh.html.
**13.** Ver também Allan Sekula, "Reading an Archive: Photography between Labour and Capital", *in* Stuart Hall e Jessica Evans (org.), *Visual Culture: The Reader*. Londres: Routledge, 1999, pp. 181-192.

**14.** Ver Alexander Alberro, *Conceptual Art and the Politics of Publicity*. Cambridge: MIT Press, 2003.

**15.** Parece que o Pirate Bay até tentou comprar a plataforma marítima de petróleo de Sealand para instalar ali seus servidores. Ver Jan Libbenga, "The Pirate Bay Plans to Buy Sealand". *The Register*, 12.01.2007. Disponível em: www.theregister.co.uk/2007/01/12/pirate_bay_buys_island.
**16.** Dziga Vertov, "Kinopravda and Radiopravda", *in* Annette Michelson (org.), *Kino-Eye: The Writings of Dziga Vertov*. Traduzido do russo para o inglês por Kevin O'Brien. Berkeley: University of California Press, 1995, p. 52.
**17.** *Ibidem*.

o objeto de arte desmaterializado se revela perfeitamente adaptado à semiotização do capital e, portanto, à virada conceitual do capitalismo.[14] De certo modo, a imagem ruim está sujeita a uma tensão similar. Por um lado, ela opera contra o valor fetichizado da alta resolução. Por outro, precisamente por isso, ela também acaba se integrando perfeitamente ao capitalismo informacional que se beneficia dos spans, mais da impressão do que da imersão, mais da intensidade do que da contemplação, mais das visualizações do que das projeções.

### CAMARADA, QUAL É O SEU VÍNCULO VISUAL DE HOJE?

No entanto, simultaneamente, acontece uma reversão paradoxal. A circulação de imagens ruins cria um circuito que satisfaz as ambições originais do cinema militante e (algumas) do cinema ensaístico e experimental – de criar uma economia alternativa de imagens, um cinema imperfeito que existe dentro e fora e sob os *streams* da mídia comercial. Na era do compartilhamento de arquivos, até conteúdos marginalizados voltam a circular e reconectam públicos dispersos pelo mundo.

Dessa maneira, a imagem ruim tece redes globais anônimas à medida que cria uma história compartilhada. Constrói alianças à medida que viaja, motiva traduções e erros de tradução e cria novos públicos e debates. Ao perder sua substância visual, ela recupera parte de seu impacto político e cria uma nova aura ao seu redor, que já não se baseia mais na permanência do "original", mas na transitoriedade da cópia. Já não se ancora numa esfera pública clássica mediada e apoiada pelo contexto do Estado nacional ou da corporação, mas flutua na superfície de fontes de dados temporárias e dúbias.[15] Ao deixar os cofres das cinematecas, ela é lançada a novas e efêmeras telas que têm em comum os desejos dos espectadores dispersos.

A circulação das imagens ruins cria, assim, "vínculos visuais", como Dziga Vertov certa vez os definiu.[16] Segundo Vertov, o vínculo visual deveria conectar os trabalhadores do mundo uns com os outros.[17] Ele imaginava uma espécie de linguagem comunista, visual, adâmica, capaz não só de informar e de entreter, mas também de organizar seus espectadores. De certa maneira, seu sonho se realizou, ainda que em grande parte sob o jugo de um capitalismo

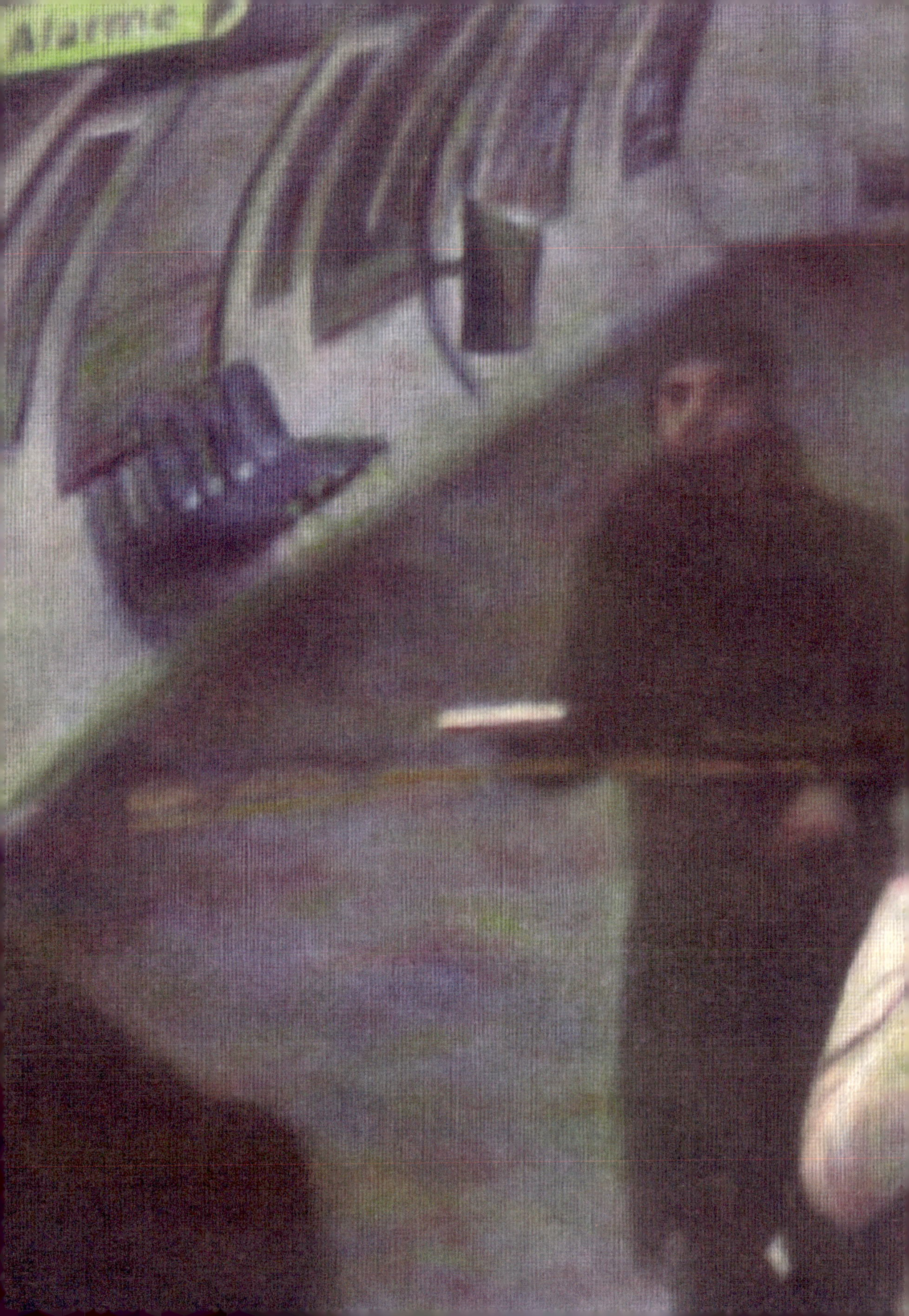

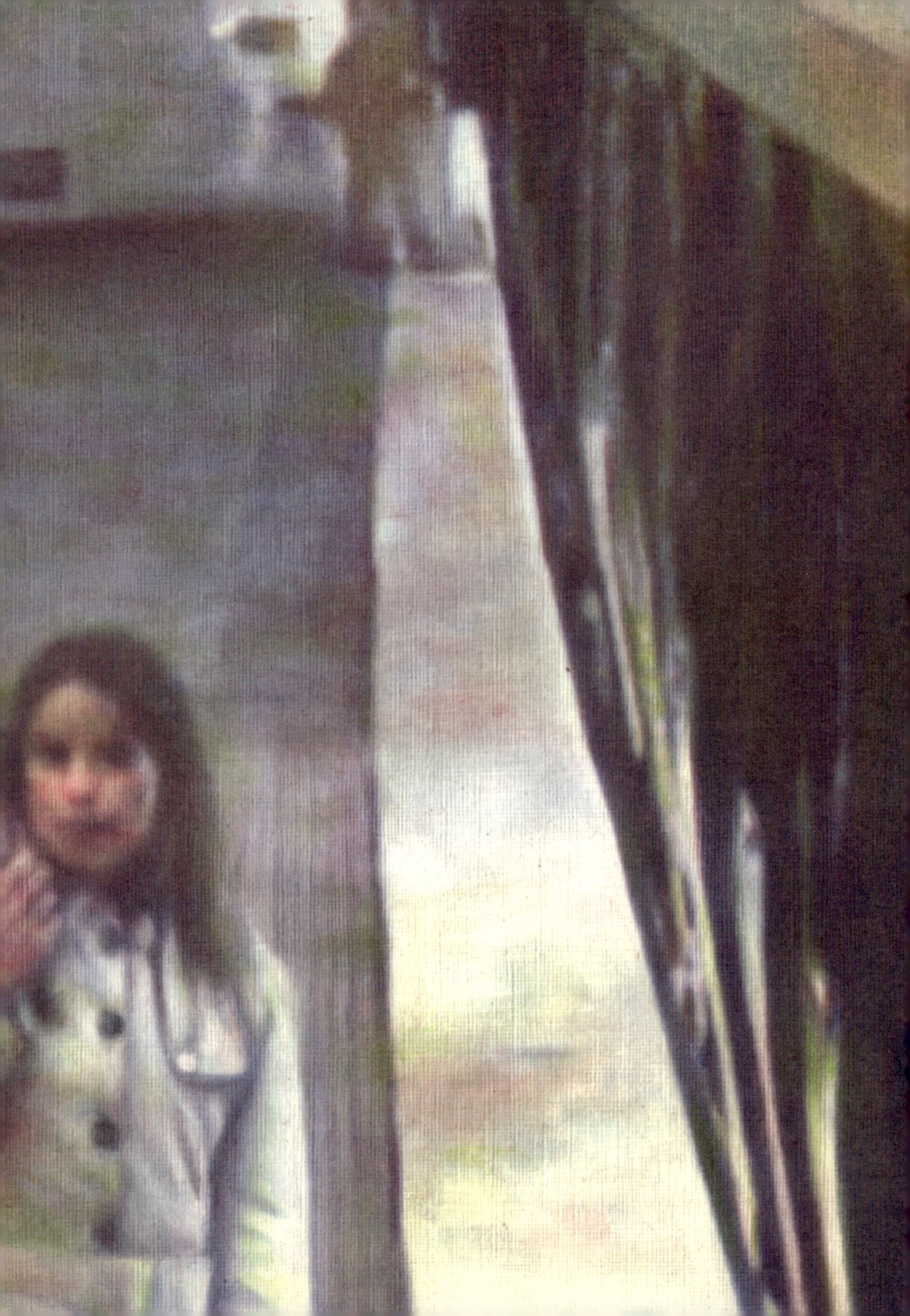

*Mise-en-scène*, 2009

informacional global, cujo público se conecta quase que fisicamente por meio da excitação mútua, da afinação afetiva e da ansiedade.

Mas existe também a circulação e a produção de imagens ruins a partir de câmeras de telefones celulares, computadores caseiros e formas não convencionais de distribuição. Suas conexões ópticas – edições coletivas, compartilhamento de arquivos ou circuitos de distribuição alternativos – revelam ligações erráticas e coincidentes entre produtores de toda parte, que simultaneamente constituem públicos dispersos.

A circulação de imagens ruins alimenta tanto as linhas de montagem da mídia capitalista quanto as economias audiovisuais alternativas. Além de um bocado de confusão e perplexidade, eventualmente ela também cria movimentos de ruptura do pensamento e do afeto. Assim, a circulação de imagens ruins inaugura outro capítulo na genealogia histórica dos circuitos de informação não conformistas: os vínculos visuais de Vertov, a pedagogia internacionalista dos trabalhadores, descrita por Peter Weiss em *Estética da resistência*, os circuitos do Tercer Cine e do Tricontinentalismo, de filmes e pensadores não alinhados. A imagem ruim – ambivalente como esse status pode ser – assume dessa forma seu lugar na genealogia dos panfletos mimeografados, dos filmes de *agitprop* do Cinetrain, das revistas de vídeo underground e de outros materiais não conformistas, que muitas vezes utilizaram esteticamente materiais ruins. Sobretudo, ela reatualiza muitas das ideias históricas associadas a esses circuitos, entre elas a do vínculo visual de Vertov.

Imagine alguém que vem do passado usando uma boina e pergunta a você: "Camarada, qual é o seu vínculo visual de hoje?".

Talvez você responda: é essa ligação com o presente.

**AGORA!**
A imagem ruim encarna a sobrevida de muitas obras-primas antigas do cinema e da videoarte. Ela foi expulsa do paraíso seguro que o cinema parece ter sido um dia.[18] Depois de serem chutadas para fora da arena protegida e muitas vezes protecionista da cultura nacional, descartadas da circulação comercial, essas obras se tornaram viajantes em

18. Pelo menos da perspectiva da ilusão nostálgica.

uma terra de ninguém digital, onde constantemente se alteram sua resolução e seu formato, sua velocidade e sua mídia, e às vezes elas até perdem o nome e os créditos pelo caminho.

Agora muitas dessas obras voltaram – como imagens ruins, admito. Claro que alguém poderia argumentar que não se trata da obra de verdade, mas, nesse caso – por favor, alguém? –, mostre-me essa obra de verdade então.

A imagem ruim já não é mais uma questão da obra de verdade – do original originário. Ela é, isto sim, uma questão da própria condição real de existência: da circulação em massa, da dispersão digital, de temporalidades fraturadas e flexíveis. É sobre desafio e apropriação, assim como sobre conformismo e exploração.

Em suma: é sobre a realidade.

A alemã HITO STEYERL (1966) é cineasta e ensaísta. Professora de New Media Art na Universidade de Arte de Berlim, busca em sua obra as interseções entre tecnologia, política e estética. Este ensaio faz parte da coletânea *The Wretched of the Screen* (2012) e é inédito em português. Tradução de ALEXANDRE BARBOSA DE SOUZA

As imagens das câmeras de segurança são a base para as séries aqui reunidas de REGINA PARRA (1981), que explora em sua obra a tensão entre fotografia e pintura.

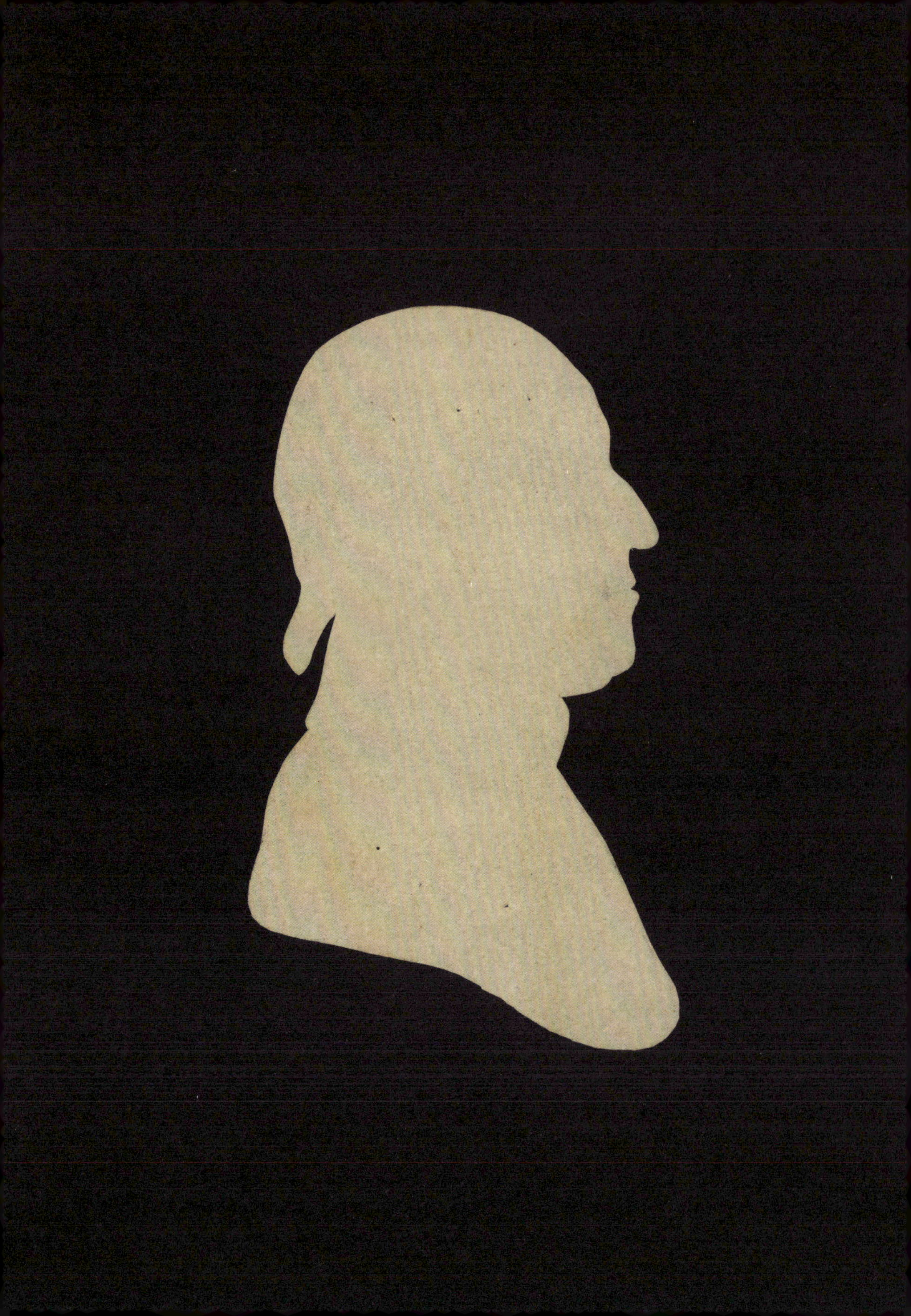

COSMÉTICA De Casanova a Salman Rushdie, o topo da cabeça é um campo de batalha em que se enfrentam distinção, disfarce, identidade e artifício

# Para uma história descabelada da peruca

LUIGI AMARA

**TEORIA DO DISFARCE**
A peruca é um artifício capaz de enganar até mesmo quem a usa. O cabelo, que serve para embelezar ou disfarçar, é a parte mais maleável do corpo e, na roda da fortuna de suas mutações, compromete não só nosso aspecto, mas a própria noção daquilo que somos. De acordo com a antropologia, o rosto humano perdeu pelos com o passar dos anos e, assim, permitiu que pudesse ser lido. Uma vez que a atividade muscular começou a mostrar sinais – transformando-se em uma verdadeira linguagem –, era de se esperar que os pelos voltassem aos rostos para confundir, sob a forma de apliques ou perucas.

 Para tornar menos extravagante o caso de "delinquência marital" de Wakefield, Nathaniel Hawthorne o imagina em uma loja de perucas. Ele ainda não sabe se a decisão de não voltar para casa será uma travessura breve, de uns dois dias, ou um autoexílio de 20 anos, mas Wakefield toma a precaução de mudar de aparência: se veste como judeu, com roupas discretas de segunda mão, e compra uma cabeleira avermelhada, que em muitas cidades chamaria a atenção, mas na bagunçada Londres o torna invisível. (Na mesma época, o ousado Edgar Allan Poe afirmava que a melhor forma de esconder algo era deixá-lo à vista de todos.) Embora tenha

**Charles Willson Peale**
Colagens feitas entre 1761 e 1827
Library of Congress

ido viver a poucos metros de sua esposa – que não sabe se já pode se considerar viúva –, o autodesterrado Wakefield, graças a uma transformação que pode ser considerada superficial, mais do que viver furtivamente, torna-se outro indivíduo. Nem mesmo na infeliz tarde em que, no tráfego da cidade, rios humanos levam marido e mulher a se encontrar e a se tocar por um instante, quebra-se o feitiço de seu disfarce.

Como observa Hawthorne, é bem possível que a vaidade tivesse uma participação significativa na longa encenação de viver à margem – a morbidez talvez patológica de observar como o mundo viveria sem si próprio. Com o passar do tempo, no entanto, o corpo mascarado acaba se apossando da máscara, e não é improvável que, ao despertar, sobressaltado por se ver refletido sem a peruca a cada manhã, Wakefield acredite estar diante de um impostor.

Construídas em parte diante do espelho alheio, esculpidas diariamente com os traços vistos pelos outros, as alterações cosméticas também comprometem a imagem que fazemos de nós mesmos, apagando, em nosso rosto, as fronteiras entre o próprio e o impróprio. Se, além de expressar o que somos, as roupas e os penteados permitem que nos aproximemos daquele que entrevemos ou imaginamos, ajeitar a peruca ou se maquiar, portanto, mais do que artimanhas de simulação ou falsidade, são parte de um ritual cotidiano de recomposição.

Em uma secreta e melancólica festa no escritório, Wakefield alterou sua aparência com o objetivo de desaparecer, mas também com o árduo propósito de se reinventar. Quando a agitada e egoísta Londres lhe confirmou que, por mais extravagante que tivesse sido seu plano, ele se transformara em *ninguém*, Wakefield pôde se movimentar com a naturalidade de um fantasma. Aquilo que começara como um jogo dissimulado acabou provocando sua transformação interna, a ponto de, por muito tempo, ele não conseguir voltar atrás. Sua odisseia, vivida logo ali na esquina, se prolongou tanto quanto a de Ulisses, "o dos muitos truques", o trapaceiro incomparável. Assim como o herói, Wakefield voltaria para casa 20 anos mais tarde, como quem volta de um mundo paralelo e se livra de seu disfarce. Mas, antes de se transformar novamente em Wakefield, ele descobriu que a alteração de uma das partes mais chamativas do corpo – e, significativamente, talvez a mais prescindível – não se manipula apenas o formato do rosto, mas também a personalidade.

Quando Salman Rushdie estava ameaçado pela sentença assassina da *fatwa*, a polícia de Londres fez uma recomendação que parecia ter sido inspirada em Wakefield e na mente detetivesca de Poe: se cobrisse o rosto, imediatamente atrairia os olhares e, por isso, era melhor deixá-lo descoberto e confiar nos poderes da peruca, tal como no passado faziam os salteadores e os generais nas campanhas militares, a exemplo de Aníbal Barca. Em vez de

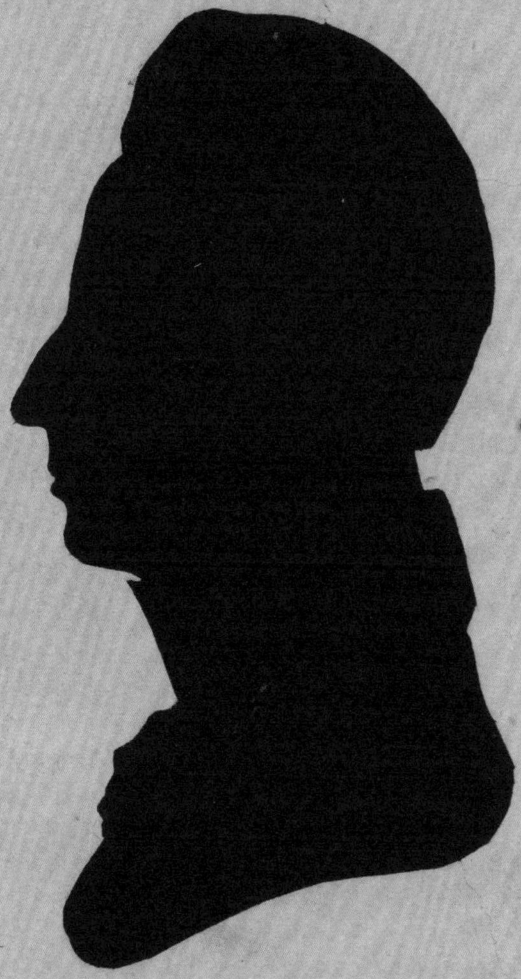

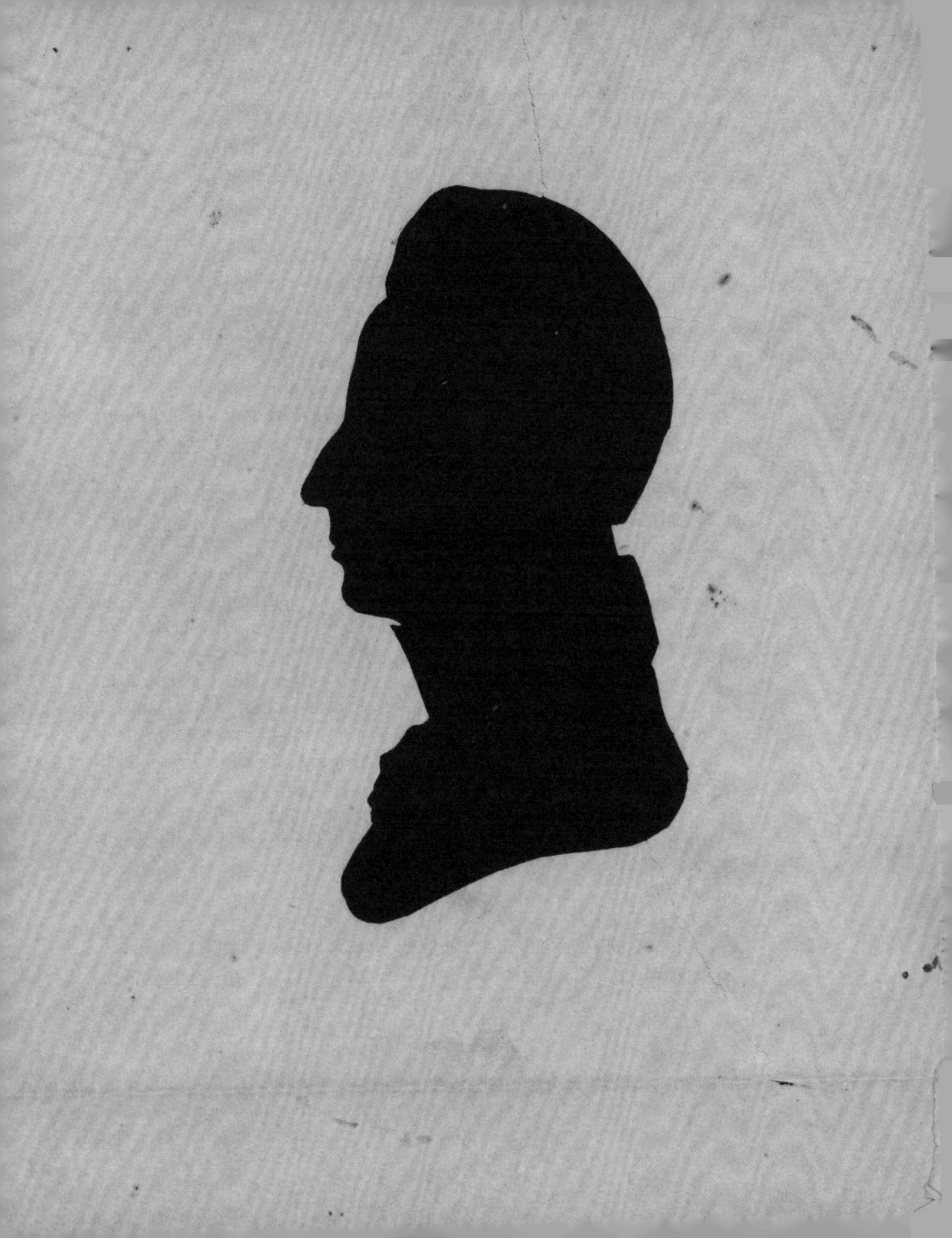

se trancar em um *bunker*, ele poderia andar despreocupadamente pelas ruas como se a perseguição por ter ofendido Deus pertencesse a uma era enterrada. A polícia, partidária dos disfarces discretos – basta alterar os traços mais significativos para ficar irreconhecível –, não considerou que, mais que disfarçar um homem, sua missão era a de apagar do mapa uma figura que de repente se transformara em símbolo.

A polícia também insistiu para que adotasse um pseudônimo; assim ele ao menos assinaria cheques sem correr perigo. O sortilégio das palavras foi mais poderoso que o da mistificação capilar: Rushdie, escritor corajoso até na hora de se disfarçar, não só mudou de nome, como se ajustou à sua nova identidade com a disposição de um personagem fictício. Quando escreveu sobre os anos blasfemos em que se chamou Joseph Anton – uma homenagem talvez excessivamente evidente a seus escritores favoritos, Joseph Conrad e Anton Tchekhov –, Rushdie usou a terceira pessoa do singular, como se contasse a história de outro homem, de alguém que não é nem foi ele.

Ainda que não exista peruca capaz de apagar emblemas ou erradicar fanatismos, o fracasso da peruca de Rushdie deve ser atribuído à sua própria descrença. Em vez de considerar o disfarce como o primeiro passo de sua metamorfose, Rushdie caiu no erro banal de tomá-lo por um véu, por uma tela. Passava dos 40 anos, sua testa se empenhava em estender seus domínios a novos hemisférios, e não se deve descartar a interferência de certo orgulho juvenil inconsequente. Quando abriu a caixa em que estava a peruca, que fora feita à imagem e semelhança de seu cabelo e combinava com o tom de sua pele, confundiu-a com um pequeno animal adormecido. Como poderia se desdobrar em outro se tinha medo de se parecer com Daniel Boone?

No passeio de teste pela Sloane Street, os risinhos não demoraram. A gota d'água foi um grito: "Olhem, lá vai o maldito Rushdie de peruca!".

Dizem que Menefron foi um dos homens mais livres, pois jamais viu seu rosto refletido. Nunca encontrou águas suficientemente plácidas para saber como era, para contemplar mesmo que fugazmente suas feições. Wakefield, que se olhava todos os dias no espelho para estar à altura de seu disfarce, conheceu a liberdade de quem renunciou por uma temporada ao seu rosto, essa liberdade contrafeita de quem, ainda atado ao seu mundo, não pode mais participar dele. Durante o tempo em que se bifurcou em Joseph Anton, Rushdie viveu na própria carne o que tantas vezes tinha logrado por escrito, mas jamais conseguiu inventar um rosto novo. Às custas de sua liberdade, calcou seus traços no outro em que devia se transformar, conferiu-lhe sua aparência teimosa de sempre – à qual, pelo visto, não estava disposto a renunciar. Nos anos terríveis em que viveu escondido, quando ainda pendia sobre sua cabeça a ameaça fanática, existiram dois homens com o mesmo rosto: o rosto de um perseguido.

### CASANOVA, A PERUCA E A MÁSCARA

A cabeleira como prova de força vital, assim como a calvície como prova da abundância de andrógenos, se rende diante da figura indefinida e operística de Casanova de peruca. Exatamente no meio dessa velha disputa que divide o gênero masculino, acerca da qual as mulheres sempre acham que têm a última palavra, o libertino passa na ponta dos pés através das águas agitadas da discussão, como um Moisés travesso e velhaco que acabou de partir o cabelo ao meio.

Com um refinamento que remete ao baile de máscaras, beneficiado por um adereço que convida ao mesmo beijo roubado das farsas, ligeiro, embora carregue o peso do rococó em seus ombros, Casanova irrompe na sala e deixa o debate em suspenso, envolto em uma capa que faz pensar primeiro na morte, e só depois no amor. Seu esplendor escarlate, sua postura marcada por equívocos – quem poderia fingir uma paixão sem vacilações e balbucios? –, seu senso prosaico de oportunidade e sua obstinação graciosa, que não exclui as lágrimas nem teme o ridículo, tudo isso seria inútil para conquistar as mulheres se não fizesse parte de uma pantomima intrincada, de uma lenta dança ensaiada na qual, mais que a verdade ou a mentira dos sentimentos, o decisivo é a máscara, o caráter teatral da sedução.

Se hoje pode parecer inverossímil a ideia de que a falsa cabeleira seja afrodisíaca, é porque nos esquecemos das imposturas típicas do século 18. Mudar de identidade a cada carnaval, se passar por outro – por um aristocrata ingênuo ou por um padre luciferino –, ou melhor, permitir aos demais que se deixem levar pela dúvida e pelo feitiço, é pisar em falso no plano inclinado da transgressão.

Ao repensar Casanova, nunca é demais lembrar que ele vinha de uma família de atores e se sentia à vontade entre os artistas do embuste. Ainda que tenha sacado da manga rendada o título de nobreza que ostentava, nem por isso se achava inferior ou se intimidava com a possibilidade de o figurino ser um número maior do que o seu. Apesar de tudo, por mais estratificada que fosse, a sociedade da época admitia a mobilidade interna, as ascensões e as ruínas meteóricas, a glória e os escândalos, que se sucediam como a espuma. No edifício do Barroco, altamente cristalizado mas também poroso, uma pessoa sem pátria nem linhagem podia perfeitamente frequentar os salões e *boudoirs* e até chegar ao trono graças à simpatia e à aparência, enquanto outra, apesar de seus títulos e da alta posição, talvez desmoronasse para o nada da desonra ou terminasse no cárcere. Naquela época, a sorte era mais instável do que jamais havia sido, e talvez fosse necessário adaptar o caráter à fugacidade e à inconstância reinantes.

Se o amor precisa de ambiente e circunstância, de um alinhamento de elementos que conspirem a seu favor (começando pela tranquila e íntima Veneza, cidade que costuma dar aos amantes a oportunidade mais difícil –

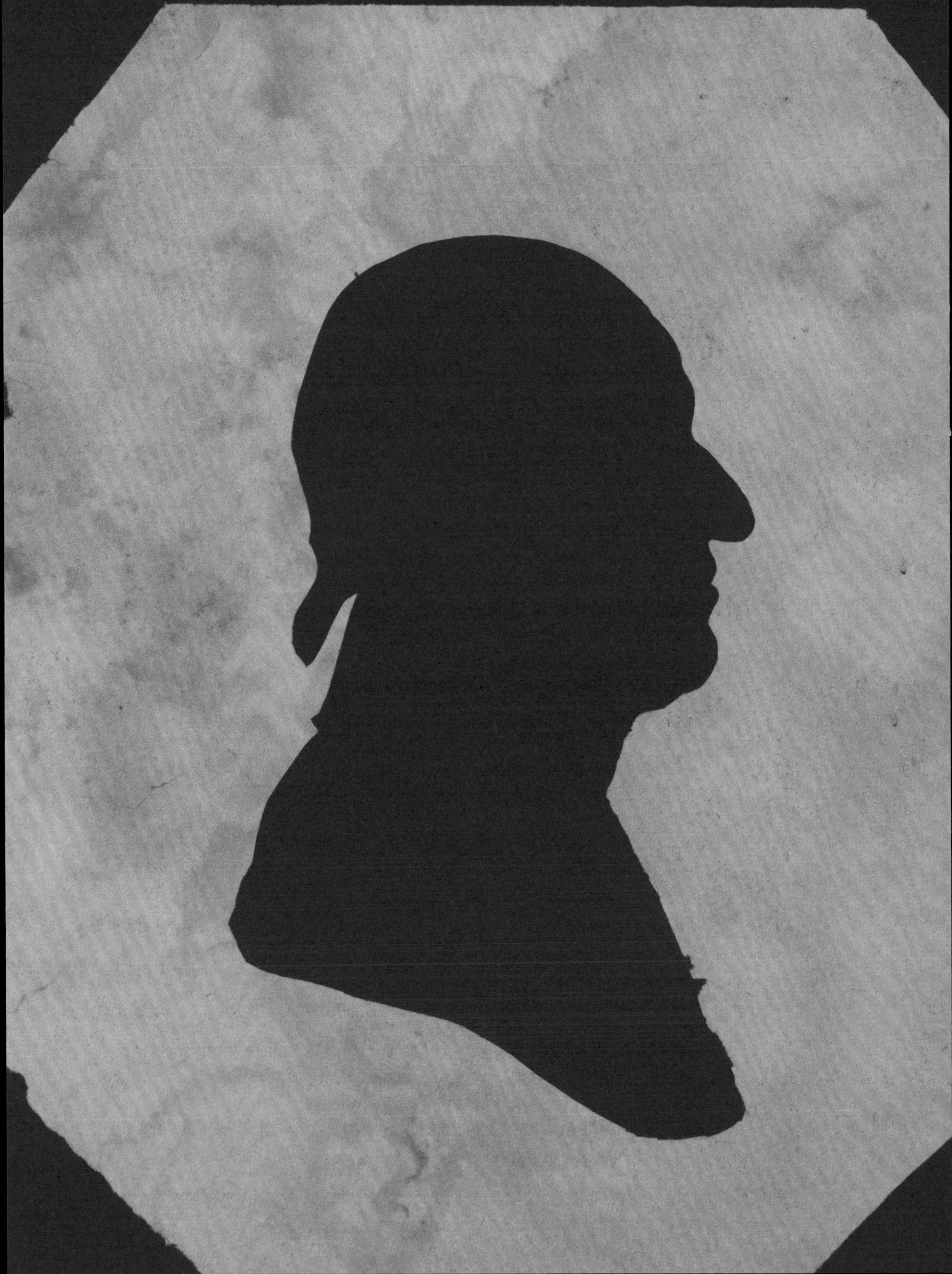

a primeira –, a da disponibilidade e dos subentendidos), na lógica teatral de Giacomo não apenas é necessário dar vida a personagens extremamente diferentes, mas fazê-lo com muito esmero e até com falta de escrúpulos, como quem supera obstáculos e evita emboscadas por puro espírito esportivo. Não é que ele se disfarce de abade para penetrar nos quartos das donzelas; ele, durante um tempo, efetivamente, *é* um abade; mas a sua entrega – sua vocação? – não ignora a descrença, por isso não tem nenhum problema de se reinventar mais tarde, com toda a parafernália adequada, como soldado ou violinista, advogado ou médico, cabalista ou trapaceador. E, depois, como relíquia de uma era enterrada, no papel lânguido e comovente de quem se resigna, já na outra margem da euforia e da diversão, simplesmente à recordação e à escrita.

Se as máscaras propiciam o enredo, também levam a aceitar as tensões internas. Mutante e sorrateiro, o ardiloso Cavaleiro de Seingalt é um forasteiro talentoso; sua ideia de aventura abrange o ceticismo e o descalabro, e graças a isso se livrou do *páthos* da gravidade, o que lhe permite entrar em palácios e calabouços, alcovas e pátios de toda a Europa, com o impulso volátil e, ao mesmo tempo, apaixonado de quem sabe que é necessário viver a comédia no limite. Ao contrário do dom Juan que coleciona troféus, um compêndio de disfarces que estremece até a medula, Casanova consegue se entregar de corpo e alma a cada uma de suas inumeráveis conquistas. É muito mais que um ator itinerante: é um ator em tempo integral, dotado para a farsa e o improviso, que soube transformar como poucos a máscara em uma cópia festiva da pele.

Saía, com frequência, encapuzado ou mascarado, mesmo quando a quaresma não se avizinhava. Ao contrário da máscara cotidiana, feita de peruca, veludo e talento e que lhe abria as portas dos palácios, as pernas das mulheres e até o abraço do Papa, as máscaras venezianas lhe serviam para fugir de seu personagem habitual, para cometer vilanias e estropícios, para se vingar de um rival a pancadas (na Roma antiga, Nero recorria a perucas para espancar desconhecidos e, assim, desfrutar à vontade do prazer despótico). Se uma pessoa mascarada tem qualquer coisa de emissário, de morte, o simples gesto de se mascarar transforma o rosto em caveira e a pele em osso. Embaixo da primeira máscara – daquilo que se convencionou chamar *persona* –, há como em uma espécie de jogo de bonecas russas, apenas outra máscara deslocada. E mais outra, cada qual assumida, já que não se trata de redundância, com um niilismo versátil.

Com sua habilidade de farsante e seu gênio *kitsch* para os efeitos especiais, Casanova postula que, quando se pretende prosperar no teatro do mundo e deslumbrar o sexo oposto, é necessário maquiar o vazio. É verdade que nunca se arrepende de nada e recorda sua longa série de mentiras com detalhes e prazer assombrosos; mas aqui não se trata de cinismo:

as circunstâncias o levaram a se apoderar de cada papel e seguir o jogo até o fim. A vida não é sonho, mas teatro, e nunca há tempo suficiente para ensaiar.

Não é de se estranhar que, para alguém que ignora a possibilidade de fazer pausas numa representação, de se recolher aos bastidores, o corpo nu seja quase uma superstição, um despojo desprovido de encantos, pasto para doenças venéreas e vermes. Não se trata apenas da ausência de cosméticos e da fantasia como uma condição efêmera, às vezes incômoda e degradante para o corpo, mas da redução da anatomia a uma grosseira trama de órgãos que insistem em cumprir decorosamente sua função. Para o intrépido lacaio de Vênus, o corpo da paixão – talvez a palavra que mais resista à interpretação e que, no entanto, é a mais repetida em *História da minha vida* – é esse corpo entrevisto, um tanto abstrato e imaginário, que surge por baixo da saia ou está prestes a saltar do decote.

A peruca, ingrediente crucial de sua indumentária – para não dizer de sua psicologia –, chegou bem cedo à sua cabeça, quando ainda era criança e precisou raspá-la por medida de higiene. A partir daí, sua aparência teve mais fases que a lua: da tonsura aos cabelos longos, dos penteados extravagantes aos rabos de cavalo, passando por vários modelos de peruca, os cuidados que destinava à sua cabeleira eram tão ostentosos e alucinados que, certa vez, um padre o censurou dizendo que "o diabo o pegara pelos cabelos".

Um de seus leitores mais fervorosos, o escritor húngaro Miklós Szentkuthy, um amante da fantasia e da orgia que sonhou reunir sua obra sob o título descarado e genial de *Autorretratos com máscara*, gostava de usar uma peruca branca, com longos tufos sobre as orelhas e uma massa de cabelos na testa, para se disfarçar de Casanova – eis o quanto compartilhava a inclinação do veneziano para a depravação, o maneirismo e sua estranha metafísica.

Em Szentkuthy, como em qualquer tresnoitado que ajusta seu corpo às ferramentas casanovescas, a massa barroca de pelos não produz o milagre de transformá-lo em galã, mas deixa evidente que a peruca por si só, embora exponha as feições, é uma variedade de máscara, um brinquedo instantâneo do eu, algo que permite a caracterização de um personagem e também a superação de inibições. O rosto ainda poderá nos delatar, mas a nova aparência, que beira as fronteiras do ilícito e do extravagante, induz um comportamento inusitado, permite que a sensualidade se desate e se entregue ao extravio. Mais que um elemento de fantasia, a peruca é uma máscara mental, uma contrassenha para a metamorfose, um véu invisível e paradoxal que nos incentiva a nos reinventar, a nos recuperar de uma decepção e a tentar mais uma vez.

Libertado do peso incômodo da moral, Casanova não era do tipo que dava lições. Mas entre as muitas que podem ser inferidas de suas memórias, pinço a seguinte, que se refere à utilidade da peruca nos domínios de Cupido: com a identidade revolta e despojada de seu peso por um toque de fantasia, por essa alteração facial que nos leva a estar, ainda que de leve, fora de nós mesmos, em um estado propício a loucuras, haverão de se suscitar as fórmulas consabidas do amor, o arsenal de frases rígidas como papelão, mas polvilhadas com a brilhantina do momento, para consumar a conquista.

### CONTRAFILOSOFIA DA PERUCA

A um passo de se transformar em resíduo, a mais baixa das coisas baixas, encarnação da mentira e da vaidade, a peruca nunca pertenceu ao âmbito do imaginável. Como o vestido e outras minúcias – a vida cotidiana –, o que é classificado de banal não concerne à filosofia, pelo menos não à que se desenvolve no vasto império das notas de pé de página de Platão, cujas coordenadas foram fixadas pela imutabilidade e a permanência. Insignificante em relação à pergunta pelo Ser, contingente e excessivo diante do reino da necessidade, duplamente desdenhável por sua dimensão tentadora e sua impureza sensível, o cabelo não ocupa um lugar na hierarquia dos temas egrégios, e muito menos a peruca, que, em sua condição de simulacro, ondulando ao vento, muitas vezes desprendida do dever de imitação, parece quase se ufanar de sua irrealidade.

Mas houve um tempo em que esses mesmos filósofos que não toleravam o hirsuto, essas cabeças refratárias aos assuntos menores, contaminados de não-ser, se abrigaram sob exuberantes e bem cuidadas perucas; os longos séculos em que o discurso supremo da filosofia, inimigo acérrimo do trivial, não conseguiu prescindir do ritual de se enfeitar com cabelos emprestados. Por que nenhum desses filósofos se ocupou da massa perturbadora com que a cada manhã coroavam sua aparência? A infâmia do existente e a degradação do ordinário chegaram a tal ponto que não havia espaço para questionar essa arquitetura peluda, esse sombreiro mamífero que o espelho lhes devolvia todos os dias?

Se na Antiguidade clássica tivesse sido organizada uma reunião de filósofos, os mais célebres, começando por Sócrates e Diógenes, exibiriam uma testa descascada, brilhante em todos os sentidos. Apesar de Platão só ter podido exibir entradas promissoras, e de Aristóteles, Epicuro, Heráclito e Parmênides terem sido cabeludos, a imagem arquetípica do pensador grego é a de alguém calvo como uma esfera, no entanto barbudo, desprovido da impetuosidade da juventude. Essa é a imagem preservada pelo "mais valente dos calvos", Sinésio de Cirene, em seu *Elogio da calvície*, em parte para fazer justiça a seu próprio crânio devastado, em parte para afirmar que a cabeleira – esse acidente animal, esse atributo imprescindível e supérfluo – não combinava com a dimensão abstrata. Segundo seu texto jocoso, na maioria dos filósofos clássicos se daria essa assimetria, essa tensão entre "cabeça deserta" e "entendimento povoado".[1]

Mas se os bustos dos filósofos gregos se confundem com uma galeria de calvície androgênica, cujo mármore contribui para a miragem de uma exposição melancólica de luas cheias, na época moderna, menos propensa à estatuária, uma congregação desse tipo se assemelharia a um mostruário de perucas. Descartes, Locke, Leibniz, Berkeley, Rousseau, Hume, Kant..., todos têm um lugar reservado no grande álbum do postiço, e, embora seja chamada de frívola pela própria filosofia, excluída olimpicamente de seu alto poder, não é despropositada a pergunta a respeito das consequências de a filosofia moderna, incapaz de aplicar a navalha de Ockham às suas próprias excrescências, aos seus hábitos inquestionados, ter acontecido sob a proteção de alguma espécie de capuz peludo.

Descartes, que acreditava que a peruca fazia bem à saúde, tinha pelo menos quatro da cor de seu cabelo, não se sabe se para passar despercebido e levar o estilo de vida fugidio e solitário que o satisfazia, ou se as colecionava por serem uma confirmação formidável de que tudo o que se refere ao corpo e à sua aparência é volátil, secundário, não essencial.[2] A peruca de Kant, por sua vez, era branca, mais esticada e organizada, e, a julgar pela descrição que James Boswell faz de seu encontro com ele, embora ela não lhe caísse muito bem e seu criado tivesse de endireitá-la de tempos em tempos, jamais prescindia dela, como se a peruca fosse, literalmente, a condição de possibilidade de sua experiência, a moldura necessária – espécie de *a priori* peludo – para se apresentar e transitar pelo mundo.

Nos séculos 17 e 18, a ubiquidade da peruca é tanta que nem mesmo um inimigo dos adornos como Jean-Jacques Rousseau se atreve a descartá-la. Decidido em certo momento a adotar um comportamento independente e austero e a renunciar a qualquer sofisticação e luxo, o defensor do bom selvagem e da volta à natureza não se livra da peruca, apenas a substitui por um modelo mais simples. Tratava-se, pois, de um sinal de distinção até para quem não se cansava de apregoar a igualdade entre os homens? Pousada sobre o corpo social, a cabeleira era tão onipresente que se tornou invisível até para os paladinos do *sapere aude*, para os pregoeiros da autonomia do pensamento e do

---

[1] No início do século 19, ainda persistia essa associação supersticiosa entre calvície e sabedoria. M. Villaret, em seu *Arte de peinarse las señoras a sí mismas* [A arte de as senhoras pentearem a si mesmas], escreve: "Nada mais comum que a peruca, porque o *lócus* das faculdades intelectuais está entregue a um ardor contínuo, e o resultado disso é, na maior parte das vezes, a prematura queda do cabelo da parte superior da cabeça, onde acontecem a fermentação e o trabalho".

[2] O ardil de usar uma peruca preta, idêntica à sua cabeleira, talvez tenha contribuído para a lenda de que Descartes, em pleno século da peruca, resistisse a usar tal firula e preferisse usar sua longa melena natural. Sabe-se, no entanto, que a adotou pouco depois de completar 40 anos para esconder os cabelos brancos, embora mais tarde tenha pedido a Claude Picot, seu braço direito em Paris, que encomendasse suas perucas com "um pouco de pelos brancos", para ser convincente. Apesar de ter enaltecido suas virtudes protetoras, de pouco lhe valeu usá-las durante as impossíveis manhãs em Estocolmo, quando se levantava de madrugada para instruir a rainha Cristina da Suécia, em um gélido magistério que mais tarde lhe custaria a vida.
(A rainha Cristina gostava das perucas masculinas, e em Paris se deu ao luxo de levar uma vida de varão.)

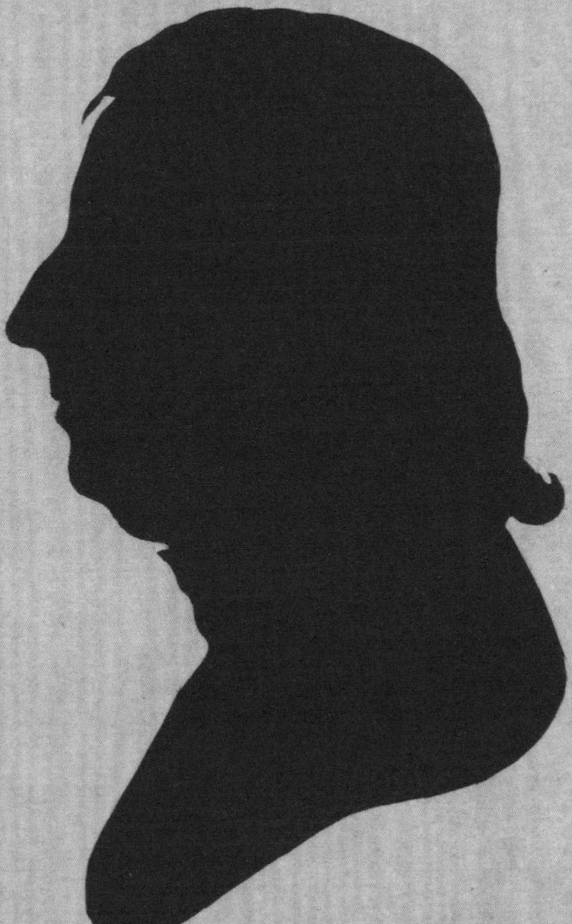

Owen

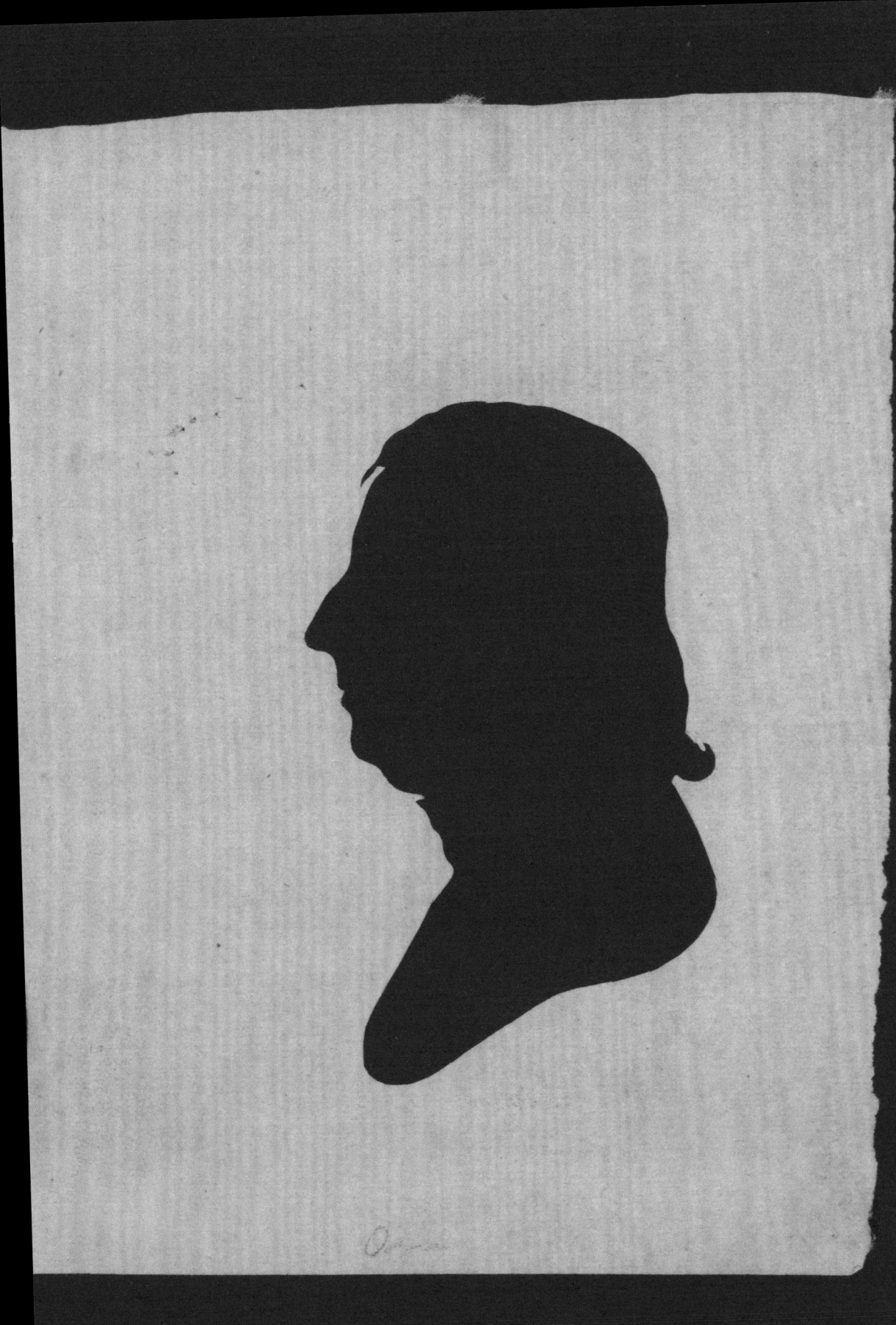

Iluminismo? E se a genealogia do substancial que eles contribuíram para traçar, esse parcelamento do "filosófico", essa realidade estratificada em níveis, os tornasse incapazes de refletir sobre esse antigo costume, sem levar em consideração que o significado da peruca era exatamente a ostentação excessiva, a pompa e a aparência, o troféu desmedido de sua visibilidade? E se era a peruca que, de alguma forma, pensava neles – *por* eles –, como reflexo desse peso inadvertido, mas uniformizador e disciplinar, com que a sociedade e suas práticas simbólicas estruturam e dão forma não apenas ao pensamento, mas também ao corpo?

Essas perguntas nem chegavam a ser formuladas. Cuidavam de suas perucas todas as noites, exigiam que fossem confeccionadas pelos melhores cabeleireiros de Paris, mas pensamento e peruca jamais se encontraram, embora só estivessem separados pelas tênues paredes do crânio. Talvez à exceção de Leibniz, que no espírito barroco desenvolveu uma filosofia da fachada e, por extensão, da peruca (da necessidade de se separar o pensamento, independente e monódico, do outro âmbito oferecido à sociedade, que lida com suas convenções e compromissos), as preocupações dos filósofos iam em direção contrária ao que se aninhava em suas cabeças. Ainda que não pudesse mais ignorar impunemente o mundo das aparências, a filosofia não parecia preparada para o escândalo do simulacro, esse terceiro elemento discordante que não pretende ser cópia de nada, que subverte a oposição entre modelo e cópia e, com o descaramento de seu artifício, só quer produzir um efeito.

Próximos da insignificância, aqueles que abordam assuntos supérfluos como o cabelo não pertencem à linhagem da filosofia – talvez à da literatura ou à franca provocação. A simples pergunta pelo tipo de temas que merece elucidação já é uma discórdia, um passo à margem da tradição hegemônica. Pelo despropósito de seu gesto, pela excentricidade de sua procura, quem o dá terá de se conformar com apelidos desdenhosos: malabarista de minúcias, caçador de ninharias, bufão do pensamento. Luciano de Samósata, autor do *Elogio da mosca*, depois de conferir humor e insolência ao diálogo platônico (para fazê-lo caminhar "com os pés no chão", como dizia), foi acusado de ter cometido uma alta traição à filosofia. Já Dión de Prusa, que escreveu *Elogio da cabeleira*, foi definido a partir de Filóstrato como sofista, "pois é próprio dos sofistas tratar tais coisas com seriedade" (e se entende que é impróprio a um filósofo se envolver na apologia paradoxal, na exaltação do pueril e frívolo, em problemas que não ocorreria a ninguém esculpir no mármore filosófico). E é desnecessário recordar a expulsão oficiosa de Michel de Montaigne da linhagem da filosofia e seu deslocamento para a literatura, por ter se atrevido "a refletir com esmero sobre assuntos sem transcendência", como os dedos polegares ou o costume de se vestir, ou os cheiros ou a ociosidade...

Diversão, brincadeira, ensaio. Margens onde bicam os exilados desse centro que a filosofia reconhece como seu, regido pelo *dictum* "não é real, mas racional". Se, a partir de Platão, uma das tarefas da filosofia consistiu em produzir a diferença – distinguir entre o autêntico e o espúrio –, quem diria que justo sobre a cabeça de seus continuadores haveria de pousar, como uma ave de mau agouro, como um pássaro intempestivo que escapa ao contraste entre a essência e a aparência, o escândalo do simulacro, a peruca. Que não aspira a parecer com nada "original", que se assenhoreia em sua impostura, em sua verdade em todos os aspectos falsos e, no triunfo de sua falta de semelhança, em sua apoteose fantasmagórica que ultrapassa vida e morte, elude a degradação de ser uma mera cópia da cópia.

Nada menos que uma cabeleira sofista. A cabeleira cujo único fundamento é a impressão que desperta. Sem raízes, mas orgulhosa de sua frondosidade. A cabeleira máscara. E justo ali, no cocuruto dos mais insignes filósofos.

**O DISCURSO DOS POSTIÇOS**

Assim como, segundo T.W. Adorno, as pantufas são símbolo do ódio de se curvar, a peruca evidencia gestos, comportamentos, manifestações equívocas que apontam da mesma maneira para a metamorfose do eu e para a dissimulação e a preocupação em manter as aparências. Se na modelagem do cabelo reside uma das muitas chaves que conduzem à modelagem da identidade, a essa escultura de si na qual tanto se insiste não apenas nos salões de beleza, mas também em alguns livros de filosofia, parece natural que o topo da cabeça tenha se transformado em campo de batalha, em verdadeiro território de conflito onde se dirime a busca de propriedade e distinção, e onde fica encarnada, às vezes de maneira estridente e pontiaguda, a brecha entre as gerações.

Salvador Novo, talvez o mais descarado e alegre escritor do grupo vanguardista mexicano Los Contemporáneos, observa em "De pelos y senãles" que, se entendermos a peruca como uma espécie de restauração, uma reposição para fazer frente aos caprichos e acidentes da natureza, veremos que foram justamente as mulheres, aquelas que em princípio parecem menos necessitadas desse tipo de artifício, que com mais fantasia e senso de liberdade a adotaram. A peruca como cúmplice no jogo de sedução, carnaval de bolso que sublinha as feições como a qualidade flutuante do eu, declinou notavelmente no gênero masculino no final do século 18, com seu excesso de adornos. Até mesmo Salvador Novo, que teve de recorrer a um triste topete por décadas, vivia se cuidando, com um pudor talvez inconsequente – "nem falar de peruca!" –, mas de vez em quando se atrevia a usar modelos que combinavam com a forma desavergonhada e cômica de seus textos. Há notícias de que em seus passeios pelo mercado de La Lagunilla, no México DF,

3. Ignora-se com frequência que, no final do século 18, os homens foram pioneiros na adoção de cosméticos e fantasias. Ao renunciar à peruca e à maquiagem, às rendas e aos saltos, às pintas e às meias, para adotar uma forma neutra e consensual de sobriedade, os varões acabaram se privando de metade do jogo das aparências, do poder criativo de se autodefinir também pelo ajuste do corpo, atividade sobre a qual, quando não está encarnada de alguma forma na figura do dândi, hoje pesa o estigma da afeminação.

ele se atrevia a exibir perucas rosa ou azuis, e que mais de uma vez se apresentou para ler seus poemas com cabelos postiços verdes.[3]

Mas o discurso dos cabelos – para citar um artigo de Pier Paolo Pasolini –, essa velha *ars rhetorica* que nos anos 60 do século 20 ganhou uma fama inusitada quando as cabeleiras passaram a simbolizar a declaração de rebeldia e de nostalgia tribal (fenômeno já anunciado pela chamada "Revolução dos Barbudos" de Cuba), pode ser ainda mais ambíguo e mutante se o artificial não intervier em sua sintaxe desordenada. Aquilo que Margo Glantz denomina "cabelos de protesto" – quase sempre ligados a canções que fazem as vezes de hinos – remete às cabeleiras longas dos hippies, saturadas de fumaça de patchuli e salpicadas de flores. Mas a expressão também poderia ser usada para os cabelos pontiagudos dos punks e as tranças rígidas dos rastafáris, tribos conspícuas ou formas de vida que insistem em carregar suas reivindicações bem-postas na cabeça. Que nada impeça esse tipo de rebeldia de se situar nos reluzentes topetes da geração de *Grease – Nos tempos da brilhantina* –, cuja "febre sabatina é a febre que precipita os jovens à decência", febre de elegância e de valores conservadores sempre em torno do *american way of life* –, ou nas tantas outras franjas e penteados que se apresentam como algo lascivo e altissonante, indica não apenas que o protesto é relativo e seus emblemas libertários mutáveis, mas que a pólvora dos cabelos pode facilmente ser molhada com vaselina, principalmente quando não atenta contra qualquer ordem e banaliza o impulso contestatório por meio da uniformidade e do previsível. Quando a escultura de si, a conquista de si mesmo a partir de decisões *hiperconscientes* que incorporam e transcendem a cosmética, é aceita não como autonomia, mas como *produto*, submetida a padrões estandardizados.

Vamos da castração simbólica dos tempos de escola de Isidore Ducasse, mais tarde conde de Lautréamont, que o aproxima da "carência expressiva da cabeleira" (nos *Cantos de Maldoror*, ele menciona o pesadelo de ter uma cabeça calva, "polida como carapaça de tartaruga"), ao livro de memórias de Keith Richards, que narra o escândalo provocado por sua cabeleira em uma turnê pela região meridional dos Estados Unidos. O guitarrista dos Rolling Stones faz uma observação que poderia ser a epígrafe deste livro: "O cabelo,

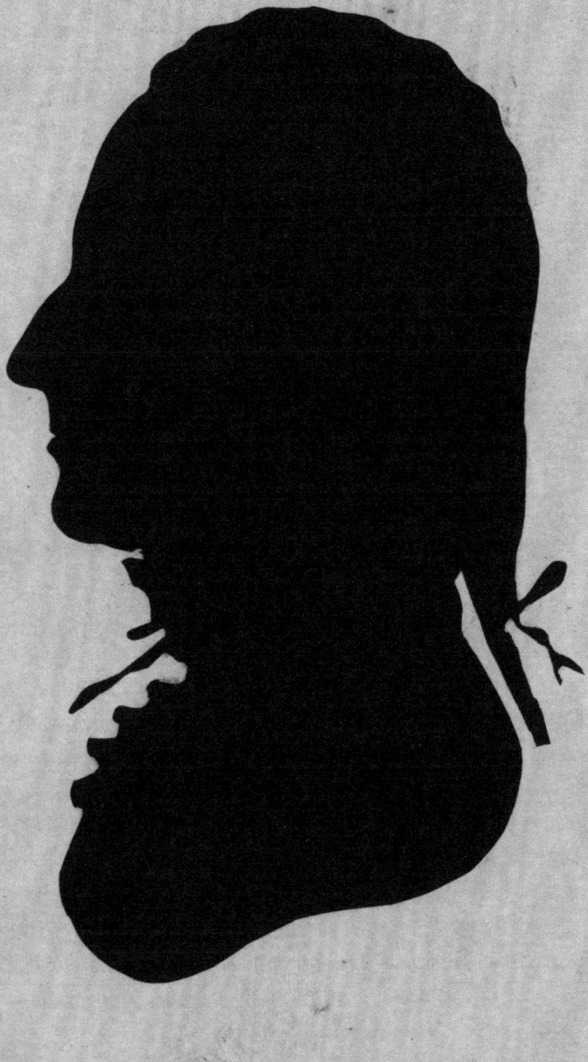

uma dessas minúcias em que ninguém pensa, mas que transformam culturas inteiras...". Os cabelos desenham um traço inconfundível de maldição e explosão, mas também o arco, na verdade vulgar, de sua consagração midiática: da aparência escolhida como estranhamento e provocação, na qual a cabeleira é uma crista capaz de abrir o leque da afronta, à sua neutralização como simples modismo, no qual a dissonância dos cabelos perde seu potencial subversivo e, copiada automática e inconscientemente, é reduzida a símbolo de uma nova escravidão, a mais uma variedade da mercadologia.

O que deixa Pasolini e Margo Glantz desconcertados é o equívoco de se considerar o comprimento do cabelo masculino como uma rede desarticulada de signos. No meio das utopias renovadas e das fantasias bucólicas de uma geração, esse discurso não verbal permite a presença de intrusos e provocadores graças ao simples ardil de deixar crescer o cabelo à maneira de disfarce, graças ao recurso, sempre disponível, de adotar a máscara do andrajoso, do selvagem pacifista que ao menos ouviu falar de Rousseau. Com isso, mais que simplesmente desativar seus sinais, mais que reduzir a cabeleira a um adorno descuidado, esse impostor consegue que se reverta sua fantasia, que se confundam e entorpeçam seus proclamas mudos, que a concordância entre o caos e a insurgência se interrompa (em *El fantástico mundo de los hippies*, Juan Orol, com seu inconfundível estilo involuntariamente surrealista, levou ao cinema a história de um agente secreto que, para cumprir suas missões nem um pouco pacifistas, coloca na cabeça uma peruca enganosa de paz e amor...).

Como se tudo o que se refere ao cabelo, e em primeiro lugar o discurso, tendesse espontaneamente à confusão, no momento em que qualquer forasteiro decide deixar o cabelo crescer, quando, inclusive, os "integrados" recusam categoricamente a gilete (não porque vejam em seu desenho um escalpelo, mas porque assim obedecem aos códigos que permitem a integração), aquilo que os cabelos pareciam dizer não perde apenas contundência, mas resolução e clareza. Essas disputas desagradáveis não são mais bandeiras da rejeição à sociedade consumista e às suas convenções superficiais; o espantalho construído como anticorpo dos valores hegemônicos exibe de repente outro perfil, e não tarda a ser promovido a modelo de uma nova ostentação, de um ideal urgente de beleza – que, se sabe alguma coisa, é se colocar em dia –, para o qual, inclusive, a náusea e a descrença são posturas que podem ser aperfeiçoadas diante do espelho.

Se o cabelo grande, com jeito de indomável e "natural", mudou de signo e pôde fazer parte das ferramentas do cinema comercial (não nos esqueçamos do sucesso de bilheteria do musical *Hair*), então o gesto de recorrer à peruca, de confiar nos cabelos artificiais como um desplante que excede a ortopedia, está sempre a um pelo de se transformar em um clamoroso mal-entendido. O fato de a última grande temporada histórica das perucas ter coincidido com o apogeu da cabeleira silvestre dos hippies, com a repentina revalorização das barbas agrestes e das axilas orgulhosas de si, não pode senão perturbar o panorama. Ao sair de sua longa hibernação no final dos anos 1950, e em contraste com a onda naturalista, avessa aos cosméticos, que começou a ser gestada naqueles anos, é possível pensar que, à imagem e semelhança da Revolução Francesa, os cabelos e as extensões para avolumar o penteado despertariam toda espécie de rancores e suspeitas e que, mais cedo ou mais tarde, seriam alcançados pelo halo de ruína e destruição que seu contágio costuma provocar.

Mas talvez exatamente porque durante os anos 1970 houvesse muitos elementos em jogo, porque a transformação do couro cabeludo em superfície de projeção dos desejos e das denúncias coletivas estava chegando a um ponto de saturação, a peruca não se afirmou no imaginário como um valor indiscutível de opulência e alarde. E, apesar de especialmente as mulheres terem-na adotado com ardor, propiciando o renascimento dos aparatosos *poufs* em chamativos penteados afro e das massas não mais churriguerescas,[4] mas *à gogo*, sua irrupção se tingiria de um não sei quê de farra, e até sua condição de brincadeira seria explorada publicitariamente. Em consequência, entre outras coisas, do baixo custo das fibras sintéticas, que a tornava acessível a todos os bolsos, a peruca se rebaixava e se confundia como símbolo. Uma vez que as diferenças ideológicas novamente se manifestavam por meio de lutas capilares, a distorção que o postiço representava com toda sua carga de superficialidade e de simulacro o tornava impróprio para uma época excessivamente zelosa, entregue até o cúmulo da ingenuidade às causas e aos princípios construídos a partir do couro cabeludo. No momento em que as costeletas e as barbas, o comprimento e o alvoroço dos cabelos cumpriam um papel expressamente político, a condição fugaz e intercambiável da peruca só podia ser interpretada como frivolidade, como prova de convicções incertas e fervores camaleônicos.

No entanto, na gritaria dos discursos capilares em voga, quando ninguém podia renunciar inocentemente à escova nem exibir um esponjoso corte afro sem ser confundido com um anúncio, talvez o papel da peruca não tenha se limitado a levar a novas alturas a repentina Babel dos cabelos. Pela evolução de seu próprio exagero, pelo descaramento

4. Referência ao estilo barroco do arquiteto espanhol José Benito Churriguera (1665-1725), caracterizado por uma exuberante ornamentação. [N. do T.]

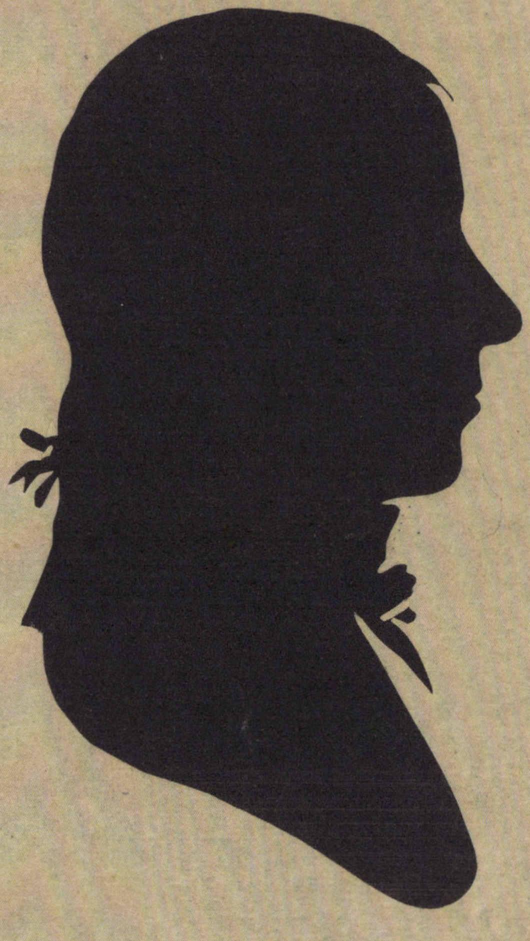

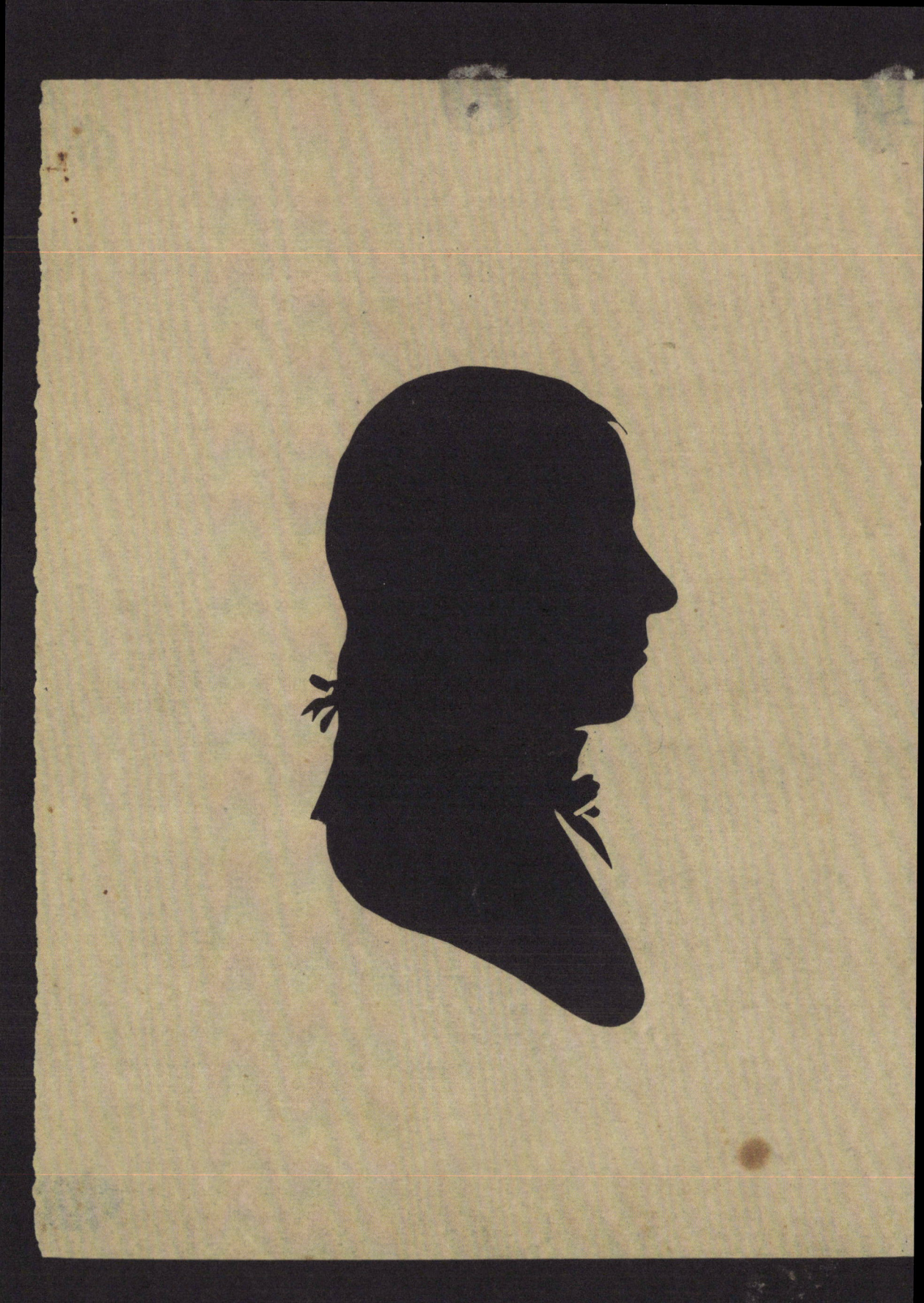

de sua festa portátil, a peruca evidenciou a artificialidade daqueles conflitos nos quais os bandos pretendiam se definir atendendo ao cabelo, quando o "contestatório" e o "decente", o "libertário" e o "repressor" eram medidos em última instância com pente e tesoura, escalas tão peregrinas como perigosas.

Se em outros tempos – na guerra civil inglesa, por exemplo – a peruca conseguiu suavizar as polaridades e as tensões que se expressavam inclusive nos cabelos, durante os agitados e esperançosos anos 1960, quando o discurso da não-violência se emitia pela cabeleira e o corte raspado dos militares talvez dissimulasse os cabelos espetados, o ressurgimento das perucas contribuiu para turvar a suposta univocidade das mensagens e serviu de contraste, de chamativo viés irônico, aos novos frutos do fundamentalismo capilar. Assim como é possível blefar com os atributos da hombridade usando emplastos no peito para simular pelos; assim como a pretensão pomposa e elíptica de "naturalidade", de uma aparência que prescinde de efeitos e de implantes, é desnudada pela peruca como mais uma variante da vaidade, como uma forma entre tantas de pavonear-se – da mesma maneira, a tentação de prescindir da linguagem verbal, de superar as razões e os argumentos mediante o simples discurso dos cabelos encontra um limite e um contraponto, um desmedido e uma oportunidade de zombaria na hipocrisia do artifício, no velho e nobre simulacro da peruca.

O mexicano LUIGI AMARA (1971) é ensaísta, poeta e editor. Sua *Historia descabellada de la peluca*, origem dos trechos que publicamos, foi finalista do Premio Anagrama de Ensayo, concedido anualmente pela prestigiosa editora espanhola que lhe dá o nome.
Tradução de LUIS CARLOS CABRAL

Ich habe Richard Wagner als Frau gemacht G. Baselitz 1.X.88

CARTA ABERTA  A primeira audição de uma obra do compositor alemão evocou no poeta de *As flores do mal* todas as nuances imagináveis da paixão

# Uma vasta superfície de vermelho

CHARLES BAUDELAIRE

**Georg Baselitz**
*I Made Richard Wagner as a Woman*, 1988
© 2014, MOMA, Nova York/ Scala, Florença

[Paris] Sexta-feira, 17 de fevereiro de 1860

Senhor,

Sempre imaginei que um grande artista, por mais habituado que esteja à glória, não ficaria indiferente a um elogio sincero, quando tal elogio soasse como um grito de gratidão, e, enfim, que esse grito poderia ter um valor singular vindo de um francês, isto é, de um homem pouco afeito ao entusiasmo e nascido num país onde as pessoas mal se entendem a respeito de poesia e pintura, que dirá de música. Antes de qualquer coisa, quero declarar que devo ao senhor *o maior prazer musical que já me foi dado sentir*. Estou numa idade em que ninguém mais se diverte escrevendo a homens célebres, e eu teria hesitado ainda por muito tempo em testemunhar-lhe por carta minha admiração se todos os dias meus olhos não topassem com artigos indignos e ridículos, nos quais não se poupam esforços para difamar o seu gênio. O senhor não é o primeiro homem a cujo propósito meu país me fez sofrer e encabular. No fim, a indignação compeliu-me a expressar-lhe minha gratidão; eu disse comigo: quero me diferenciar de todos esses imbecis.

Na primeira vez que fui ao Théâtre des Italiens escutar suas obras, eu estava maldisposto e até mesmo, confesso, cheio de preconceitos. Tenho, contudo, uma atenuante: fui ludibriado muitas vezes; ouvi muita música de charlatães pretensiosos. Pelo senhor, fui instantaneamente vencido. O que senti é indescritível, e, se o senhor porventura não rir, tentarei traduzi-lo. Em primeiro lugar, era como se eu conhecesse aquela música, e, refletindo a respeito mais tarde, compreendi de onde vinha essa miragem; era como se aquela música fosse *minha*, e a reconheci como reconhecemos as coisas que somos destinados a amar. Para qualquer outro que não um homem inteligente, tal frase soaria ridícula, sobretudo se escrita por alguém que, como eu, *não sabe música*, e cuja educação se limita a ter ouvido (com grande prazer, é verdade) algumas belas peças de Weber e Beethoven.

A segunda coisa que mais me impressionou foi o caráter grandioso. É uma imagem do grandioso e a ele conduz. Encontrei, perpassando todas as suas obras, a solenidade dos grandes sons, dos grandes aspectos da natureza, bem como a solenidade das grandes paixões do homem. Sentimo-nos imediatamente enlevados, subjugados. Uma das passagens mais estranhas, e que me propiciou uma sensação musical inédita, é aquela destinada a descrever um êxtase religioso. O efeito produzido pela *Entrada dos convidados* e pela *Festa nupcial* é extraordinário. Senti toda a majestade de uma vida mais vasta que a nossa. Outra coisa: mais de uma vez experimentei uma sensação de natureza bastante bizarra: o orgulho e o gozo de compreender, de me deixar impregnar, invadir, volúpia verdadeiramente sensual, análoga à sensação de ascender nos ares ou espojar-se no mar. E a música, ao mesmo tempo, respirava por vezes orgulho pela vida. Geralmente, essas harmonias profundas atuavam como estimulantes que aceleram o pulso da imaginação. Por fim, experimentei também, e peço que não ria, sensações que provavelmente derivam da configuração de meu espírito e de minhas preocupações mais constantes. Há, em toda parte, alguma coisa de enlevado e arrebatador, aspirando a subir ainda mais, alguma coisa de excessivo e superlativo. Por exemplo, fazendo uma comparação com a pintura, suponho diante de meus olhos uma vasta superfície de vermelho escuro. Se esse vermelho representa a paixão, vejo-o passar gradualmente por todas as transições de vermelho e cor-de-rosa até alcançar a incandescência de uma fornalha. Pareceria difícil, impossível até, alcançar algo mais ardente; e, não obstante, um último jato vem desenhar um rastro ainda mais branco sobre o branco que lhe serve de fundo. É, se preferir, o grito supremo da alma elevada a seu paroxismo.

Tinha começado a escrever algumas meditações sobre as passagens de *Tannhäuser* e *Lohengrin* que ouvimos; mas constatei a impossibilidade de dizer tudo.

Da mesma forma, esta carta poderia continuar infindavelmente. Se o senhor foi capaz de me ler, agradeço-lhe por isso. Só me resta acrescentar umas poucas palavras. Desde o dia em que escutei sua música, ruminei incessantemente, sobretudo em momentos difíceis: "Se pelo menos eu pudesse ouvir um pouco de Wagner esta noite!". Decerto existem outros homens como eu. Quer dizer, o senhor deve ter ficado satisfeito com o público, cujo instinto é bem superior à indigente ciência dos jornalistas. Por que não produzir outros concertos, acrescentando-lhes novos fragmentos? O senhor nos deu um aperitivo de prazeres inéditos; tem o direito de nos privar do resto? – Mais uma vez, senhor, agradeço-lhe; o senhor me devolveu a mim mesmo, e à grandeza, num momento difícil.

CHARLES BAUDELAIRE

Não acrescento meu endereço para não pensar que tenho algo a lhe pedir.

*Richard Wagner e Tannhäuser em Paris*, único ensaio de **CHARLES BAUDELAIRE** (1821-1867) dedicado à música, foi publicado em Paris em 1861, um ano portanto depois de o poeta ter enviado esta carta, na qual registra as impressões que desenvolveria posteriormente. Richard Wagner (1813-1883) respondeu indiretamente, por meio do crítico Champfleury, um amigo em comum, enviando um convite a Baudelaire, que não teria ido ao encontro por motivos de saúde.
Tradução de **ANDRÉ TELLES**

Foi no final dos anos 1960 que o alemão **GEORG BASELITZ** (1938), associado ao neoexpressionismo, começou a realizar uma série de pinturas e desenhos em que os temas aparecem de cabeça para baixo – como forma de, segundo ele, torná-los a um só tempo abstratos e figurativos.

Assine **serrote** e receba em casa a melhor revista de ensaios do país

Assinatura anual R$120,00
(3 edições anuais)
Ligue (11) 3971- 4372
serrote@ims.com.br

*serrote*  Para abrir cabeças